KB054468

김태영 著

115

선도체험기 115권을 내면서

Preface

『선도체험기』 115권을 내면서

『선도체험기』 115권이 나갈 무렵에는 문재인 대통령 취임 100일을 기념하는 기자회견이 열릴 것이고 회견 내용에 대해서는 찬반이 분분할 것이다. 그런 와중에도 줄곧 한 상념이 내 머리를 떠나지 않았으니 그것은 선진국과 후진국은 왜 생겨나는가 하는 것이었다.

여러가지 원인들을 들 수 있겠지만 성찰을 해 보면 그 이유는 내가 보기에 지극히 간단한 것이었다. 선진국들은 자기네가 범했거나 다른 나라들이 저지른 잘못은 무슨 일이 있어도 다시는 되풀이하지 않는 것이었다. 다시 말해서 자국이나 외국에서 용도폐기 처분해버린 이념이나 시책들을 철저하게 배척하는 것이었다.

실례를 하나 들어보자. 영국은 한때 진보당이 집권했을 때 영국 국민들에게 출생에서 사망에 이르기까지 일체의 복지비

용을 국가에서 담당한다고 하여 실업자들에게 실업수당을 지급하는 등 대대적인 복지 시책을 실시한 일이 있었다. 그 때문에 국가의 재정이 곧 바닥이 났고 멀쩡한 근로자가 실업수당을 타려고 직장에 사표를 냈고 세금 폭탄과 자금 압박으로 기업들은 보다 사업하기 좋은 외국으로 공장을 옮겼다.

마침내 영국에는 저 유명한 영국병이 창궐하고 만성 파업으로 국가적 위기를 맞게 되었다. 이때 등장한 지도자가 저 유명한 철혈 여수상 마거릿 대처였다. 그녀는 반대자들의 끈질긴 방해 공작을 무릅쓰고 끝내 위기에서 조국을 건져내었다. 실사구시 정신으로 반대당의 인기 영합주의적 복지시책을 폐기하고 원상 복귀시킨 것이다.

미국, 독일, 일본 같은 선진국들은 영국의 경우를 거울삼아 복지정책을 재정비 강화하여 영국병의 창궐을 철저히 예방하고 있다.

그러나 한국은 어떤가? 우리나라는 노무현 정부 때 이미 영국 진보당의 복지대책을 본떠서 대대적인 분배와 평등의 사회주의 경제 개혁을 강행했었지만 완전무결하게 실패했음은 한국인이라면 누구나 다 아는 일이다. 이로 인해 그때까지의 한국의 7%대의 연간 경제성장률은 3%대로 떨어지고 말았다.

저 동아시아의 네마리 용 즉 한국, 대만, 홍콩, 싱가포르 중

선두주자였던 한국의 경재성장률은 아직도 4.5% 이상은 회복 못하고 있다. 그런데도 불구하고 문재인 정부는 이미 영국과 전세계 선진국들에서 용도폐기 처분된 경제 시책들을 또 다시 시행하려고 준비중에 있다. 본인들은 아니라고 강변하겠지만 종업원들의 무리한 임금 인상과 정규직 승진 등으로 기업은 도저히 견딜 수 없어서 공장을 해외로 옮길 준비를 서두르고 있다는 기사들이 신문에 나오고 있는데도 이를 끝끝내 부인하고 지적 수준이 낮은 국민들에 대한 인기 영합주의에만 의존할 것인지 묻고 싶다.

우리가 만약 노무현 정부 때 연간 7%대의 경제성장률을 계속 유지할 수 있었다면 우리는 그때 이미 영국의 경제력들 따돌리고 당당하게 선진강대국 반열에 끼어들었을 것이다. 그렇게만 되었다면 대한민국이 다시는 대한제국처럼 태프트-가즈라 미 일 밀약에 의해 일본에게 35년 동안 강점당하지 않아도 되었을 것이다. 왜 그러냐 하면 지금의 초강대국 미국과 중국은 경제력으로 강대국 영국을 따돌린 한국 몰래 감히 그들 둘만이 빅딜을 할 수는 없을 것이기 때문이다.

그렇다고 나는 문재인 대통령을 덮어놓고 반대만하는 사람은 아니다. 그가 만약 지금이라도 지구인 전체가 용도폐기 처분해버린 낡은 이념을 과감히 청산해 버리고 오직 국리민복을 위해 뚜렷한 공적을 세울 확실한 징후만 보인다면 누구 못지 않게 그를 지지격려해 줄 것이다.

노조의 힘으로 당선된 브라질의 루울라 대통령처럼 문재인 대통령도 그를 지지한 40%로의 유권자가 아니라 그를 반대한 60%의 국민의 뜻을 받들어 자유 시장경제 원칙에 따라 한국 경제를 부흥시킨다면 루울라 못지 않는 진정한 애국자로 추켜 세웠을 것이다. 386운동권으로부터 배신자 소리를 듣더라도 국민 대다수를 위한 시책을 편다면 누가 감히 그를 반대할 것인가? 이런 저런 이유로 이번 호에는 자연히 그 방면에 많은 지면이 할애되었다.

또 이번 호에는 인터넷 블러거식 수행일지들이 다수 실려 나간다. 그 중에서도 단연 김우진 씨와 이원호 씨의 28회와 29회째 현묘지도 체험기들이 눈길을 끈다. 그러나 일반 독자들에게 다소 생소한 블러거식 문장은 정상적인 인쇄용 문장으로 점차 바꾸는 노력이 기울어져야 할 것이다.

이메일: ch5437830@naver.com

단기 4350(2017)년 8월 15일

서울 강남구 삼성동 우거에서 김태영 씀

차 례

Contents

■ 『선도체험기』 115권을 내면서 _ 3

■ 우물에서 숭늉 찾기 _ 9
■ 트럼프의 사드 대금 청구 _ 12
■ 견성이란 무엇인가? _ 15
■ 19대 대선 이틀 전 _ 19
■ 아쉬운 후보 단일화 _ 23
■ 일자리 위원회 _ 25
■ 평등한 거지를 만드는 사회주의 _ 29
■ 한풀이 좌파 정치 10년 _ 33
■ 국리민복에 올인하는 통합 대통령 _ 36
■ 행복합니까? _ 39
■ 조급증에 사로잡힌 통일부 _ 41
■ 알아서 갖다 바치기 _ 47
■ 깨달음의 문제 _ 50
■ 부동심과 평상심 _ 53
■ 긴급한 사드 배치 문제 _ 55
■ 한·미 동맹이 철폐된다면 어떻게 될까? _ 60
■ 플뢰르 펠르랭은 뼈속까지 프랑스인일까? _ 65
■ 북한 대륙간 탄도 미사일(ICBM) 파동 _ 71
■ 좌파 정권 10년 업적 계승 발전시키는 문제 _ 76
■ 죽음은 없다 _ 84
■ 우주와 사람은 하나다 _ 88

【이메일 문답】
■ 김우진 현묘지도 수행기 _ 91

- 이원호 현묘지도 수행기 _ 139
- 조상 묘자리가 자손에게 영향을 미칠까요? _ 175
- 그동안 수련 결과 말씀드립니다 _ 181
- 질의사항이 있습니다 _ 186
- 5년간의 좌경화 예상 _ 189
- 10년 만에 인사 올립니다 _ 192
- 수련 결과 말씀드립니다 _ 197

【수련 결과】

- 현묘지도 수련 후 변화한 점 김우진 _ 201
- 생식과 수련에 대해 문의드립니다 강승걸 _ 218
- 정관복원 수술 체험기 김 윤 _ 224
- 아이를 키운다는 것 서광렬 _ 229
- 기 점검을 원합니다 유영숙 _ 236
- 강승걸 수련일지 강승걸 _ 238
- 오성국 수련일지 오성국 _ 268
- 오성국 수련일지 계속 오성국 _ 282
- 축기에 전념하고 있습니다 유영숙 _ 286
- 성민혁 수련기 성민혁 _ 289
- 이자정회(離者定會) 차주영 _ 301
- 여행을 다녀오다 차주영 _ 304
- 수련상황을 보고드립니다 서광렬 _ 306

【부록】

격언(格言)과 금언(金言)들 _ 312

우물에서 숭늉 찾기

2017년 5월 1일 월요일

정지현 씨가 말했다.

"더불어 민주당의 중진 정치인인 양유신 씨는 최근 문재인 후보를 위한 찬조 연설에서 박근혜 전 대통령 같은 국정 농단을 가져온 우익 보수 세력은 철저히 괴멸시켜 버려야 한다고 열을 올렸다고 하여 시중에 파다하게 소문이 나돌고 있습니다. 이로 인해 입 있는 사람은 다 한마디씩 왈가왈부하고 있다고 합니다. 제가 보기에도 이건 좀 너무 심한 발언이 아닌가 합니다. 선생님께서는 어떻게 생각하십니까?"

"양씨는 아무리 생각해 보아도 일국의 고위 관리를 지낸 정치인답지도 않고, 지성인 같지도 않게, 이외의 과격한 발언을 한 것은 틀림없습니다."

"구체적으로 어떤 점에서 그렇다고 생각하십니까?"

"박근혜 전 대통령은 아무리 국정 농단을 하여 국회에서 탄핵을 당하고 헌법재판소에서 파면이 되었다고 해도 이를 인정하지 않고 상고 중에 있고 아직 사법부에서 최종 판결이 난 것도 아닌데 그렇게 일방적으로 기정사실화하는 것은 우물에 가서 숭늉 찾기와 다름없는 성급한 처사가 아닐 수 없습니다.

그리고 설사 그 혐의가 사법부에서 기정사실로 확정되었다 해도, 그것이 자기 뜻에 맞지 않는다 하여 협력과 협치를 구해야 하는 국정 의논 상대인 보수당 측을 아예 싸잡아 괴멸시켜버려야 한다고 대중을 향하여 막말을 퍼붓는 것은 정치인의 발언이라고 하기에는 지나친 감이 없지 않습니다.

반대측을 괴멸시켜버리는 극단적인 처사는 요즘은 중국과 같은 공산국가에서도 시행되지 않고 있어서 기업인이나 시장 상인도 공산당원으로 맞아들이고 있다는 것을 똑바로 알아야 할 것입니다.

그리고 그의 폭언은 8.29대통령 직선제 채택 이후 배출된 6명의 대통령 중 노태우, 김영삼, 이명박, 박근혜 4명의 대통령을 낸 보수 측을 겨우 김대중 노무현 두 명의 대통령을 배출한 진보 측이 괴멸시켜 버리겠다는 것과 같습니다.

그렇다면 그 4명의 대통령을 선택한 유권자들도 동시에 괴멸시켜 버리자는 것과 무엇이 다릅니까? 양 씨는 아무리 조바심이 나더라도 2017년 5월 9일 대통령 선거 결과가 나올 때까지 기다릴 줄 아는 인내력을 발휘해야 합니다."

"그 말씀은 촛불 세력과 태극기 세력의 세 대결만 가지고는 인민재판식이 되고 만다는 얘기같이 들립니다."

"내가 말하고 싶은 것이 바로 그겁니다."

트럼프의 사드 대금 청구

우창석 씨가 말했다.

"하필이면 19대 대통령 선거가 한창 막바지를 향해 숨가쁘게 치닫고 있는 이때에 트럼프 대통령은 한국과 미국 양 당사국 사이의 기존 합의를 깨고 느닷없이 10억 달러의 사드 설치 대금을 한국이 부담해야 한다고 말했습니다.

5월 2일에 있은 중앙선거관리위원회가 주최한 3차 TV 토론회에서 문재인 후보는 '내가 사드 문제는 다음 정부에서 다루어져야 한다고 하지 않았느냐'고 다른 후보들에게 말함으로써 자기의 선견지명(先見之明)을 은근히 과시했습니다.

그러자 홍준표 후보는 '트럼프의 발언은 사드 설치를 찬성하는 홍준표를 한국 대통령으로 뽑아야 한다'는 트럼프식 의사표현이라고 말했습니다. 선생님께서는 이 두 후보의 말을 어떻게 생각하십니까?"

"홍 후보의 아전인수격(我田引水格) 발언은 그럴 수 있다쳐도 문 후보의 선견지명을 과시하는 듯한 발언은 대통령 후보로서는 도저히 해서는 안 되는 말입니다."

"그 이유를 말씀해 주시겠습니까?"

한 나라의 대통령이 될 사람으로서 가장 먼저 염두에 두어야 할 사항이 두 가지가 있는데, 첫째가 국가 안보(安保)입니다. 적군의 침입으로부터 국민의 생명과 재산을 보호하는 일입니다.

사드는 북한의 핵미사일 공격으로부터 우리 국민의 생명과 재산을 보호하는 중차대한 안보 사항입니다. 이처럼 막중한 국가 안보 문제라면 대선 후보가 되기 전부터 태도를 분명히 했어야 합니다. 다시 말해서 동맹국 미국과 함께 사드를 당장 설치하든가 아니면 국민들이 납득할 만한 대안을 들고 나왔어야 합니다.

왜냐하면 핵을 가진 북한은 언제든지 마음만 먹으면 우리를 핵미사일로 공격하겠다고 협박을 하고 있기 때문입니다. 그런데 그는 처음부터 사드 문제를 다음 정부의 몫으로 유보한 채 대선 후보가 되었습니다. 국가 안보를 위해 사드는 그 설치를 유보할 수 있는 사항이 아닙니다.

그렇지 않아도 천안함이 2010년에 북한 잠수함의 공격으로 침몰되자 정부는 즉각 미국을 비롯하여 미국, 영국, 스웨덴 같은 해상 강국 전문가들 참여 하에 원인 조사를 한 결과 북한의 소행임이 밝혀졌는데도 문재인 씨는 그 조사결과를 인정하지 않고 5년이 지난 2015년에야 북한의 소행임을 마지못해 시인했습니다.

그가 만약 19대 대선에서 대통령에 당선된 후 천안함 침몰 비슷한 사건이 재발했을 때 그 원인을 밝혀내는 데 5년이 걸린다면 분초를 다투는 국군의 최고통수권자로서 그 소임을 제대로 수행할 수 있을지 유권자들은 의심을 아니 할 수 없습니다.

이러한 유권자들의 우려를 문재인 후보는 덮어놓고 종북몰이요, 색깔론이라고만 몰아 부칠 만한 자신이 있는지 의문입니다."

견성(見性)이란 무엇인가

정지현 씨가 말했다.

"선생님, 견성(見性)이란 무엇입니까?"

"견성이란 글자 그대로 구도자가 수련 중에 성(性)을 보는 것을 말합니다."

"그럼 성(性)이란 무엇입니까?"

"성(性)은 글자를 풀어보면 심방변(忄)과 날생(生)자를 합친 글자니까 마음이 태어난 자리를 말합니다. 이것을 도계(道界)에서는 흔히 부모미생전본래면목(父母未生前本來面目)이라고 말합니다."

"부모미생전본래면목이란 무슨 뜻입니까?"

"여기서 부모란 우리의 몸뚱이를 낳아준 아버지와 어머니를 말하는 것이 아니고 하늘과 땅 즉 우주 전체를 말합니다.

다시 말해서 지금 우리가 살고 있는 우주가 생겨나기 전의 본 바탕이라는 뜻으로 도(道)와 진리를 말합니다. 본래면목이란 구도자가 수행을 통하여 스스로 알아내고자 하는 우주가 태어나기 전의 본질 또는 본바탕이 무엇이냐 하는 것입니다. 그래서 선방에서는 170개에 달하는 공안 또는 화두 중에서도 '부모미생전본래면목' 외에 '무(無)' 또는 '이뭐꼬'를 화두로 흔히들 이용하고 있습니다.

스승으로부터 받은 화두를 염송하다가 수행자가 생사(生死)가 사라졌거나 초월한 경지를 본 것을 보고 깨달았다느니, 견성했다느니 하고 흔히들 말합니다."

"선생님, 그럼 구도자가 견성하기 전과 견성한 후에는 실제로 달라지는 것이 있습니까?"

"있고말고요."

"그것이 무엇입니까?"

"견성한 사람은 임박한 죽음을 앞에 놓고 공포심을 느끼든가 당황해 하는 일이 없습니다."

"그 이유가 무엇입니까?"

"견성을 한다는 것은 다른 말로 표현하면 생사라는 것은 없다는 것을 깨닫는 것이기 때문입니다. 생사가 없는데 어떻게 그 없는 것 앞에서 공포심을 느끼든가 당황해 하거나 무서워할 수 있겠습니까?

그러니까 강도한테 납치되어 돈 내놓지 않으면 죽인다고 단도로 목을 찌른다고 위협을 당해도 진정으로 견성한 사람이라면 조금도 당황하지 않고 침착하게 난 돈이 없으니 맘대로 하라고 대답하여 오히려 강도를 당황하게 만들 수도 있습니다.

그리고 스피노자처럼 '내일 지구의 종말이 온다 해도 나는 오늘 사과나무를 심겠다'고 아무렇지도 않게 말할 수 있습니다."

"그럼 죽음에 대한 태도 외에 남들이 보기에 달라 보이는 것으로는 무엇이 있습니까?"

"혹시 견성했다고 생각되는 사람과 같이 행동을 했거나 한자리에 앉아 있어 본 일이 있습니까?"

"그런 일이 있었던 것 같기도 하고 그렇지 않은 것 같기도 하여 잘 구분이 가지 않습니다."

"장시간 같이 있어 보면 무엇이 달라도 다른 것을 발견하게 될 것입니다."

"그것이 무엇인데요?"

"비록 남한테 억울한 일을 당해도 누구를 향해 억울함을 호소하는 것을 볼 수 없을 것입니다."

"그 이유가 무엇입니까?"

"지구상에 80억 인구가 산다고 해도 자신을 포함하여 우주 전체를 하나로 보기 때문입니다. 그에게는 우주 전체가 하나이고 전체인데 도대체 누구를 향해 원망을 하거나 불평을 할 수 있겠습니까? 그래서 견성한 사람은 자기 주변에서 발견되는 온갖 부조리를 처음부터 모조리 남의 탓이 아니라 자기 탓으로 돌립니다. 그러니까 그에게는 이 우주 안에서 아무도 원망할 대상이 없을 수밖에 없습니다."

"결국 견성한 사람은 우아일체(宇我一體)를 일상생활화하고 있다는 말씀이군요."

"그렇습니다."

"그렇다면 그에게는 진아(眞我)는 있으되 가아(假我)는 없다는 말씀이군요."

"진아야말로 우아일체 그 자체니까 하나는 전체이고도 하나니까 그럴 수밖에 더 있겠습니까?"

19대 대선 이틀 전

2017년 5월 7일 일요일

우창석 씨가 말했다.

"이제 19대 대선이 이틀 앞으로 다가왔습니다. 지금의 여론조사 형세로는 돌발 사태나 이변이 없는 한 문재인 후보가 당선이 될 것 같습니다.

그동안 여러 번에 걸친 텔레비전 토론회에서 다섯 후보들 중에서 안보 관념이 가장 희박한 후보가 대통령이 된다면 어떻게 하나 우려하는 국민들을 양산하는 사태가 초래될 것 같습니다.

그는 자기는 안보를 가장 우선시하는 대통령이 되겠다면서도 유엔과 전 세계가 반대하는 개성공단과 금강산 관광사업 재개를 주장하고 있습니다. 유엔과 세계가 그것을 반대하는 이유는 북한이 그 수익금으로 핵과 미사일을 개발하기 때문입니다.

그러나 홍준표, 안철수, 유승민 세 사람이 후보 단일화에 성공한다면 이러한 비극을 사전에 예방할 수 있을 것입니다.

과거 노태우, 김영삼, 김대중, 노무현 후보들은 모두가 후보 단일화에 성공하여 대통령이 되었건만 이번 대선에서는 그 대상자 중에서 선두주자인 홍준표 외에 안철수, 유승민 두 사람 중 그 누구도 양보 않고 끝까지 뛰겠다고 기염을 토하고 있습니다.

그게 과연 옳은 일일까요? 저는 전연 그렇지 않다고 봅니다. 사람은 여건에 따라 자유자재로 변신을 할 줄도 알아야 합니다. 필요하면 적에게 항복을 할 줄도 알고, 양보해야 할 때는 흔쾌하게 양보도 할 줄 알아야 사욕에 구애받지 않는 최후의 승자가 될 수 있습니다.

그러나 지금 상황으로는 끝까지 가 보았자 그들 셋을 기다리는 것은 낙선의 쓴 잔밖에 더 있겠습니까? 그러나 단일화에 성공한다면 셋 중 한 사람이라도 당선될 가능성이 충분히 있습니다. 선생님께서는 어떻게 생각하십니까?"

"만약 내가 그들 세 후보 중 가장 유력한 한 사람이 아니라면 무조건 단일화에 응하여 후보를 사퇴할 것입니다. 셋이 다 끝까지 달려가 보았자 모조리 다 낙선될 것이 뻔한데 그런 바보짓을 하여 세상의 웃음거리가 되기는 싫기 때문입니다.

그러나 이들 셋 중에서 두 후보가 사퇴하고 한 사람이 당선

됨으로써 이 나라의 안보가 더욱더 튼튼해진다면 그들이야 말로 멸사봉공(滅私奉公)을 성취한 참된 애국자 소리를 듣게 될 것입니다. 그리고 투표에 참여했던 유권자들은 이들 두 사람의 의로움을 잊지 않고 있다가 다음 기회에 반드시 보답할 것입니다."

"어쨌든 간에 안보 개념이 가장 희박한 후보가 국군통수권자가 되느니 차라리 이변이나 돌발변수라도 생겨서 나라의 앞날을 위태롭게 하는 사태는 우선 피해 놓고 싶은 심정입니다. 어쩌다가 대한민국이 이 지경에까지 이르게 되었을까 의문입니다."

"이 나라 중고등 교육계를 석권하고 있는 종북좌파인 전국교감들과 전교조가 북편향 역사 교과서로 일선 교육을 지난 20년 동안 전담해 왔기 때문입니다. 그래서 20, 30대 젊은 층의 안보 개념이 약화된 결과를 가져왔습니다."

"지난 20년 동안이라면 김대중, 노무현, 이명박, 박근혜의 네 대통령 집권 기간이 아닙니까?

김대중 노무현 양 대통령은 친북좌파니까 그렇다 쳐도 이명박, 박근혜 두 대통령 재임 기간에도 북편향 역사교육을 바로 잡지 못한 것은 무엇 때문일까요?"

"이명박 대통령은 취임 초에 촛불 세력의 선배인 광우병 조작 세력에 의한 가열찬 공세에 당황하여 혼이 빠진 상태에서 미처 북편향 역사교육 문제에 관심을 기울일 형편이 아니었고, 박근혜 정부는 집권 4년차에야 역사교육을 바로잡으려고 국정교과서를 만들었다가 최순실 국정논단 사태로 뒤집어지고 원상 복귀되고 말았습니다."

아쉬운 후보 단일화

2017년 5월 10일 화요일

조선일보에 실린 5월 10일자 19대 대선 득표 퍼센트는 다음과 같았다.

문재인 39.6%

홍준표 26.3%

안철수 21.3%

유승민 6.5%

심상정 5.8%

과연 안철수와 유승민 후보가 단일화 사퇴를 했더라면 홍준표 후보는 47.6%로 문재인 후보의 39.6%를 압도적으로 누르고 당선이 되고도 남을 뻔하였다.

어쨌든 간에 일찌감치 단일화 후보 사퇴를 한 안희정 이재명 양씨는 더불어민주당에게는 대통령을 만든 숨은 공로자가 되었다. 바로 그 때문에 신문에 실린 사퇴한 안희정 후보가 당선된 문재인 후보를 힘차게 포옹하는 모습은 그 속사정을 아는 사람들로 하여금 머리를 끄덕이게 하였을 것이다. 어쨌든 이들 두 사람이야 말로 대통령 문재인을 만들어낸 숨은 공신들이기 때문이다.

하늘은 문재인을 대한민국 19대 대통령으로 만들 작정을 진작부터 하고 있었던 것 같다. 부디 진보 측 대통령이라도 보수 이상으로 나라의 안보에 진력함으로써 안보를 걱정하는 60% 이상의 국민들로 하여금 제발 안심하고 발 쭉 뻗고 편안하게 잠자게 할 수 있게 해 주었으면 오죽이나 좋으랴 하고 염원해 본다.

일자리 위원회

2017년 5월 11일 목요일

우창석 씨가 말했다.

"문재인 대통령은 국회 의사당에서 거행된 19대 대통령 취임식에서 나라다운 나라의 당당한 대통령, 국민 전체와 골고루 소통하는 광화문 시대의 통합 대통령이 됨으로써 혼돈과 비능률로 말썽 많았던 청와대 시대를 마감할 것이라고 선언했습니다.

그리고 그는 빈손으로 지금 취임식에 자신이 서 있는 것과 같이 5년 후 퇴임식에도 빈손으로 이 자리를 떠날 것이라고 다짐했습니다.

그리고 취임 후 제일 먼저 착수할 일들 중에는 정부 안에 '일자리 위원회'를 새로 만들어 실업자들을 구제하는 일부터 착수할 것이라고 말했습니다.

실행 자금은 대기업체들에 엄격한 잣대를 들이대어 각종 세금을 거두어들여 충당할 것이라고 말했는데 이 말을 듣자 저는 가슴이 철렁 내려앉으면서 온몸에 소름이 쫙 끼쳤습니다."

"가슴이 철렁하면서 소름이 쫙 끼치다니 왜요?"

"노무현 정부가 10년 전에 못사는 사람들을 골고루 다 같이 잘살게 해 준다면서 기업체들로부터 2중 3중으로 각종 세금을 거두어들여 못사는 실업자들에게 취로(就勞) 사업에 참가하게 했던 일이 문득 생각났기 때문이었습니다.

노무현 정부는 이 사업을 원만하게 관리하기 위해서 2만 6천 명의 공무원을 새로 뽑았습니다. 선진국들에서는 국리민복(國利民福)을 위하여 작은 정부 만들기 운동을 벌여 공무원 줄이기에 혈안들이 되어 있건만 공무원을 2만 6천 명이나 새로 뽑다니 시대에 역행하는 놀라운 역사(役事)가 아닐 수 없었습니다.

그리고 취로 사업이란 기업체가 운영하는 공장에 취직하는 것과는 다릅니다."

"어떻게 다르죠?"

"기업체가 운영하는 공장에 취직하는 것은 다달이 꼬박꼬박 월급을 받지만 정부가 운영하는 취로사업은 도로 보수와 같은 임시직 노동자로 일하는 것이므로 언제 그만두게 될지 모릅니다.

좌우간 이 대대적인 취로사업과 그것을 관리하는 2만 6천 명의 공무원 모집으로 가중되는 세금 징수로 기업 환경이 갑자기 악화되자 업계에서는 너도나도 한국보다 기업하기 좋은 중국, 베트남, 인도, 미국 등으로 공장을 뜯어 옮기기 시작했습니다.

그 때문에 기존 업체에 취직했던 가난한 노동자들까지도 일자리를 잃게 되어 실업자가 줄기는커녕 그 전의 두 배로 늘어났습니다.

이로 인해 그 당시 동아시아의 세 마리의 용으로 불렸던 신흥공업국 한국, 홍콩, 싱가포르 중에서 선두 주자였던 대한민국은 갑자기 꼴찌가 되고 말았습니다. 그리고 뒤이어 국제경영개발연구원(IMD)에 따르면 전세계 공업국 순위에서 한꺼번에 16단계나 뒤로 밀려 내려갔습니다.

이 때문에 전 세계로부터 2차 대전 후 식민지에서 출발하여 원조를 받던 나라에서 원조를 주는 유일한 나라가 됨으로써 신흥공업국으로 벤치마킹되던 한국 경제의 추진력이 차츰 고갈되기 시작했습니다.

이것으로 인하여 노무현 전 대통령의 인기도는 역대 어느 대통령보다도 낮은 9.9%(2007년 11월 상순 내일신문 및 한길리서치)로 곤두박질쳤습니다.

그의 후계자로 17대 대선에 출마한 정동영 후보는 531만 표 차이로 이명박 후보에게 참패를 당했습니다. 그러자 노무현 전 대통령은 자신의 동아리는 다시는 정치를 안 한다는 의미로 폐족(廢族) 선언을 하기에까지 이르렀습니다.

바로 그때에 대통령 비서실장으로 있었던 현재의 문재인 대통령의 머리는 10년이 흐른 뒤에도 어쩌면 그때와 똑 같은 구상이 되풀이될 수 있는지 신기할 정도입니다. 선생님께서는 무엇 때문에 그런 일이 일어났다고 생각하십니까?"

"실업자는 마땅히 기업들이 나서서 해결해야 할 문제지 정부가 앞장설 일이 아닙니다. 정부가 기업이 할 일을 가로맡고 나서는 것이 바로 사회주의 경제입니다."

평등한 거지를 만드는 사회주의

“검은 고양이든 흰 고양이든 쥐 잘 잡는 고양이가 제일이라고 하여 흑묘백묘론(黑猫白猫論)의 실사구시(實事求是) 정신으로 실용주의를 제창한 중국의 덩샤오핑은 사회주의를 계속 추구해 보았자 인민이 다같이 골고루 평등하게 거지가 되는 것을 피할 수는 없다면서 중국 경제에서 이념을 제거해 버렸습니다.

그렇게 함으로써 재주와 능력이 있는 상인만 살아남을 수 있는 자유시장 경제제도를 도입하여 오늘날 미국 다음으로 강력한 경제 강국으로 중국을 키워낼 토대를 쌓았습니다.”

“그럼 정부는 실업자 구제를 위해 무엇을 어떻게 해야 할까요?”

“기업하기 좋은 환경을 만들어 놓아야 합니다. 그것이야말로 정부가 무엇보다도 먼저 적극 발벗고 나서서 해야 할 일입니다. 그것이 바로 영구적으로 실업자들을 구제하는 길이기도 하고요.

노동자와 기업이 서로 물어뜯고 싸우게 하여 적폐(積弊)만 키울 것이 아니라 선진국들에서처럼 노사가 상부상조하게 만들어야 합니다. 노사가 파업하지 않고 서로 돕는 환경이야말로 정부가 만들어 주어야 할 취업 분위기입니다.

이렇게 하는 것이 바로 기업하기 좋은 환경입니다. 자국의 기업 환경 악화로 고민하는 외국 기업인들은 바로 이러한 외국의 기업환경을 선호하여 모여들게 되어 있습니다.

그렇게 하지 않고 정부에서 일자리 창출 위원회를 만들어 해당 기업체들에게 반 강제적으로 비정규직을 정규직으로 만들든가 실업자들을 집단적으로 취직시키든가 하면 그 당장엔 효과를 낼 수 있을지 몰라도 결국은 기업 수지 환경을 악화시켜 실패될 확률이 높습니다."

"이것을 일컬어 사회주의 경제 개혁이라고도 하는데 그러한 방법은 이미 노무현 정부가 일찍이 10년 전에 시도해 보았지만 완전히 실패한 일이 있었음을 방금 전에도 말했습니다. 그런데도 무엇 때문에 문재인 정부는 그 앞날이 뻔히 내다보이는 모험을 그렇게 의욕적으로 감행하려고 하는지 모르겠습니다.

사회주의 경제제도는 지금으로부터 27년 전인 1990년에 레이건 대통령이 주도한 '별들의 전쟁'이라는 미·소 군비경쟁에서 굴복한 소련을 비롯한 동유럽 공산 위성국들이 한꺼번에

줄초상이 났을 때 사라진 제도입니다. 지금은 중국, 베트남, 쿠바 같은 공산국들에서도 그 비효율성 때문에 사라져버린 시효가 끝나버린 제도입니다.

더구나 10년 전에 노무현 정부가 한국 경제를 사회주의 제도로 개혁하려다가 참패를 당한 그 제도를 가리늦게 지금 와서 또 다시 도입하려는 의도가 어디에 있는지 모르겠습니다."

"꼭 그렇게만 생각할 일이 아닐지도 모릅니다. 문재인 정부는 10년 전에 노무현 정부가 준비 부족으로 실패한 제도를 이번에야말로 어떠한 일이 있어도 성공해 보이려고 우수한 전문 학자들의 자문을 받아 권토중래(捲土重來)하는 심정으로 재도전한 것인지도 모르니까 좀 더 그 추이를 지켜보도록 합시다."

"지켜보았자 별수 없을 것입니다. 오죽하면 창립된 지 72년의 역사를 가진 소비에트 사회주의 공화국 연방인 소련을 위시하여, 전 세계에서 사회주의 경제를 추구하던 동유럽 공산국들에서조차 미련 없이 용도 폐기 처분해 버렸겠습니까?

사회주의를 포기하지 않은 세계 유일의 공산국은 세습 왕조국이기도 한 북한이 있을 뿐입니다. 북한이 만약에 공산 세습 왕조국이 아니었다면 1995년 전후에 벌써 망해버리고 적어도 경제만은 개혁개방을 성취하고 말았을 것입니다."

"그럼 그렇게 못 한 이유가 무엇입니까?"

"순전히 식량부족으로 3백만 명의 주민들이 굶어 죽었는데도 지도층 중에서 누구 한 사람 책임을 지지 않고도 멀쩡하게 살아남을 수 있는 나라는 오로지 북한과 같이 동서고금 있어본 일이 없는 깡패 범죄 집단이 지배하는 나라가 아니고는 있을 수 없기 때문입니다.

대한민국은 1997년 이후 국민이 직접 선거로 대통령을 뽑는 자유 민주주의 국가입니다. 그러한 나라에서 도대체 무엇이 안타까워서 온 세계가 그 비능률성 때문에 쓰레기통에 내다버린 지 30년이나 지난 케케묵은 사회주의 경제를 추구할 필요가 있단 말입니까?

더구나 노무현 정부가 10년 전에 자신들의 정치 집단에 폐족(廢族) 처분까지 내림으로써 철두철미하게 참패를 맛보았던 바로 그 지긋지긋한 사회주의 경제 개혁 시도를 새삼스레 또다시 추구할 필요가 어디에 있단 말입니까? 사회주의 경제에 환장을 해버린 사람들이 아닌 이상 그런 일은 있을 수 없는 일이 아닐까요?

한풀이 좌파 정치 10년

1998년부터 2008년까지 10년 동안의 좌파 정부 기간이 끝나자 항간에는 김대중 정부 5년은 전라도의 한풀이 정치였고 노무현 정부 5년은 종북좌파의 한풀이 정치였다는 말이 한참 떠돌았습니다.

하긴 김대중 정부 때는 전국 방방곡곡에서 최 말단 정부 기관인 동사무소나 파출소 소장까지 관직이란 관직은 모조리 다 전라도 출신으로 싹쓸이했으니 말도 많았고 그런 말이 나돌만도 했습니다. 그 다음으로 기억에 남는 것이 있습니다."

"그게 무엇입니까?"

"김대중 정부는 남북 정상회담 직전에 현대그룹을 통하여 국고금 4억 5천만 달러로 김정일의 뒷주머니를 채워주어 핵무기 개발에 이용하게 한 이후 5년 내내 북한당국의 단물 빨아먹기 숫법에 놀아나 그들이 만나주는 것만도 감지덕지 애걸복걸 한 것입니다."

"그럼 노무현 정부 5년 동안에는 어떠했던가요?"

"노무현 전 대통령은 일찍이 말했습니다.

1. 북한 하고만 잘되면 다른 것은 다 깽판쳐도 좋다.
2. 우리가 북한에 아무리 많이 퍼주어도 남는 장사다.
3. 북한의 핵미사일 개발은 다 이유가 있는 것이다.
4. 나는 북한의 대변인으로서 외국 정상에게 몇 시간씩 북한을 두둔하여 설득한 일이 있다."

"이 정도로 북한을 두둔했으니 종북 좌파의 한을 풀었다는 말을 들을 만도 하군요.

그 5년 동안의 한풀이로 끝났으면 그것으로 만족해야지 계속 똑 같은 한풀이를 도대체 언제까지 되풀이하겠다는 겁니까? 그것은 아무리 생각해 보아도 국가 에너지의 낭비 외에 얻는 것은 아무것도 없습니다."

"그렇습니다. 좌파 정치 10년 동안 그만큼 한풀이를 했으면 족한 줄 알아야지 그 이상 나가면 진짜 촛불 시위로 번질 수도 있습니다."

"그럼 지금까지의 촛불 시위는 가짜였습니까?"

"그럴 수도 있다는 얘기입니다. 실례로 이명박 정부 초기에 있었던 광우병 촛불 시위야말로 그 전형적인 케이스입니다. 있지도 않았던 광우병을 날조하여 촛불 시위의 명분으로 삼았으니까요. 지난 봄에 있었던 촛불 시위도 무슨 속사정이 있었는지 밝혀지려면 시간이 좀 걸려야 할 것입니다."

"그건 그렇고 앞으로 문재인 대통령은 어떻게 해야 전체 국민들의 지지를 받는 통합 대통령이 되어 역사에 그 이름을 남길 수 있을까요?"

국리민복에 올인하는 통합 대통령

"선거 운동 때 약속한 그대로 국리민복(國利民福)을 위해서는 일단 대한민국의 대통령이 된 이상 그를 지지하지 않은 60%의 유권자들의 권익도 존중하는 그야말로 국민 전체의 통합 대통령이 되어야 합니다.

노조가 선거 운동 때 그를 지원해 주었다고 해서 대통령이 된 후에 노조의 부당 요구를 들어주는 은혜 갚음을 해서는 안 됩니다."

"그럼 어떻게 해야 합니까?"

"오직 국민 전체에 도움이 되는 일, 즉 국리민복을 위하여 올인해야 합니다. 노조의 도움으로 대통령이 된 브라질의 루울라 대통령은 노조로부터 배신자라는 욕을 먹으면서도 그들의 부당한 요구를 일체 거부하고 오직 브라질 전체 국민을 위해서 발벗고 나서서 일했습니다. 그 때문에 그는 전체 브라질 국민의 영웅이 되었습니다.

문재인 대통령도 이제는 아무리 운동권 시대부터 품어온 사회주의 이념이 보물로 여겨진다고 해도 그것이 시대에 뒤떨어지고, 국리민복에 도움이 안 된다는 것이 지구촌 사람들 대다수의 중론입니다.

이것을 무슨 일이 있어도 빨리 깨달아야 할 것이며 비록 옛 운동권 동지들로부터 배신자 소리를 듣는 한이 있어도 이를 과감하게 무시하고 오직 국리민복을 위해 전체 국민의 뜻을 따라야 합니다.

'임을 위한 행진곡'이 아무리 80년대 운동권 동지들과 함께 불러온 한 맺히고 정든 노래라고 해도 지난 19대 대선에서는 아직도 60%의 유권자들이 문재인 대통령에게 찬성표를 던지지 않았다는 것을 명심하고 진정으로 국민 통합 대통령이 되기를 원했다면 읍참마속(泣斬馬謖)의 심정으로 이 노래를 공식 행사장에서 부르는 것을 당분간 보류할 줄도 아는 융통성을 구사해야 합니다.

더구나 지난 대선에서는 18대 대선 때의 문대통령의 득표율 48%보다 7%나 깎였다는 것을 유의했어야 합니다."

"필요하면 이념과 구정(舊情)에서 과감하게 벗어나 오직 국리민복 하나를 위해 대통령직을 걸고 올인하라는 말씀이시군요."

"물론입니다. 서구와 북미 선진국들에서는 이러한 관례가 이미 오래 전부터 거의 제도화되었습니다. 따라서 그들에게는 일단 정권을 잡으면 여, 야, 좌익, 우익, 진보와 보수가 없습니다.

오직 국리민복을 위하여 최선을 다할 뿐입니다. 그렇기 때문에 그들은 오직 국리민복을 위해서만 개인들의 정치 운명을 걸 뿐입니다. 그리고 필요하다면 모든 것을 깨끗이 포기할 자세가 되어 있습니다.

좀 뒤늦기는 하지만 우리도 그래야 합니다. 특별히 대통령에 뽑힌 사람은 오직 국리민복을 위해서 모든 것을 걸어야 합니다."

행복합니까?

우창석 씨가 말했다.

“사람들은 요즘 거칫하면 ‘행복해요? 그래 그렇게 해 보니 행복합니까?’ 하고 일상 대화에서도 말하기를 좋아합니다. 기분이 좋으냐고 물어야 할 말을 행복하냐로 바꿔치기한 것 같은 느낌이 들 정도입니다. 이러한 말투의 변화에 대하여 선생님께서는 어떻게 생각하십니까?”

“기분 좋으냐고 물었어야 할 말 대신에 행복하냐라고 물으면 어쩐지 기분이 행복으로 한 계단 뛰어 오른 것 같은 느낌이 듭니다. 시대와 그때그때의 패션에 따라 변하는 언어 구사에 대하여 시비할 것 없이, 구도자들끼리는 행복이란 말 뜻을 견성했을 때의 황홀한 감정을 표현하는 데 이용하는 것이 좋지 않을까 하는 생각이 듭니다.

그렇게 되면 ‘견성하십시오’ 하고 인사하는 대신에 ‘행복하십시오’ 하는 인사를 들을 때마다 견성의 경지로의 뛰어넘기를 맛보게 될 것입니다.

‘견성하십시오’ 하면 어쩐지 견성을 강요하는 것 같은 거부감이 들지만 ‘행복하십시오’ 하면 거부감 대신에 세속을 초월하는 포근함을 느끼게 될 것이기 때문입니다.

개체가 전체 속으로 뛰어넘어 들어갈 때, 그렇게 된다면 기분 좋으냐가 행복하냐로 상승함으로써 언어상으로나마 세속과 생사를 초월한 절대의 경지를 한순간이나마 맛볼 수 있지 않을까 생각해 봅니다. 전체 속으로 뛰어들어가는 개인의 행복감은 겪어보지 않으면 알 수 없습니다. 그 편안함은 견성보다는 확실히 행복이라는 표현이 수승하고 탁월합니다.”

“견성을 하고 전체 속으로 뛰어 들어가려면 어떻게 해야 됩니까?”

“나보다 남을 먼저 배려하는 사람은 누구나 바로 그 자리에서 전체와 하나가 될 수 있습니다.”

“언제 어디서 그렇게 됩니까?”

“전체에는 생사와 시공(時空)이 없으니까 지금 있는 그 자리가 전체입니다. 그 전체가 바로 하늘나라요 니르바나입니다.”

“그럼 개인 즉 개체는 어디에 있습니까?”

“개체는 전체 속에, 전체는 개체 속에 있는데 그것이 바로 변함없는 행복이라고 할 수 있습니다.”

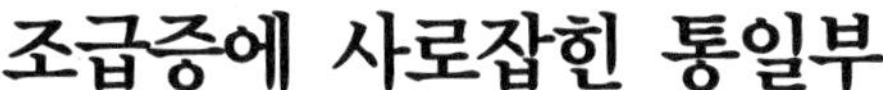

조급증에 사로잡힌 통일부

2017년 5월 24일 수요일

우창석 씨가 말했다.

"이제 출범한 지 보름밖에 안된 문재인 정부의 통일부 대변인은 지난 22일 '현재와 같은 남북 관계의 단절은 바람직하지 않다'고 말하면서 민간단체들의 대북 지원이나 방북 요청을 허가할 뜻을 내비쳤습니다.

문정인 청와대 통일외교안보 특보도 이날 5.24 대북 제재는 해제해야 한다면서 곧 5.24 조치 해제와 금강산 관광과 개성공단 재개 등을 문재인 대통령과 논의하겠다고 말했습니다."

"5.24 조치는 언제 발효되었죠?"

"2010년에 발효되었으므로 벌써 7년의 세월이 흘렀습니다. 북한 잠수함에 의해 천안함이 폭침당하여 우리 장병 46명 전사한 뒤 취한 최소한의 응급 조치였습니다."

"그럼 금강산 관광 중단은 언제 단행되었죠?"

"그보다 2년 전인 2008년 우리의 관광객 박왕자 씨가 북한군에게 사살된 후 중단되었습니다. 그리고 개성공단 폐쇄는 2013년 북한이 '전시상황' 돌입을 선포하고 통행제한 조치를 취하면서 나온 것입니다. 모두가 북한의 도발 때문에 일어난 일입니다.

지금까지 북한은 이런 범죄 행위, 공격 행위에 대해 어떠한 잘못도 인정한 일이 없을 뿐만 아니라 도리어 우리의 자작극, 모략극이라고 덮어 씌었습니다. 이처럼 북의 행태는 추호도 달라진 것이 없건만 우리가 먼저 발벗고 나서서 5.24 조치를 해제하면 도대체 어떻게 하겠다는 겁니까?

저들은 이때다 싶어 '남조선이 이제야 스스로 제 잘못을 인정하고 5.24 조치를 해제했다'고 온 세계에 떠들어대면 뭐라고 할 것입니까?

유엔의 각종 대북 제재는 북한으로 달러가 유입되는 것을 엄격하게 금하고 있습니다. 유엔 결의는 또한 북한과 외교 관계 축소도 촉구하고 있습니다. 그런데도 불구하고 북한 핵과 미사일의 최대 피해당사국인 우리가 김정은의 주머니에 달러가 흘러 들어가는 개성공단과 금강산 관광을 재개한다고 하니 소가 들어도 웃을 일이 아닙니까?

미국과 그 우방국들이 '북한이 어떤 입장 변화를 보였기에 새로 들어선 한국 정부가 유엔 결의와는 상반되는 행동을 하느냐'고 물어오면 어떻게 답할 것인지 무척 궁금합니다.

"문재인 정부의 인사들은 김대중 정부의 햇볕 정책을 계승하겠다고 나선 사람들입니다. 그러나 아무리 그렇다고 해도 지금 북은 교류를 위해 방북한 우리 민간인들을 언제 어떻게 인질로 잡을지도 모르는 상황입니다.

그런데도 불구하고 잘못을 저지른 북은 아무 말도 없는데 피해자인 우리가 김대중 정부 때처럼 조바심치며 안달하다가 실패한 햇볕 정책의 전철을 그대로 밟아보았자 어떻게 하겠다는 것인지, 그 속셈부터 국민 앞에 밝히고 여론기관들은 지금부터 그들이 할 일을 소상하게 물어보아야 할 것입니다."

군수품으로 변하는 인도적 지원

우창석 씨가 말했다.

"유엔 본부에서 일하다가 외무부 장관 후보자로 지명된 은발의 중년 여성인 강경화 후보자는 25일 인사 청문회 사무실에서 기자들의 질문에 답변하면서 '북이 도발할 때는 제재하되, 인도적 지원은 해야 한다'고 말했습니다. 선생님께서는 그녀의 말이 타당하다고 생각하십니까?"

"전혀 타당하지 않다고 봅니다."

"그 이유를 좀 말씀해 주시겠습니까?"

"지금 북한에서 시행중인 선군체제(先軍體制) 하에서는 우리가 말하는 인도적 지원이니 비인도적 지원이니 하고 구분하는 것은 아무런 의미가 없기 때문입니다."

"그게 무슨 말씀입니까?"

"방금 말한 그대로 선군체재 하의 북한에서는 북한에 들어오는 인도적 지원이니 비인도적 지원이니 하는 것은 아무런 뜻이 없다는 말입니다. 외부에서 들어오는 일체의 구호품은

군에서 필요로 하는 것은 그 즉시 군수품으로 징발해버리면 그만이기 때문입니다.

무슨 말인가 하면 우리가 아무리 유아용품이나 환자용으로 보낸 것이라 해도 우선권이 있는 군에서 징발하면 그 즉시 군수품으로 화하여 북한군의 전력을 강화해 주는 데 이용된다는 말입니다.

만약에 북한에 큰 홍수가 나서 많은 수재민이 발생했을 경우 그들에게 보내는 수재민 구호품도 군이 제일 먼저 이용할 권리가 있으므로 군이 징발하면 군수품이 되고 맙니다."

"그럼 구호품을 보내는 나라에서 처음부터 구호요원들을 딸려 보내어 구호품을 직접 수재민들에게 나누어주게 하면 되지 않겠습니까?"

"북한이 방글라데시나 수단 같은 자유세계에 속한 나라라면 얼마든지 그럴 수 있겠지만 지구상의 유일한 공산독재 세습 선군 국가에서는 구호품에 구호요원을 딸려 보낸다는 것은 상상도할 수 없는 일입니다."

"그럼 원조국 요원들은 피원조국에게 원조품만 넘겨주고 되돌아 와야 합니까?"

"그렇고 말고요. 그래서 프랑스에 본부를 둔 외국 원조기관인 '국경 없는 의사회'에서는 북한의 몰상식한 태도에 하도 화가 나서 그들이 파견했던 의사들과 구호요원들을 아예 북한 땅에서 철수하고 구조 활동까지도 중단하고 말았습니다.

육이오 동란 때 우리나라에는 전 세계에서 피난민들에게 보내는 각종 원조품이 홍수를 이루었습니다. 처음엔 원조품에 구호요원들은 없는 경우가 많았습니다. 그렇다고 창고가 없으니 원조품들을 노천에 계속 쌓아놓고 비를 맞게 할 수도 없는 일이었습니다.

그래서 이승만 정부는 우선 비조직화된 피난민이 아니라 비교적 조직화된 공무원들에게 이것을 나누어 주었습니다. 이것을 알게 된 외국의 신문기자들이 원조품들을 공무원들이 다 가로챘다고 본국에 타전하자 한국 정부를 비난하는 국제 여론이 팽배했고 원조국들에서 구호 분배 요원들이 대량 한국에 파견되어 활동하기 시작했습니다. 이런 방식이 자유세계에서는 상례화되어 있습니다.

그러나 오직 북한에서만은 이런 일이 전연 불가능합니다. 인도적 지원이니 비인도적 지원이니 하는 것도 북한땅에 떨어지면 아무 의미가 없고 김정은의 하사품으로 둔갑해도 쓴소리를 하는 기관도 개인도 없습니다."

알아서 갖다 바치기

"선생님 말씀을 듣고 보니 이번 인도적 지원도 북한에서는 요청도 하지 않았것만 문재인 정부가 알아서 갖다 바치는 것밖에는 안 되는 꼴이 아닙니까?"

"그렇습니다. 김영삼 정부는 북한이 원하지도 않은 쌀 30만 톤을 북한 항구에 실어다 주고 나서 승무원은 카메라를 빼앗기고 뺨만 된통 얻어맞고 돌아온 일이 있었고, 김대중 정부는 정상회담 대가로 김정일의 뒷주머니에 4억 5천만 달러나 찔러 주었는데 이 돈과 함께 남북 접촉이 있을 때마다 그 댓가로 계속 보내준 30억 달러는 고스란히 핵과 미사일 개발 자금으로 이용되었다고 미국 정보기관들은 말하고 있습니다.

심지어 노무현 전 대통령은 북한에는 아무리 많이 퍼주어도 남는 장사라면서 마음 놓고 퍼주었습니다. 김영삼, 김대중, 노무현 정부들의 이 같은 퍼주지 못해 안달하는 전통은 문재인 정부 시대에도 어김없이 되살아나고 있다고 보면 틀림없을 것입니다."

"기왕에 그렇게 퍼주고 싶으면 북한에 지금도 감금되어 있는 국군포로와 납치당한 어부들을 되돌려 받는 대가로 그들이 원하는 쌀과 비료와 시멘트를 보내주면 서로 체면이라도 설 것이 아닙니까?"

"누가 아니랍니까? 김영삼, 김대중, 노무현 정부는 그렇게 하지 못했지만 문재인 정부 안에서만은 제발 이 문제에 관한 한 대오각성한 공직자들이 다만 몇 명이라도 나타나기를 학수고대(鶴首苦待)하는 심정입니다."

"만약에 우리가 마치 제후국이 황제국에게 공물(貢物) 갖다 바치듯 하는, 인도적 지원이니 뭐니 하는 이 되지 못한 관례를 지금부터라도 당장 집어치워 버린다면 어떻게 될까요?"

"어떻게 되고 말고 할 것이 있겠습니까? 노태우 이명박 박근혜 정부처럼 아무 말 없이 그렇게 하면 될 텐데요."

"그렇다면 그동안 억압당해온 대한민국 국민들의 자존심을 되살리는 뜻에서라도 이명박 박근혜 정부의 본을 따서 비록 뒤늦기는 하지만 문재인 정부도 그렇게 해 보는 것이 어떨까요?"

"아마도 그렇게 되기는 어려울 것입니다."

"왜요?"

"지금 돌아가는 분위기로 보아 문재인 정부 안에서는 북한에 퍼주지 못해서 환장하는 사람들이 아무래도 생각보다 훨씬 더 많은 것 같으니까요. 노무현 전 대통령은 북한에는 아무리 퍼주어도 남는 장사라고 말했는데 그 전통을 이은 노사모 회원들이 문재인 정부에는 더 많이 들끓고 있는 것 같습니다.

떡 줄 놈은 생각도 않는데 김치 국물부터 마신다는 격으로 종북 좌파들 중에는 북이 개발한 핵과 미사일은 곧 우리 것이라고 여기는 젊은 몽상가들이 제법 있는 것 같습니다."

"도대체 젊은 종북 좌파들은 왜 그런 환상을 품게 되었을까요?"

"아마도 친북 좌파 정부들과 전교조가 주도하는 북편향적 검정교과서들은 해방 후 72년 동안 추호도 변함없는 북한의 적화통일 야욕을 감추고 평화통일을 바라고 있는 북한이 조국이라도 되는 듯이 왜곡하여 가르쳤기 때문이라고 생각됩니다."

"그걸 어떻게 그렇다고 말할 수 있습니까?"

"그건 문재인 정부가 들어서자마자 박근혜 정부가 금년부터 쓰기로 예정했단 국정교과서를 제일 먼저 취소하기로 한 것만 보아도 알 수 있는 일입니다."

깨달음의 문제

우창석 씨가 말했다.

"선생님 견성을 한 구도자는 흔히 생(生)과 사(死)는 따로 없다고 말합니다. 그것을 흔히 생사일여(生死一如)라고도 말합니다. 그러나 생사의 문제는 그렇게 간단하게 정리하고 넘어갈 문제는 아니라고 봅니다."

"왜요?"

"그러한 문제는 언어나 논리로 입증하기 지극히 어려운, 그리고 오감을 초월한 깨달음이 있어야 하기 때문이 아닌가 합니다. 그러한 깨달음 중에서도 우리가 손쉽게 이용할 수 있는 것으로 어떤 것이 있을 수 있을까요?"

"우아일체(宇我一體)를 들 수 있습니다."

"왜요?"

"우주란 전체(全體)이면서도 무일물(無一物)이기 때문입니다."

"무일물이란 무엇입니까?"

"글자 그대로 아무것도 아닌 것, 영어로 말해서 nothing입니다. 아무것도 아니면서 그 안에 우주만물이 다 들어 있습니다. 다시 말해서 사람은 아무것도 아닌 개체이면서도 우주 전체이기도 합니다. 따라서 부모미생전본래면목(父母未生前本來面目)이 있기 전 아득한 옛날부터 끝없는 미래까지 영원무궁토록 존재할 실체입니다.

왜 그러냐 하면 개체는 전체를 이루고 전체는 개체를 이루기 때문입니다. 따라서 우주는 영원하고 생사를 초월할 수밖에 없습니다. 우리는 바로 그러한 우주의 분신(分身)입니다. 그리고 그 분신은 우주 전체의 한 부분이면서 전체를 이루고 있습니다.

아무것도 아닌 것은 허공이고 그 허공은 우주만물을 이루고 있으므로 진공묘유(眞空妙有)라고 합니다.

보이는 것은 우리들 각자가 오감으로 분별하는 색(色)이고 보이지 않는 것은 직감과 깨달음으로만 감지할 수 있는 공(空)인데, 이것은 공과 색의 개념을 제일 먼저 이용하기 시작한 2천 5백 년 전 불교식 표현 방법일 뿐이고 현대 물리학에서는 소립자(素粒子)의 발견으로 이미 입증되었습니다."

"그럼 깨달음을 얻을 수 있는 지름길은 무엇입니까?"

"나와 우주와의 일체감을 느끼는 것입니다."

"우주와의 일체감을 어떻게 하면 가장 빨리 느낄 수 있을까요?"

"나보다도 남을 먼저 배려하는 습관을 기르면 됩니다."

"남을 배려하는 습관은 어떻게 하면 기를 수 있습니까?"

"내가 우주다 하고 늘 생각하면서 어떠한 난관에 처해도 모든 것을 내 탓이라 생각하면 의외에도 만사가 순조롭게 해결될 것입니다. 나보다 남을 먼저 생각하고 어려운 문제가 발생했을 때는 모든 것을 내 탓으로 돌리면 해결 안 되는 것이 없을 것입니다. 이른바 역지사지방하착(易地思之放下着)입니다."

"전인미답(前人未踏) 즉 아무도 가 본 일이 없는 곳을 찾아가다가 길을 잃었을 때는 어떻게 해야 합니까?"

"그럴 때는 관(觀)을 하면 됩니다. 구도자에게 관으로 해결되지 않는 것은 없습니다."

부동심(不動心)과 평상심(平常心)

"그런데 선생님, 제 친구 하나는 사업 자금으로 꿍쳐 두었던 전 재산 10억을 절친했던 친구에게 떼이고 지금 공황 상태에 빠져 있습니다."

"그 돈을 사취한 친구는 지금 어디에 있습니까?"

"돈 떼인 것을 알았을 때는 벌써 필리핀으로 튀어버린 뒤였습니다. 이미 돈을 떼인 것은 그렇다 치고 앞으로 이 같은 사기를 또 다시 당하지 않으려면 어떻게 해야 되겠습니까?"

"그 친구에게 그만한 돈을 선뜻 넘겨주었을 때는 무슨 속셈이 있었을 것이 아닙니까?"

"물론입니다. 돈 벌면 몇 배로 갚아 줄 것이라는 말을 순진하게 믿었던 것이 결정적 실수였습니다."

"바로 그겁니다. 한 욕심이 다른 욕심을 이긴 것입니다. 사기친 친구는 바로 이것을 노린 것입니다. 그러니까 앞으로 또 다시 그런 변고를 당하지 않으려면 자기 마음 속에서 황당한 욕심부터 털어버렸어야 합니다."

"욕심이라뇨?"

"몇 배로 갚아준다는 말을 믿는 마음 말입니다. 만약에 그러한 욕심이 없었다면 그렇게 사기친 친구의 말을 믿지도 않았을 것입니다. 그뿐만 아니고 그가 거짓말을 하고 있는 것이 직감으로 전달되어 왔을 것입니다. 이것을 우리는 부동심(不動心) 또는 평상심(平常心)이라고 합니다.

따라서 그 친구가 또 다시 사기를 당하지 않는 길은 항상 마음을 깨끗이 비워둠으로써 늘 평상심과 부동심을 갖는 것입니다. 이러한 평상심과 부동심은 바로 우주의식과도 통하므로 천지신명들도 도와주게 되어 있습니다. 이것을 일컬어 일이관지(一以貫之)라고도 말합니다. 수련이 이 정도에 이르면 우아일체(宇我一體)가 되었다고 말합니다.

그럼 일이관지와 우아일체는 전체와 개체가 하나로 통해진 것을 말합니다. 이 영역에는 사기꾼의 접근이 용납되지 않습니다."

긴급한 사드 배치 문제

2017년 6월 9일 금요일

우창석 씨가 말했다.

"청와대 고위 관계자는 7일 사드 발사대 4기의 추가 배치가 환경 영향 평가를 생략할 수 있을 정도로 긴급한 일은 아니라고 말했습니다. 왜냐하면 북한의 핵실험과 미사일 발사는 오래 전부터 진행되어 왔기 때문이라고 합니다. 청와대가 북의 도발은 늘 있는 일이니 시간을 갖고 대처해도 된다는 인식을 갖고 있다면 이건 정말 보통 일이 아니지 않습니까? 선생님께서는 이러한 사태를 어떻게 생각하십니까?"

"그거야말로 보통 일이 아닙니다. 주한 미군이 자국 정부에 사드 배치를 요구한 것은 북한이 노동 미사일 고각(高角) 발사에 성공함으로써 기존의 패트리엇 요격망을 뚫을 수 있게 되었기 때문이었습니다. 더구나 북한은 핵탄두를 미사일에 탑재할 수 있을 정도로 소형화하는 데 거의 성공했기 때문입니다.

따라서 사드 없이는 이런 노동 미사일급 이상의 고각 발사에 주한 미군, 한국군 기지는 말할 것도 없고 부산항 등 유사시 미 증원군이 들어오는 전략 시설 전체가 무방비 상태로 노출당하게 됩니다.

이건 군사적으로 도저히 있을 수 없는 일입니다. 더구나 미군뿐만 아니라 그들의 가족까지 거주하는 평택 기지마저도 북한의 미사일에 무방비 상태로 노출당하는 것은 미국 정부의 정책상 도저히 용납될 수 없는 일입니다.

이러한 모든 사태의 진전은 불과 1~2년 사이에 일어난 일입니다. 이러한 위기 사태를 청와대가 '늘 있었던 일'이라고 본다면 군사적 현실을 파악하지 못하고 있거나 외면하여 왔다고밖에는 볼 수 없습니다."

우창석 씨가 또 말했다.

"강경화 외교부 장관 후보자는 국회 청문회에서 '사드 없이 다른 대책이 있느냐'는 질문에 5초 동안 침묵을 지켰습니다.

출범한 지 한 달이 되었건만 새 정부 역시 사드 없는 군사적 방어 대책에 대하여 아직 한번도 언급한 일이 없습니다. 실제로 아무런 대책이 없습니다. 게다가 이해할 수 없는 것은 다른 대책이 없는데도 불구하고 그 유일한 대책인 사드를 지연시키는 조치만 취하고 있다는 것입니다.

게다가 청와대의 사드 환경 영향 평가 방침은 점점 더 이상해지고 있습니다. 주한 미군은 사드 운용에 10만 평방미터만 필요하다는데, 굳이 시간이 더 많이 걸리는 환경 영향 평가를 하기 위해 우리 정부가 미군에 땅을 더 많이 주어야 한다는 논리까지 등장하고 있습니다.

이 모든 것을 떠나 국가 안보와 관련한 긴급 사안이라고 판단되면 환경 평가를 사실상 생략할 수도 있건만 그들에게는 이런 건 안중에도 없는 것 같습니다."

"그렇습니다. 사실 새 정부는 '사드 철회는 아니다'라고 미국을 안심시키면서 사드에 트집을 잡는 중국을 달래려는 것 같습니다. 이 줄타기 외교가 성공하면 다행이지만 중국 공산당 매체인 환구시보는 '한국이 사드 배치 취소 않는다'와 '배치 늦추기'를 미 중에 보여주지만 그것만으로 한 중 관계를 복원시킬 수 없다'고 말했습니다. 결국 우리의 의중만 빤히 들여다 보이게 했을 뿐입니다. 그건 애초부터 환상이었을 가능성이 큽니다.

얼마 전에 문재인 대통령을 만났던 더빈 미 민주당 상원 원내 총무는 어제 '문 대통령은 미국보다 중국과 협력하는 것이 더 낫다고 생각하는 것 같다'고 말했습니다. 사드 문제가 임계점에 도달하고 있음을 시사하고 있습니다.

문 대통령은 어제 북한의 순항 미사일 발사 후 주재한 국가안전보장 회의에서 군을 향해 '군사 대비 태세 유지'와 '한·미 연합방위 태세 굳건히 유지할 것' 등을 지시했습니다.

지금 북한의 위협에 대한 대비와 한·미 연합방위의 핵심이 바로 사드입니다. 대통령의 지시는 그야말로 모순인데 군이 이를 어떻게 받아들여야 할지가 의문입니다.

지금 레이더와 발사대 2기만으로 운용중인 사드는 주민 시위대에 막혀 발전용 기름도 제대로 공급받지 못하고 있습니다. 더구나 전력선 설치는 꿈도 못 꾸고 있습니다. 이것이 과연 핵과 각종 미사일로 무장한 북한 폭력 집단의 위협을 받고 사는 나라가 맞는지 의문입니다.

국가안보가 이 지경인데도 취임 1개월이 된 대통령의 인기도는 83%라고 하여 문 대통령과 그를 뽑아준 40%의 유권자들은 희희낙락(喜喜樂樂)입니다. 사드 사태만 보면 그를 대통령으로 선택하지 않은 60%의 유권자들은 한숨이 절로 나오건만 지금이 과연 83%의 인기도 상승률로 그렇게 좋아만 할 때인지 의문입니다. 선생님께서는 이러한 사태를 어떻게 생각하십니까?"

"좀 더 지켜보도록 합시다. 이런 어정쩡한 안보 사태가 마냥 지속될 수는 없는 일입니다. 나라의 장래를 생각하는 국민들 사이에 지금의 대통령의 잘잘못에 대한 여론이 형성되면 그야말로 국리민복을 위해 무슨 결단을 내리게 될 것입니다."

"무슨 결단이라면 어떤 결단 말입니까?"

"나라의 존폐가 경각에 달렸으니 국민들이 무슨 결단이든 내릴 것입니다. 그걸 지켜보자는 것이죠."

한·미 동맹이 철폐된다면 어떻게 될까?

"그러나 이것도 문재인 정부가 노무현 정부의 반미, 친북, 친중 노선에서 근본적으로 벗어나지 못하는 한 별 뾰족한 해결책은 찾기 어렵지 않을까요?"

"참여 정부 시절 의정부에서 미순 효순양이 단순 교통사고로 사망했는데도 미군이 고의적으로 살해한 것으로 조작한 촛불 시위대가 성조기를 불태우는 등 설쳐대어 한·미 관계를 극도로 악화시켰던 일이 생각납니다.

노무현 대통령 시절 청와대 비서실장을 역임한 문재인 대통령은 노무현의 반미, 친북, 친중 노선에서 벗어나지 못하는 한 임기 내내 사드나 대북 문제로 사사건건 미국과 마찰을 빚지 않을 수 없게 될 것입니다.

참여 정부 때의 한·미 관계는 극도로 악화되어, 사실상 이혼을 결심한 부부가 발표만 보류하고 있는 것과 같다고 외신들은 전하고 있었습니다."

"그때 만약 한·미 동맹 관계가 철폐되었다면 어떻게 되었을까요?"

한·미 동맹이 이혼 직전의 상태라는 외신 보도가 나갔을 때만해도 한국에 투자했던 외국 투자가들이 투자금을 회수해 가는 사태가 한때 러시를 이루었습니다.

그런데, 한·미 동맹이 단절된다면 한국은 틀림없이 낙동강 오리알 신세가 되고 말 것입니다. 그리고 북한은 때는 바로 지금이다 하고 제2의 육이오 남침을 개시할 것이고 중국은 동북공정(東北工程)이 예정했던 대로 남북한을 합쳐서 동북4성으로 만들 준비를 착착 진행하게 될 것입니다."

"미국이 아무리 한·미 동맹이 파탄되었다고 해도 육이오 때 4만 7천명의 미군이 전사한 피로 맺어진 동맹임을 생각해서라도 한반도 전체를 중국에 넘겨주려고 할까요?"

"그럴 가능성을 완전히 배제할 수 없습니다. 미국은 1905년에도 우리나라와 조미수호조약을 맺고 상대국에 불리한 조약은 외국과 맺지 않는다 해 놓고도 한국은 일본이, 필리핀은 미국이 사이 좋게 갈라먹은 태프트-가즈라 비밀협정을 맺었습니다. 그리고 얄타 회담에서는 소련의 요구를 들어주어 38선으로 한반도를 분단하고야 말았습니다.

국제사회에는 영원한 우방이나 동맹은 있을 수 없고, 있는 것이란 오직 국익(國益)이 있을 뿐이기 때문입니다.

그렇기 때문에 노무현 정권 5년 내내 그리고 문재인 정권 5년 내내 사드 문제와 대북 문제를 놓고 사사건건 대립각만 세우고 귀찮게만 군다면 미국은 한국과의 동맹 관계를 유지하느니 차라리 강대국 중국과 빅딜하여 대만과 일본의 안전을 보장받는 대신 그 말썽 많은 한반도는 중국에 넘겨주어 이 문제로 더 이상 골치를 썩이려 하지 않을 것입니다.

미국은 한국이 그렇게 말썽을 부리지 않았는데도 6.25 직전에 애치슨 라인이라는 것을 그어놓고 한반도를 미국의 극동 방위선 안에서 제외시켜 버렸습니다. 그걸 빌미로 김일성은 이때다 하고 남침전쟁을 일으킨 것입니다.

우리가 사는 지구촌에서는 17세기 서세동점(西勢東漸) 시기 이후 국력이 강하고 돈 많은 강대국들끼리 약소국을 제멋대로 요리하여 갈라먹는 고약한 풍습이 지금까지도 관례화되어 있습니다.

그런데도 불구하고 참여정부의 실세인 386세대들은 비록 국민소득이 5천 달러라고 해도 경쟁 없고 빈부 격차 없는 평등사회를 원했으므로 집권 3년 만에 7% 대의 한국의 경제 성장률을 기어코 3% 대로 끌어내리고야 말았습니다. 그 후 10년이 흘렀건만 아직도 7% 대의 경제성장률을 회복하지 못했습니다."

"386세대란 무엇입니까?"

"그때(2007년)의 나이는 30대이고 80년대에 대학생이었고 60년대에 태어난 사람들을 말합니다.

우리가 만약 김대중 노무현 정부 이전의 7% 대의 경제 성장률을 지금까지 계속 줄기차게 밀어붙였더라면 대한민국은 영국, 이탈리아를 경제력으로 능히 따돌릴 수 있었을 것입니다. 그렇게 되었다면 미국은 영국과 같은 선진국들을 경제력으로 따돌린 한국을 감히 중국과의 흥정의 대상으로 삼을 수는 없었을 것이고 한·미 관계는 지금의 미·일 관계 못지않게 공고한 방향으로 흘러갔을 것입니다."

"그러나 그렇게 된다면 미·중의 빅딜에 이의를 제기하는 나라들이 생겨나지 않을까요?"

"어떻게 말입니까?"

"1차 대전으로 독일이 패배하자 일본은 재빨리 중국 산동성의 독일 영토를 빼앗아 자기네 것으로 만들었지만 프랑스 러시아 등이 반대하여 원상 복귀된 일이 있지 않습니까?"

"그러나 이번엔 일본 대신에 세계를 주름잡는 초강대국 미국과 중국이 주동이 되었으므로 그때처럼 되기는 어려울 것입니다. 어쨌든 국민소득이 5천 달러에 머물러 있어도 골고루 평등하게 살 수 있기만을 소망함으로써 한국은 어떻게 하든지 선진강국 되기를 결사반대한 386 좌파의 노무현의 집권으로 천 년에 한번 올까 말까 한 그 절호의 기회를 아쉽게도 허무하게 놓친 것만은 사실입니다."

"그런 기회가 다시 찾아올 수 없는 이유가 무엇이죠?"

"이제 한국은 곧 저출산으로 젊은층 인구가 감소되고 급격히 늘어나는 고령층 인구 증가로 정신없이 시달리게 될 것이므로 다시금 압축 고도성장의 기회를 포착하기는 어려울 것이기 때문입니다. 그러나 강대국 소망이 이루어질 수 있는 길이 영영 막혀버렸다고 체념만 할 필요는 없습니다."

"그럼 아직도 그 길이 열려 있습니까?"

"그렇고 말고요."

"그게 무엇입니까?"

"문재인 대통령이 노무현 전 대통령 5년 동안의 역발상(逆發想), 역주행(逆走行)을 바로잡고 그와는 반대의 길을 갈 수 있다면 강대국 소망의 길이 환히 열릴 수도 있습니다."

플뢰르 펠르랭은 뼈속까지 프랑스인일까?

우창석 씨가 말했다.

"프랑스에서 외국인 출신 여성으로서는 처음으로 장관을 지낸 플뢰르 펠르랭(44세) 씨는 지금 한국에서 프랑스 사업가로 일하고 있습니다. 그녀는 선진국에서 장관직을 지내고 한국으로 돌아온 소감을 기자가 묻자 말했습니다.

'제가 태어난 곳은 여기(한국)일지 모르지만 난 뼈 속까지 프랑스인입니다. 한국인들이 날 성공 신화의 주인공으로 봐주는 것은 고맙지만 나는 한국인이 아니예요.'

아무리 그렇다고 해도 친부모를 찾아볼 생각도 없느냐는 물음에 그녀는 대답하기를 '없습니다' 하고 매정하게 대답했습니다.

그녀는 태어난 지 3, 4일쯤 된 영아로 한국에서 길가에 버려졌고 홀트아동복지회를 통해 그로부터 6개월 뒤에 프랑스인 양부모를 만났다고 합니다.

저는 이 기사를 신문에서 읽고 얼마나 친부모에 대한 원한

이 절절하게 사무쳤으면 '나는 뼈 속까지 프랑스인이고 나는 한국인이 아니예요' 라고까지 기자 질문에 가차 없이 대답할 수 있었을까 하는 측은한 느낌마저 들었습니다.

그러나 그렇게 말한다고 해서 과연 그녀가 뼈 속까지 프랑스인일 뿐이고 한국인이 아닐 수 있겠습니까? 이런 때 만약에 선생님께서 우연히 그 회견 현장에 계셨고 다행히도 그녀와의 대화가 이루어져 서로 인생을 논할 사이가 되었다면 무슨 말이 오갔을 것 같습니까?"

"우선 무엇보다도 먼저 중요한 것은 그녀 자신의 외모로 보나 홀트아동복지회의 기록으로 보아도 그녀가 인종상으로 한국인인 것은 틀림없는 사실이므로 그것만은 사실대로 인정해 주어야 한다고 말해주었을 것입니다.

그 누구도 부인할 수 없는 사실을 부인하는 것은 거짓말을 하는 것이고 그것은 그 거짓말을 듣는 사람들뿐 아니라 이것을 지켜본 하늘을 속이는 것입니다.

다시 말해서 그녀는 친부모를 만나든 만나지 않든 상관 없이 프랑스 이름은 플뢰르 펠르랭이고, 한국 이름은 홀트아동복지회 기록대로 김종숙이라는 것은 아무도 맘대로 바꿀 수 있는 것이 아닙니다.

그리고 그녀가 아무리 자기는 한국인이 아니라고 부인해도 그녀는 한국에서 태어났고 그것이 기틀이 되어 프랑스 양부모를 만나 양육되고 교육받았고 장관까지 지내면서 지금까지 남부럽지 않게 잘 살아 온 것이 아니겠습니까?

그리고 누구든지 길을 가다가 돌뿌리에 걸려 넘어졌으면 바로 그 넘어진 자리를 짚고 일어나야 합니다. 그런데 자신을 걸려 넘어지게 한 돌뿌리를 부인한다고 해서 부인될 것이냐고 말해주었을 것입니다.

그리고 그 사실과 진실을 있는 그대로 인정하지 않는다면 친부모에 대한 원한은 살아있는 나무의 나이테처럼 날이 갈수록 점점 더 증폭될 것이고 그 때문에 마음의 평안 역시 평생 얻기 어려울 것이라고 말해주었을 것입니다."

"그러니까 사실과 진실 자체만은 무슨 일이 있든지 솔직하게 있는 그대로 받아들이라 그 말씀이시군요."

"그렇습니다. 지구상의 인간은 누구를 막론하고 자기 혼자서 태어날 수는 없으니까요. 자기가 한국인이 아니라면 프랑스인인 양부모는 어느 나라 출신의 여자 아이를 양딸로 받아들였단 말입니까?"

"듣고 보니 그녀의 평생 화두는 그녀 자신이 존재하게 된 사실을 알아내는 것이 되어야 할 것 같습니다. 가슴 속에서 지금도 계속 자라나는 친부모에 대한 원한을 삭이기 위해서라도 말입니다. 자신이 한국인임을 솔직하게 인정하는 것이야 말로 그녀에게는 제 2의 인생의 막을 여는 계기가 될 수 있는 기준점이 될 수 있을 것입니다."

"그런데 선생님 저는 아무리 생각해 보아도 그녀가 프랑스에서 장관을 지내고 한국에 와서 한국 회사와 파트너가 되어 사업을 하게 된 것은 프랑스 본사에서 그녀로 하여금 한국과 프랑스 두 나라 사이에 훌륭한 가교 역할을 하여 회사의 수익을 올리게 해 달라는 소망 때문이라고 봅니다.

그러한 그녀가 자기는 뼈 속까지 프랑스인일 뿐 한국인이 아니라고 매정하게 부인하는 것은 프랑스 사주 측은 물론이고 잘 사귀어야 할 한국 측 파트너들에 대해서까지 과도하게 거부 반응을 보이는 것은 아닌가 하는 섬찟한 느낌마저 듭니다. 어떻게 생각하십니까?"

"과연 일리 있는 말씀입니다. 그리고 그 말을 들으니 그녀가 말한 대로 자기는 뼈 속까지 프랑스인이라고 말한 이유를 알 것 같습니다."

"그 이유가 무엇인데요?"

"서양식 사고방식인 이분법적흑백논리(二分法的黑白論理)입니다. 하나에 하나를 보태면 둘일 뿐 그 이상도 이하도 아니라는 경직된 서구식 사고방식입니다.

그러한 사고방식을 가진 사람에게는 가령 그녀가 전생에 고관 집 처녀로 아이를 낳아서 기를 수 없으니까 길가에 남몰래 버린 업보를 갚기 위해 금생에 자기 자신이 기아(棄兒)가 되었다는, 한국인이라면 손쉽게 받아들일 수 있는, 인과응보의 이치를 수용하기 어려웠을 것입니다.

서양식 흑백논리보다는 동양식 인과응보의 이치가 현실에 더 부합된다는 현실에 그녀는 눈 떠야 할 것입니다.

그녀는 홀트아동복지회 기록대로 태어난 지 2, 3일밖에 안 되어 길가에 버려진 한국인 김종숙이라는 이름의 기아(棄兒)였으므로 그녀의 출신은 분명 한국인입니다.

그런데도 불구하고 자기는 뼈 속까지 프랑스인이고 한국인이 아니라는 것은 동정심이나 애교로 보아주기에는 지나친 억지입니다. 이러한 억지를 순리로 바꾸는 것으로 그녀는 한국에서의 새로운 인생을 시작해야 할 것입니다.

한국인이 한국인이라는 엄연한 사실을 부인한다면 거짓말쟁이밖에 더 되겠습니까? 무슨 낯으로 그녀는 수많은 한국인 사업 파트너들과 그녀의 남편과 지금 한창 자라나고 있는 세 자녀들을 떳떳하게 대할 수 있겠습니까?

사실을 사실대로 정직하게 인정해야 합니다. 그래야 그것이 우주 에너지와 동조되어 자유자재로 유연성을 발휘하여 그녀의 사업은 물론이고 그녀 자신의 인생에도 틀림 없이 행운이 깃들게 될 것입니다.

한국의 춤과 노래와 영화를 그녀는 좋아한다고 말했는데 그러한 대중문화도 좋지만 한국의 언어와 역사와 문학과 철학에도 관심을 갖기 바랍니다.

다행히도 그녀의 첫딸(12세)은 한국어에 유난히 관심이 많다고 합니다. 가족 안에 후원자까지 생겼으니 부디 뼈 속까지 프랑스이면서도 동시에 뼈 속까지 한국인이 되어 누구 앞에서도 두 개의 조국을 갖게 된 것을 오히려 행운으로 알고 떳떳하게 자랑할수 있게 되기 바랍니다. (《조선일보》 2017년 6월 17일 토요일 섹션에서 취재)

북한 대륙간 탄도 미사일(ICBM) 파동

2017년 7월 5일 수요일

우창석 씨가 말했다.

"북한이 자기네와의 대화를 모색하는 미국의 입장을 무시하고 하필이면 미국 독립기념일을 택하여 어제 대륙간 탄도 미사일을 발사했습니다. 북한이 이처럼 국제사회의 의도와는 정 반대로 역발상(逆發想) 역주행(逆走行)을 강행하는 이유는 무엇일까요?"

"북한은 어떻게 하든지 온 세계의 이목이 쏠려있는 이때를 놓칠세라 자기네의 목표를 달성하려는 것이라고 봅니다."

"그들의 목표가 도대체 무엇입니까?"

"어떻게 하든지 핵보유국 지위를 획득하자는 것입니다."

"지금 전 세계에 핵보유국이 몇 나라인지 아십니까?"

"미국, 러시아, 중국, 영국, 프랑스, 인도, 파키스탄, 이스라엘 전부 8개국입니다."

"도대체 그 8개국 안에 끼어들면 무슨 이득이 있습니까?"

"첫째로 핵무기를 포기하라는 압력을 그 누구로부터도 받지 않을 것이고 동시에 핵보유국이 됨으로써 우선 주변국이나 어느 강대국과도 1 대 1로 당당하게 맞설 수 있을 것이며 남북회담이나 미군철수 요구와 핵 군축 회담 같은 데서도 우위를 점할 수 있게 될 것입니다.

다시 말해서 단지 핵을 가졌다 해서 강대국의 필수요건인 부국(富國)이 되지 않고도, 외국의 식량 원조 없이는 살아갈 수 없는, 1995년 전후에 3백만의 주민들이 굶어 죽은 세계에서 가장 가난한 나라이면서도, 강대국의 지위를 얻을 수 있다는 이점이 있습니다."

"그러나 핵보유국이었다가 까다로운 유지 관리의 어려움과 미국의 설득으로 핵을 포기한 나라들도 있지 않습니까?"

"그런 나라들도 있었죠. 우크라이나 벨로루시, 카자크스탄, 이란, 리비아, 남아공 같은 나라들은 기꺼이 또는 마지못해 핵을 포기하기도 했죠."

"북한은 순리로 보면 마땅히 핵을 포기한 나라들 속에 진즉 끼어들었어야 하는 나라가 아닙니까?"

"당연히 그랬어야 합니다. 그러나 북한은 다른 나라들에서는 이미 시효가 끝나 용도 폐기되어 1990년 전후에 사라져버린 사회주의에 악착같이 매달려 있는, 세계 유일한 공산주의 왕조 체재로서 선군주의 야만 국가이기를 철저히 고집하는 독종 국가입니다."

"아무리 그렇다고 해도 세계 인류의 상호 번영을 위하여 무슨 획기적인 대책은 없을까요?"

"다수의 동포들과 세계인이 살기 위해서 극소수의 독종은 멸망되어야 합니다. 그것이 자연과 하늘의 이치입니다. 그러나 그렇게 되기 전에 사람으로서 할 일은 깨달은 쪽이 무지한 쪽을 살리는 길이 있을 뿐입니다. 그러나 그 이상의 일은 하늘의 뜻에 맡기는 수밖에 어떠한 다른 방법이 있을 수가 있겠습니까?"

"그러나 그렇게 쉽게 포기하지 말고 상대인 북한의 약점을 계속 파고들어가다 보면 의외의 돌파구가 열릴 수도 있다고 봅니다."

"그것이 무엇인지 어디 한번 말해보세요."

"북한의 최대 약점은 힘없는 북한주민들과 외부 세계의 정보를 1945년 해방 이후 2017년 지금까지 72년 동안 철저히 차단하는 데 성공한 지구촌에서 단 하나밖에 없는 나라입니다.

따라서 북한 지도층에게는 이것은 하나의 자랑거리이면서도 최대의 약점이기도 합니다. 동유럽의 공산 위성국들은 외부 세계와 자국민들의 정보 차단에 실패했기 때문에 모조리 다

망해버리고 만 것입니다. 바로 북한의 통치자들은 지금도 바로 이 정보 차단에 가장 신경이 날카로울 수밖에 없게 되어 있는 이유입니다.

남북 교류가 안 되는 이유도, 이산가족 상봉이 안 되는 이유도, 기존의 남북 종단 철도가 재개통되지 않는 이유도 바로 여기에 있습니다. 3만명에 달하는 탈북자 단체들은 이것을 잘 알고 있으므로 북한 동포들에게 외부 세계의 실상을 알리려고 푼돈을 모아 풍선을 날려보내고 있었습니다.

바로 이 때문에 한국에 친북 좌파 정부가 들어서면 북한은 풍선 날려보내는 것부터 중단할 것을 요구하여 실천해 오고 있습니다. 우리는 북한이 핵과 미사일을 개발하는 것을 가장 싫어하면서도 그것을 중단시키는 것은 엄두도 못 내면서도 그들이 제일 싫어하는 풍선 날려 보내기를 중단해달라는 저들의 요구는 잘도 들어줍니다. 그러나 이제부터 우리는 바보짓은 그만큼 하고 정신 차려야 합니다. 북한이 핵과 미사일을 포기할 때까지 풍선 외에도 무인기 등을 이용하여 외부 세계의 정보를 대대적으로 날려 보내야 합니다.

탈북자 단체들뿐만 아니라 국가와 전체 국민들이 일치 궐기하여 실행해야 할 일입니다. 그렇게 하여 북한 땅의 주인인 북한 주민 스스로 각성하여 그들의 장래를 모색하도록 해 주어야 한다고 생각합니다."

좌파 정권 10년 업적 계승 발전시키는 문제

계순원이라는 수련생이 말했다.

"최근에 문재인 대통령은 한 공개석상에서 김대중, 노무현 정권 10년의 업적을 계승 발전시키겠다고 다짐했습니다. 저는 이 말을 듣고 가슴이 철렁 내려앉는 충격을 받았습니다. 제가 보기에는 노무현 대통령은 한·미 자유무역협정 외에는 내세울 만한 업적이 별로 없기 때문입니다.

저는 최근 10년 전에 나온 『선도체험기』 88권 19면의 '대인과 소인은 어떻게 다른가'라는 제하의 글을 읽고 그 내용의 일부가 지금 제가 국민들에게 하고 싶은 말을 100% 대변한다고 생각되어 여기 들고 왔습니다."

이렇게 말하면서 그는 문제의 부분을 읽어내려 갔다. 그것은 우창석 씨와 나 사이에 10년 전에 있었던 대화였다.

우창석 씨가 말했다.

"선생님, 일전에 노무현 대통령은 한 친노 그룹 회의에서 '경제는 멀쩡하게 잘 돌아가고 있는데 언론과 야당이 중상모략을 합니다. 주가 상승이 경제가 잘 돌아가는 그 증거입니다' 하고 말했습니다. 과연 그럴까요?

그렇지 않으니 문제가 아닙니까? 주가는 아무리 올라갔다고 해도 일반 국민이 피부로 느끼는 경제와는 전연 관계가 없습니다. 우리나라 경제가 악화하고 있다는 것은 무엇보다도 그동안 발표된 각종 통계 자료들이 구체적으로 잘 입증해 주고 있습니다."

"그 통계 수치들을 좀 말씀해 주시겠습니까?"

"우선 1996년에 한국 국민 중 중산층이 차지하는 비율은 55.6%였는데 2006년 상반기에는 43.7%로 줄어들었습니다. 그리고 좌파 정권 10년 동안에 빈곤층은 11.2%에서 20.1%로 거의 배가되었습니다. 노무현 정부 4년간 평균 경제 성장률은 4.25%로서, 세계 평균 성장률 4.9%에도 미치지 못했습니다.

그것뿐이 아닙니다. 2월 19일자 한국 갤럽 조사에 따르면 우리 국민의 9.6%만이 살림이 좋아졌다고 말했을 뿐이고 그 나머지 90.4%는 그렇지 않다는 것입니다. 이것을 보고 어떻게 경제가 잘 돌아간다고 말할 수 있겠습니까?

신년 여론조사에 따르면 2002년 대선 때 노무현 후보를 찍어준 64.4%의 유권자가 잘못을 깊이 뉘우치고 있는 것으로 나타났습니다. 노무현 정권 5년 동안에 국가 채무는 130조 원에서 300조 원으로 늘어났습니다. 공기업 부채 규모는 노무현 정부 출범 직전인 2002년의 195조 원에서 지금은 296조 원으로 52% 증가했습니다.

낙하선을 타고 내려온 전문성이 없는 공기업 사장들이 종업원들의 인기를 끌기 위해 어떤 데서는 다른 동종의 민간 기업보다 4배의 임금을 지불하는 등 적자 경영을 하여 국민의 세금을 물 쓰듯 하여 온 결과입니다. 그 결과 '신이 내린 직장'이라는 명예는 얻었지만 애꿎은 납세자들의 허리만 더욱 더 휘게 했습니다.

외국 투자는 2004년에 92억 달러, 2005년에 63억 달러, 2006년에 36억 달러로 계속 줄어들고 있습니다. 경제가 잘 돌아가기는커녕 경제가 잘 안 돌아가기 때문에 수익성이 떨어져 한국을 떠나는 외국 기업이 늘어난 결과입니다.

노무현 정권 5년간 종업원 3백 명 이상의 대기업 일자리 3만 개가 줄어들었습니다. 수도권 공장 신축 억제, 지방 균형 발전 및 반시장(反市場) 정책으로 기업 투자를 막고 일자리를 외국으로 쫓아낸 결과입니다. 대한상공회의소 조사에 따르면 5백대 기업의 3분의 1이 올해 하반기에 신규 채용을 하지 않는다고 합니다.

5년 전 88만 5천 명이던 공무원이 지금은 94만 8천 명이 되어 6만 3천 명이 늘어났습니다. 경제를 살려 일자리를 늘인다는 세계적 추세를 무시하고 역주행(逆走行)하여 국민세금으로 공무원만 뽑아서 이른바 사회적 일자리만 늘이는 데만 주력한 결과입니다.

이 때문에 7월 8일에는 1730명을 뽑는 서울시 공무원 채용시험에 전국에서 9만 1600명이 몰려들어 52.9 대 1의 경쟁률을 과시했습니다. 이들이 50명 정원 버스를 이용했더라면 1832대의 버스가 경부고속도로, 호남고속도로, 중부고속도로를 완전히 꽉 메웠을 것입니다.

그러나 다행히도 이들이 7일 오후부터 기차, 버스, 비행기, 승용차를 이용했으므로 그러한 최악의 교통 체증은 막을 수 있었습니다. 기업의 일자리가 줄어든 결과입니다.

이런데도 경제가 멀쩡하게 잘 돌아가고 있다고 말한다면 그거야말로 손바닥으로 하늘을 가리고는 해가 어디 있느냐고 말하는 것과 무엇이 다르겠습니까?

그렇게도 잘 나가던 한국 경제가 이처럼 성장 동력을 잃고 비실비실하게 된 원인이 도대체 어디에 있습니까?

짧게 한마디로 말하면 다른 나라들이 벌써 오래 전에 용도폐기해 버린 낡은 좌파 이념을 바탕으로 한국 경제를 운영해 온 결과입니다.

그 좌파 이념이라는 것이 도대체 무엇입니까?

성장보다는 분배, 평준화, 복지, 빈곤층 구제, 지역 균형 정책입니다. 그러나 지난 5년 동안 그 어느 하나도 제대로 성공한 것이 없습니다. 빈곤층은 줄어들기는 고사하고 도리어 두 배로 늘어났습니다.

경제 정책뿐만 아니라 교육 평준화, 부동산, 혁신도시, 행복도시, 기업도시, 행정복합 중심도시 등 지방 평준화, 복지 정책 등은 모두가 2, 30년에 영국, 독일, 프랑스, 노르웨이, 네덜란드, 일본, 러시아, 중국 등에서 실천해보고 실패하여 쓰레기통에 내다버린 것들입니다.

전에 청와대 비서를 지낸 어떤 사람은 이런 낡은 사상을 지닌 '대통령은 21세기를 살고 국민들은 20세기를 살고 있다'고 빗댔지만 완전히 거꾸로 말한 것입니다. 그러니 그가 하는 정책마다 실패는 당연지사이고 오히려 성공했다면 그것이 기적이 될 것입니다.

장님 문고리 잡는 식으로 단 한가지가 잘한 것이 있다면 한·미 FTA협정 초안을 타결한 것입니다. 그 결과 노무현 대통령의 인기는 한때 9.9%까지 떨어졌다가 30% 대까지 올라갔었는데 요즘은 다시 20% 대로 떨어졌습니다.

이 여파로 백 년을 다짐한 여당인 열린우리당은 고작 3년 만에 공중 분해되어버리고 말았습니다. 세금 폭탄과 이중삼중의 각종 규제를 견디다 못한 기업들이 해외로 탈출하는 바람에 실업자는 계속 늘어나 빈곤층은 줄어들기는커녕 도리어 2배로 늘어났습니다.

그쯤 되면 뼈저리게 자기반성을 하고 새로운 자구책을 모색해야 되는 거 아닙니까?

그것이 정상적인 사람들이 할 수 있는 길입니다. 한갓 미물에 지나지 않는 개미도 집단행동을 할 때 앞서가는 동료가 도랑에 빠지면 그것을 피해 가는 것이 원칙입니다. 그런데 노무현 정부는 남이 빠진 함정을 피해가지는 것이 아니라 용감무쌍하게도 그대로 밟고 넘어가려다가 스스로 빠져서 허위적거리다가 나라를 망쳐놓고 있습니다.

대한민국을 낡아서 못쓰게 된 좌파 이념의 실험장으로 삼은 것입니다. 10년을 그랬으니 잃어버린 십 년 소리가 나온 것은 당연한 일입니다.

남이 빠져본 함정에 빠져보지 못해 환장한 것처럼 말입니다. 미련 곰탱이가 아니면 돌대가리들이나 하는 짓을 겁도 없이 저지르고 있습니다. 잘못을 저지르고도 후회를 모르고, 청개구리처럼 역주행을 계속합니다. 그러니 그에 대한 국민의 지지도가 계속 떨어질 수밖에 더 있겠습니까? 최근 여론조사에 따르면 79%의 국민이 노무현 대통령이 지지하는 대선 후보를 지지하지 않겠다고 말했습니다.

요컨대 반성(反省)을 할 줄 모르는 것이 문제입니다. 국민의 90% 이상이 인정하는 경제 악화를 그만은 인정하지 않고 있을 뿐만 아니라 도리어 한국 경제는 잘 돌아가는데 언론과 야당이 중상모략을 하고 있다고 불만을 털어놓고 있습니다.

그의 역주행이 어디까지 갈지 그를 찍어준 유권자들은 말할 것도 없고 진리를 탐구하는 구도자들은 잘 지켜보아야 할 것입니다.

공자는 모르는 것을 모른다고 말하는 것이 진정으로 아는 것이라고 말했습니다. 같은 맥락에서 나는 자기 잘못을 솔직하게 시인할 용기가 있는 사람만이 실패를 새로운 도약의 발판으로 삼아 크게 뻗어나갈 수 있는 위인이라고 생각합니다.

국민의 90% 이상이 인정하는 경제의 부진을 그만은 인정하려고 하지 않는 것은 아무래도 한국의 유권자들에게는 불행하고 암담한 일이 아닐 수 없습니다.

여기까지 읽겠습니다. 문제는 노무현 정부 때 청와대 비서실장을 지낸 그가 좌파 정부 10년의 공과(功過)를 그야말로 진정한 공적(功績)으로 인정하여 노무현의 전철을 그대로 밟아 나가는 것은 아닌가 하는 우려를 품지 않을 수 없습니다."

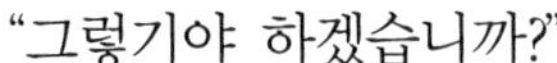

"그렇기야 하겠습니까?"

"저는 아직도 문 대통령이 좌파 정부 10년의 잘못을 한번도 시인하는 것을 못 보았고 지금까지도 '업적(業績)'만 들먹이고 있기 때문에 하는 말입니다."

"설마 앞 사람의 잘못을 그대로 되풀이하는 북극의 레밍이라는 쥐떼의 근시안과 어리석음을 반복하기야 하겠습니까?"

"권력을 잡으면 똑똑하던 사람도 갑자기 바보가 되고 돌대가리가 되는 일이 하도 많으니까 하는 말입니다. 그뿐이 아닙니다. 일단 정권을 잡으면 남들이 이미 용도 폐기한 사회주의 이념도 새롭게 다시 한번 시험해 보고 싶은 호기심과 충동이 일어날 수도 있기 때문입니다."

"아니, 그럼 호기심 때문에 국고를 낭비할 수도 있다는 말씀입니까?"

"그렇고 말고요. 집권자는 아무리 국고를 낭비해도 통치 행위로 보므로 범죄행위는 되지 않기 때문입니다."

죽음은 없다

삼공재에 나온 지 오래 된 중년 남자 수련자 고성택 씨가 고 3생인 아들을 모처럼 데리고 와서 말했다.

"선생님 제 아들놈입니다. 최근에 동창생 하나가 공부하기 싫다고 자살을 하는 바람에 큰 충격을 받고 죽음의 문제로 하도 고민을 하기에, 제 짧은 실력으로는 자살의 부당함을 해명하는 데 역부족이어서 실례를 무릅쓰고 선생님과 직접 한번 대화라도 해 보라고 데려왔습니다."

먼저 고교생인 그의 아들이 말했다.

"선생님의 제자이신 아버지는 죽음이란 없다고 말하십니다. 선생님께서는 그것이 진실이라고 보십니까?"

"그렇고 말고요."

"그럼 지금도 매일같이 각종 사고로 죽어나가는 남녀노소의 죽음은 어떻게 된 것입니까?"

"그것은 우리가 살고 있는 시간과 유무와 공간의 지배를 받는 현상계에서의 착각일 뿐이지 진정한 의미의 죽음은 아닙니다."

"그 이유를 알고 싶습니다."

"어떤 사람이 죽는 것은 이유 여하를 막론하고 그의 몸에서 그를 관리해 오던 마음 즉 영혼이 떠났기 때문입니다. 이것은 몸의 생사를 관장하는 영혼이 그대로 있는 한 진정한 의미의 죽음은 있을 수 없음을 말해줍니다. 그러므로 영혼이 육체를 떠난 것은 진정한 죽음이 아닙니다."

"영혼이 그가 관리하던 몸에서 떠난 것은 어떻게 알 수 있습니까?"

"영혼이 떠남과 동시에 시신은 싸느랗게 식으면서 부패 작용이 시작되는 것으로 알 수 있습니다."

"그럼 몸을 떠난 영혼은 어떻게 됩니까?"

"그거야 그가 살아온 금생의 인과응보에 따라 다음 생이 결정됩니다. 그리하여 그 영혼은 정자와 난자의 결합으로 포태(胞胎)되어 여자의 자궁 속에 정착함으로써 새로운 생을 시작하게 됩니다. 마치 고교생이 고교를 졸업한 뒤에는 3년 동안의 공부 성적에 따라 그의 장래가 결정되는 것과 같습니다."

"그럼 최근에 자살한 제 친구는 어떻게 됩니까?"

"자살도 엄연히 살인행위이므로 그 벌을 피할 수 없게 되어 있습니다. 기존의 인과응보에다가 자살이라는 가중처벌(加重

處罰)까지 받게 됩니다."

"그럼 인과응보니 가중처벌이니 하는 것은 누가 관장합니까?"

"우주, 우주의식(宇宙意識), 하늘 또는 하느님, 하나님입니다."

"그럼 사람은 그 하늘과 어떤 관계입니까?"

"인심과 양심이 바로 하늘의 마음인 천심 그 자체입니다."

"그럼 양심과 천심은 같다는 뜻인가요?"

"그렇습니다. 좀 더 상세히 말하면 사람은 우주의 한 부분이면서도 우주 전체를 품고 있기 때문입니다."

"자살자는 가중 처벌을 받게 된다고 말씀하셨습니다. 그렇다면 지구촌 사람들은 범죄자라는 말씀인가요?"

"그렇습니다."

"그럼 지구촌 사람들은 왜 범죄자가 되었습니까?"

"탐진치(貪嗔癡) 즉 탐욕 성냄 어리석음 때문입니다. 이것이 죄가 되고 인과응보가 되어 지구촌이라는 시간과 공간의 장벽이라는 교도소 안에 갇히게 된 것입니다."

"그럼 어떻게 하면 지구라는 교도소에서 벗어날 수 있겠습니까?"

"지구에서 사는 동안에 자기 잘못을 참회하면 지구를 벗어나 시공을 초월한 고차원의 세계에 환생할 수 있게 됩니다. 그러니까 자살 따위 어리석은 짓은 하지 말아야 합니다. 그것보다도 더 중요한 것은 없는 죽음이 있다고 제멋대로 상상하는 것은 금물입니다."

"그건 왜 그렇습니까?"

"죽음이 있다는 말은 사실도 진실도 아니니까요."

"바로 그 점을 이해할 수 없습니다."

"사람들은 자기가 타고 다니는 자동차가 오래되어 고장이 자주 나면 폐차 처분을 하고 새 차를 사들입니다. 그러나 차 주인은 그대로 살아있는 것과 같이 우리 몸은 비록 죽어서 없어져도 그 몸의 주인이었던 마음은 죽는 일이 없이 양심으로 남아 천심과 같이 영원무궁토록 존재한다는 것이 이해가 안 된다는 겁니까?"

우주와 사람은 하나다

"우리의 양심이 하늘의 마음인 천심과 같이 영생한다는 것은 알 것 같습니다. 제 몸은 죽어도 그 주인인 마음은 죽는 일이 없을 것같이 느껴집니다. 이런 선생님의 말씀 처음 들어보는데 저도 모르게 제 마음도 하늘 높이 붕 떠오르는 것 같습니다."

"그게 바로 인심과 천심이 같다는 증좌가 아니고 무엇이겠습니까? 이래도 죽음이 있다고 말 할 수 있겠습니까?"

"그럼 자살한 제 친구의 영혼은 어디로 갔을까요?"

"방금 전에 말한 대로 인과로 인한 기존 죄업에 자살로 인한 가중처벌로 인과응보에 따라 지구에서보다도 더 못한 곳에 태어나게 될 것입니다."

"지구보다도 못한 곳이라면 어떤 곳입니까?"

"밤 하늘에 떠 있는 수많은 별들 중의 하나일 것입니다."

"그런 일은 누가 관장합니까?"

"우주를 주관하시는 우주의식 즉 하느님입니다."

"선생님께서는 방금 전에 사람은 우주의 일부이면서도 우주를 품고 있다고 하시지 않았습니까?"

"그랬죠."

"그럼 사람이 바로 우주이고 하느님이라는 말씀과도 같지 않습니까?"

"그럼요."

"어찌 그런 자가당착(自家撞着)이 있을 수 있습니까?"

"우주 속에 내가 있고 나 속에 우주가 들어 있다는 것이 진리입니다. 이러한 진리는 사색이나 논리나 연구의 결과로 알 수 있는 것이 아니고 오직 관찰을 통한 깨달음으로만이 도달할 수 있는 경지입니다. 이것을 성통공완(性通功完), 견성해탈(見性解脫)이라고 합니다. 지금 고 군이 직면한 자가당착을 뚫으려면 깨달음 즉 견성해탈의 길밖에는 없습니다."

"선생님, 그럼 저도 이곳에 일주일에 한번씩 와서 수련할 수 있을까요?"

"그럼요."

"그럼 당장 내일부터라도 나와서 공부할 수 있습니까?"

"그렇지는 않습니다."

"그럼 무슨 조건이 있습니까?"

"있습니다."

"대학을 졸업하고 경제적으로 자립을 한 후에라야 합니다."

"그런 법이 어디에 있습니까?"

"구도자는 경제적 자립이 전제 조건이고 그것이 불문율이 되어 있기 때문입니다."

"그럼 꼭 대학을 졸업하고 취직을 해야 합니까?"

"그렇습니다."

"그럼 고교를 졸업하고 취직한 후에 다시 찾아뵙겠습니다."

【이메일 문답】

김우진 현묘지도 수행기

안녕하세요? 삼공 선생님 김우진입니다. 마침내 지난 5월 3일 현묘지도(玄妙之道) 수련을 모두 완수하였습니다. 간단히 말해서 깨닫고 보니 제가 부처였습니다.

7단계는 10분 만에, 마지막 8단계 화두는 선 채로 읽는 순간 천리전음으로 그대로 끝이 났습니다.

총 12일 간의 수련을 끝내고 달력을 보니 공교롭게도 부처님 오신 날이네요. 그날은 하루 종일 백회로 맑고 청아한 기운이 흘러 들어와 어느 정도 예상은 했지만 8단계까지는 미처 예상하지는 못했습니다.

모두가 선계의 스승님들과 삼공 선생님의 도움이 있어 가능했습니다. 특히나 단 세 번째 만남에 현묘지도 화두를 모두 건네주신 선생님에게 진심으로 감사드립니다.

처음 화두를 건네주실 때부터 너무나 당연히 성공할 것처럼 말씀해 주셨던 이유를 이제야 알 것 같습니다. 선계의 스승님들과 지도령과 보호령 그리고 삼공 선생님에게 삼배를 올립니다.

돌아보니 이미 공처 단계에서 제 자신이 부처라는 체험을 하였습니다. 더 정확하게 말하자면 이미 단독 수련 시 연신환허 단계에서 초견성을 한 것으로 보입니다. 수련 중에 금빛으로 빛나는 불상을 본 적이 있는데 아마도 그 시기로 보입니다.

선생님 말씀처럼 이번 현묘지도 수련을 통해 지난 몇 년 동안 단독수련한 내용을 총정리하고 다시 한번 명확하게 해주는 계기가 되었습니다. 다시 한번 고맙고 감사드립니다.

아울러 이번 현묘지도 수련을 통하여 새롭게 배운 점과 변화한 것이 있습니다. 11가지 호흡의 실체와 선계의 스승님들, 유위삼매시 경험한 태식호흡 등 너무나 신비롭고 경이로운 경험을 많이 하였습니다. 누가 현묘지도(玄妙之道)라는 이름을 정하였는지는 모르겠으나 그야말로 오묘하고 신비한 수련법이었습니다.

더 놀라웠던 건 현묘지도(玄妙之道) 수련은 신과(神科) 수련이 아니었습니다. 이번 수련을 통하여 확실하게 깨달았네요. 현묘지도(玄妙之道) 수련은 본성을 밝혀주는 자성수련법(自性修練法)이었습니다. 선계 스승들의 도움을 받지만 결과적으로 내 안의 본성(本性)을 만나게 해주는 자성수련입니다. 천리전음도 결국 내 안의 자성의 목소리를 수련 중에 듣는 것이었습니다.

사실 현묘지도 수련을 시작하기 한 달 전부터 이미 11가지 호흡 중 일부가 되고 있었습니다. 이 11가지 호흡을 면밀하게 관찰한 결과 현묘지도 수련은 신과(神科) 수련이 아니라는 것을 알았습니다.

현묘지도 수련을 시작하기 전에는 이 11가지 호흡에 분명 신명들의 간섭작용이 있는 것으로 추론하였습니다. 어떻게 화두 하나만으로 저절로 몸이 흔들리고 호흡이 될까? 도대체 무슨 원리로 11가지 호흡이 가능한 것일까? 현묘지도 수련단계 중에서 늘 이 무념처 단계가 이해가 가지 않았고 이 부분이 항상 나의 또 다른 화두로 다가왔습니다.

현재의 제 수련 상태로는 가까이 다가오는 영적의 존재를 거의 90% 이상은 감지할 수 있습니다. 이번 현묘지도 수련 중에 체험한 11가지 호흡 중에 영적인 존재가 다가오는지 혹은 간섭작용을 일으키는지 집중해서 지켜 보았지만 전혀 그런 존재나 영향은 없었습니다.

면밀히 관찰한 결과 이 11가지 호흡의 비밀은 머리 위의 기적인 장치인 헤일로와 한쪽 귀의 관음법문 음류장치처럼 나 자신의 내면에서 일어나는 본성(本性)의 반응이었습니다. 이로

써 선도수련자에게는 총 세 가지의 길잡이가 있는 것으로 확인하였습니다.

헤일로, 관음법문, 11가지 호흡. 만약에 잘못된 답이라면 절대로 이 11가지 호흡이 반응하지 않는 것도 알게 되었습니다. 반대로 올바른 답이라면 이 11가지 호흡이 서서히 반응하기 시작했습니다. 관음법문의 파장음보다는 한 박자가 느리게 반응이 옵니다. 관음법문 파장음이 먼저 반응하고 11가지 호흡이 일어났습니다.

어떤 의문이 들 때 기적인 흐름을 보라고 하신 선생님의 말이 새삼 가슴 깊이 다가왔습니다. 위의 세 가지 장치가 자신의 내부에 있는 자성의 반응이라는 것을 항상 명심하고 수련의 길잡이로 삼도록 하겠습니다.

특이한 것은 기운과 호흡의 변화인데 이번 현묘지도 수련시에는 대주천이나 삼합진공 시에 느꼈던 뜨겁고 강렬한 기운이 아니었고, 맑고 청아한 기운이 지속적으로 들어 왔습니다. 이런 기운이 백회와 단전으로 항상 포근하고 잔잔하게 흘러들어 왔습니다.

호흡은 유위삼매 단계에서 태식호흡을 경험하고부터 수식관 호흡법에서 완전히 자연식 호흡법으로 바뀌었습니다. 선생님이 늘 말하시던 자신의 폐활량에 맞게 자동으로 호흡이 되고 있습니다. 등산이나 아무리 가파른 언덕을 올라가도 이제는 거의 숨이 차지 않습니다. 다리가 아파서 못 올라가지 더 이상 숨이 차서 오르지 못하는 일은 없는 것으로 보입니다.

또 한가지 새로운 발견은, 이번 현묘지도 단계에서 가장 힘들었던 순간이 공처 화두를 깨트릴 때였습니다. 그런데 바로 이 시기부터 지도 신명이 본격적으로 와공수련을 반복하도록 여러 번 파장을 보내왔습니다. 기운이 필요한 순간에는 와공수련을 하게 했고 등산 후에도 운기가 강해지면 어김없이 와공 수련을 시켰습니다.

새삼 느낀 새로운 발견이지만 축기를 하고 기운이 강해지는 수련법 중에 하나가 바로 이 와공수련이 아닌가 합니다. 그야말로 와공(臥功)의 재발견 및 하단전 축기가 그만큼 중요하다는 것을 뼈저리게 느끼고 경험하였습니다.

마지막으로 이번 현묘지도 수련을 통하여 선계의 존재와 스승들 그리고 지도령과 보호령이 항상 선도수련자들에게 너무나 많은 도움을 주고 있다는 것을 다시 한번 깨달았습니다. 항상 고맙고 감사하게 생각하며 앞으로는 수백 생을 통하여 쌓아 온 아상(我相)과 습기(習氣)를 제거하는 보림에 집중하도록 하겠습니다.

다시 한번 선계의 스승님들과 지도령과 보호령 그리고 삼공 선생님에게 삼배를 올립니다.

조만간 강화도 마니산에 다녀 올 예정입니다.

1단계 천지인삼재 (04월 22일~04월 24일)

4월 22일 토요일 오후 수련

오전 수련에 일주일 동안 중단을 누르고 있는 빙의령에 집중했더니 갑자기 인당에 섬광이 번쩍인다. 언제나 그랬듯이 이 현상이 일어나면 주변이 2~3배 정도 더 환하게 밝아지면서 영안이 작동한다.

요즘에는 거의 화면이 보이질 않았는데 삼공재 방문 날 다시 켜지는 것을 보니 역시나 영안은 선계의 의지가 작용하는 것으로 보인다. 눈부신 햇살이 내리쬐는 고급스러운 한옥이 보이는데 꼭 평창동이나 성북동 같은 부자들이 사는 동네로 보인다.

오전 수련을 끝내고 오후가 되자 서서히 삼공재로 갈 차비를 하였다. 화두를 주신다고 한 날이 한참이 지났건만 그동안 일에 치이다가 오늘에서야 겨우 찾아뵙게 되었다.

삼공재에 가기 전에 샤워를 하고 새 옷으로 갈아입고 자성

수련법 세 분 스승님과 천지신명들에게 삼배하였다. 환웅천황, 석가모니 부처, 예수, 선계의 스승님들 지도령과 보호령 선조님들에게 고맙고 감사한 마음으로 절을 올렸다.

삼배를 하고 일어서자 갑자기 가슴이 벅차오르고 목이 메어 온다. 그동안 이 순간을 얼마나 기다려 왔었던가? 꼭 잃어버린 나를 다시 찾으러 가는 기분이다.

삼공재에 2시 30분경에 도착 후 선생님에게 큰절을 올렸다. 이리 와서 가까이 앉으라고 하신다. 수련 체험기 잘 읽었고 든든한 후배가 생긴 거 같아 뿌듯하다고 하신다. 화두를 줄테니 현묘지도 수련을 해보라고 하신다.

그런데 갑자기 총 7개의 편지봉투를 꺼내시고 편지봉투 마다 일일이 순서대로 번호를 매긴 것이 보인다. 김우진 씨가 너무 바쁜 거 같아서 매번 삼공재로 오라고 하기가 어려울 거 같다고 하신다. 그래서 편지봉투마다 각 단계에 해당하는 화두를 손수 적어 넣으셨다고 한다.

2단계부터 8단계까지 총 7개의 화두로 이루어져 있고 첫 번째 화두는 직접 주셔야 도맥을 받을 수 있다고 하신다. 첫 번째 화두는 "ㅇㅇㅇㅇ"이라고 하시는데 아! 이 화두는 내가 이미 단독수련 시 알고 있던 화두이다. 만약에 현묘지도 전수자 분이 내 블로그를 보았다면 화들짝 놀랐을 것이다.

첫 번째 화두부터 수련을 시작하고 각 단계마다 완전히 끝났을 때 다음 단계의 화두를 열어 보라고 하신다. 마지막 8단계의 과정이 모두 끝났을 때 이 봉투들은 모두 태워버리라고 하신다. 화두가 잘못 전달되면 큰일난다고 하신다.

아울러 내 현묘지도 수련기를 읽어 보았는데 현묘지도 수련은 그렇게 아무렇게나 그런 식으로 한다고 되는 것이 아니라고 하신다. 즉 화두를 모두 안다고 해도 수련이 되는 것이 아니며 화두를 모두 주었으니 이제 혼자서 스스로 풀어보라고 하신다. 궁금한 것이 있다거나 도저히 깨지지 않는 것은 언제든 전화나 이메일로 물어 보라고 하신다.

현묘지도 수련이 끝나면 후배들을 위해서 글로 정리하라고 하신다. 글을 작성하는 방법도 직접 설명해 주셨는데 한 문장에 15단어 이상 사용하지 말고 같은 단어는 2번 쓰지 말라고 하신다.

그리고 이번에 내 단독 수련기를 교정하시면서 마침표를 찍어놓지 않아 일일이 손보시느라 힘드셨다고 한다. (_ _) 빙의령이라는 단어를 쓸 때 령이라는 단어를 두음법칙을 적용해 문장 맨 앞에서는 꼭 "영"이라고 쓰라고 하신다.

이렇게 불과 몇 분 동안 대화를 끝내고 선생님이 바쁠 텐데 어서 가보라고 하신다. 일어서는 길에 『선도체험기』 113권을 사서 선생님 사인을 받았다.

선생님에게 삼배를 올리고 현묘지도 수련을 꼭 성공해서 세상에 도움이 되겠다고 말하자, 선생님이 다정한 미소와 함께 친근하게 말씀하신다. “그래”

오늘 선생님과 대화하는 동안 처음부터 끝까지 너무나 자애로운 표정을 하고 계신다. 꼭 부처님의 염화미소를 보는 느낌이다. 이 미소를 이웃님들과 함께 보았으면 참 좋겠다는 생각이 든다.

운전을 하고 돌아오는 길에 문득 현묘지도 화두가 든 봉투를 보니 갑자기 눈물이 왈칵 올라온다. 연로하신 선생님이 후배를 위해 직접 일일이 적어 갔을 장면을 상상하니 가슴이 뭉클해져 왔다.

집에 도착하여 곧바로 첫 번째 화두를 암송하기 시작했다. 화두를 암송하는 중간중간 환희지심이 일어난다.

15~20분경이 지나자 조선시대의 전형적인 선비복장의 남자 모습이 떠오른다. 이분은 이전에 수련할 때에도 영안으로 종종 보이시던 분이신데 바로 앞 전생의 모습으로 보인다. 그런데 일주일 째 버티고 있는 원령 때문인지 화면이 흐릿하다.

희한한 것은 이 화두를 암송하자 상단전, 아니 머리가 단단해지는 느낌이다. 자세도 꼭 돌부처가 된 느낌이다.

화두를 좀 더 암송하자 우주공간 같은 것이 보이고 난생 처음 보는 동물들이 보인다. 상어 같기도 하고 어떤 것은 용처럼 생겼는데 이 화면이 계속 바뀐다. 잘 모르겠다.

아파트 방송으로 목소리가 나온다. 지금 우리 동에 불이 났으니 모두 계단으로 대피하라는 내용이다. ㅠㅠ

일단 아쉬움을 뒤로하고 수련을 마쳤다. 기적인 변화는 빙의령 때문인지 아직 못 느낀 상태이다.

4월 23일 일요일 오전 수련

간밤에 꿈을 꾸었는데 돌아가신 아버님이 환하게 웃고 계신다. 고급스러워 보이는 복장에 40대 가량의 젊은 모습으로 나타나셨다. 아마도 좋은 곳에 계시나 보다.

심하게 빙의가 되어 있는데도 어제 밤에 일찍 잠에 들어서 그런지 비교적 컨디션이 좋다. 좌선하고 앉자마자 화두를 암송하기 시작하였다. 그런데 빙의령 때문인지 화면이 전혀 보이지 않는다. 특이한 것은 화두의 힘인지 상당히 강한 빙의령인데 앉아 있기가 전혀 힘들지 않다.

이전 같으면 호흡이나 앉아 있기조차 힘든 수준의 강한 영인데 나름 자세가 안정적이다. 몇몇 장면이 일렁거리다가 사라진다. 40분을 넘자 수련을 마무리하고 등산 갈 차비를 하였다.

오늘은 작년부터 벼르던 서울 둘레길 제 1코스를 완주해 보기로 하였다. 벌써부터 둘레길 스탬프용 용지와 지도를 받아 왔었는데 그동안 도봉산만 다니느라 아직 가보지 못했다.

도봉산역 2번 출구로 나와 서울 창포원으로 도착하였는데 도무지 어디로 가야 할지 이정표가 보이지 않는다. 수락산 입구까지 가는데 한참이나 걸려서 결국 1시간 만에 둘레길 입구로 들어섰다. 결론은 창포원에서 상도교를 지나 수락교 아래로 빠지면 되는 길인데 여기까지 찾기가 상당히 힘들다.

이정표가 잘 보이지 않아 얼마나 고생했는지 모른다. 친절한 할머니 한 분이 아니었으면 1~2시간 더 헤맸을 것이다. 그러나 일단 수락산 입구까지 들어서면 이후부터는 이정표가 비교적 잘 표시되어 있다.

한 달에 세 번은 도봉산을 빡세게 돌고 마지막 네 번째는 편하게 둘레길을 돌아 볼 참이었는데 이것이 판단 미스였다. 서울 둘레길 1코스가 둘레길 중에 가장 힘든 코스라고 한다. 아! 정말 오늘 죽는 줄 알았네.ㅠㅠ

뭐 도봉산에 비하면야 새 발에 피지만 쉽게 보고 갔다가 뒤통수 맞고 내려 온 기분이다. 둘레길을 우습게 보면 안 된다

(_ _) 오늘 산을 두 개나 넘어왔네. 수락산을 거쳐 불암산까지...

발걸음에 맞춰 화두를 암송하는데 저절로 암송되는 느낌이다. 오늘 등산 내내 현묘지도 제1 화두 암송을 했는데 정말 징글징글할 정도로 암송했다. 현묘지도 수련이 끝나면 이 단어를 쳐다보지도 않을 것만 같다.

그런데 더 웃긴 건 그렇게 암송하는데 중간 중간에 문득 생각이 나지 않는 순간이 있다. ㅎㅎ 벌써 치매가 오는지. 참 큰일이다.

오늘 화두를 그렇게 외웠건만 기적인 변화는 전혀 없다. 곰곰이 생각해 보니 제1 화두의 화면을 이미 작년 여름 단독 테스트 시 보았던 것이 생각난다.

음 아무튼 한 주 정도는 더 정성껏 암송해 보고 반응이 없으면 일단 다음 화두로 넘어가야 할 것으로 본다. 아무리 생각해도 지금 현재의 내 수련 상태로는 이 정도로 화두를 암송했는데 화면이 보이지 않을 리 없다.

기적인 변화는 하산하는데 하단전으로 포근한 기운이 스며들고 살포시 주천화후가 돌아간다. 그러나 이것이 화두의 힘인지 원래의 내 기운이 자연적으로 돌아가는지 잘 모르겠다. 일단 내일 오전 수련에 좀 더 집중해봐야 할 것으로 본다.

그런데 기분 탓인지 등산객이 점점 줄어드는 느낌이다. 작년에 비해서 조금 차이가 나는 것으로 보인다. 개인적인 생각으로는 일주일에 하루 정도는 건강을 위해서라도 걷기나 조깅, 등산 하나 쯤은 해야 한다고 본다.

4월 24일 월요일 오전 수련

어제 등산을 조금 무리하게 했더니 삭신이 쑤시고 온몸이 무겁다. 어찌어찌해서 세수를 한 후 좌선을 하고 앉았는데 조금 걱정이 앞선다. 몸이 피곤하면 앉아 있기가 힘든데. 그래도 확신을 가지고 현묘지도 수련을 해야겠다는 생각이 든다.

호흡을 가다듬고 기운을 돌려보니 일주일째 눌러있던 빙의령이 어느샌가 천도되고 또 다른 원령이 들어와 있다. 빙의령들의 레벨이 이전과 다르다. 아마도 지금의 내 수련 상태가 아니었다면 홀로 수련하기가 상당히 힘들었을 것이다.

천지인삼재 화두에 집중하고 이 화두를 하단전의 자성에 녹여 넣고 절실하게 암송하였다. 주말에 천지인삼재 화두를 암송하면서 왠지 내 것 같지 않은 느낌이 들었는데 오늘은 착착 입에 감긴다.

역시 무엇을 하든지 정성과 노력이 필요한 것으로 보인다.

모든 것이 쉽게 그냥 거저 되는 것이 없다라는 삼공 선생님의 말이 자꾸만 뇌리를 스친다.

화두 암송을 15분 정도 했을까? 갑자기 상체가 앞뒤로 끄떡끄떡 움직이기 시작한다. 사실 얼마 전부터 좌선 중에 종종 몸이 흔들렸는데 그냥 대수롭지 않게 넘어갔다. 이러다 말겠지. 워낙 특이 체질이라 그런지 진동이나 기몸살을 전혀 경험한 적이 없어 대수롭지 않게 생각한 것이다.

오늘도 뭐 한두 번 이러다 말겠지 하는데. 그 순간 엄마야~ 내 몸이 왜 이러지? 처음에는 앞뒤로 끄덕끄덕 하더니 다음엔 아예 동작을 바꿔 팽이가 돌아가는 모양으로 슬슬 돌아가기 시작한다.

그런데 이 동작의 강도가 점점 더 강해진다. 윙윙윙 무슨 모터가 돌아가는 거 마냥 한쪽 방향으로 힘차게 돌아간다. 마치 진동이 없기는 왜 없냐는 듯이 똑똑히 보란 듯이 세차게 돌아간다. 평소 좌선할 때 방석 2개를 접어 상체를 조금 앞으로 숙인 채 선정에 드는데 어느새 방석 하나가 밀려나 있다.

다음엔 서서히 동작을 바꾸더니 목이 도리도리 끄덕끄떡 빙글빙글 회전하기 시작한다. 아! 11가지 호흡, 11가지 호흡이 시작된 것이다. 현묘지도 4단계 무념처 화두 단계인 11가지 호흡의 일부이다. 세상에 이렇게 오묘하고 신비한 수련법이

어디 있을까?

그 순간 이제야 알았냐는 듯이 다시 동작을 바꿔 앞뒤로 끄떡 끄덕 윙윙윙 오른쪽 방향으로 더 세차게 돌아간다. 이렇게 계속 돌다가는 꼭 방바닥에 내동댕이쳐질 것만 같다.

참. 희한한 일이네 그야말로 신비하고 오묘한 수련. 현묘지도 수련이다. 누가 이름을 지었는지 참 절묘한 이름이다.

평소에 수식관 호흡을 하는데 이 호흡을 유지하기가 힘들 정도이다. 한참을 돌아가는데 마음이 너무나 평온하다. 나중에는 저항하지 않고 그냥 이 동작의 흐름에 맡기고 호흡도 아예 자연식 호흡으로 바꿨다.

그렇게 얼마나 시간이 흘렀을까? 갑자기 내 마음 깊은 어느 곳에서 본성의 목소리가 들려온다. "다 풀어 버려라." "다 풀어 버려라." 아! 순간적으로 드는 직감이 천리전음, 천리전음이다.

연이어 "다 놓아 버려라." "다 놓아 버려라." 모든걸 다 놓아 버리라고 한다. 급기야는 "다 풀어 버려라." "다 놓아 버려라." 이 두 문장이 합창으로 들려온다.

한참을 암송하던 천지인삼재 화두는 어느샌가 사라져 버렸다. "다 풀어 버려라." "다 놓아 버려라." 이 두 문장이 자꾸만 내 마음속에서 끊임없이 메아리친다. 11가지 호흡과 이 두 문장이 하나가 되어 일정한 박자를 타고 한편의 노래처럼 흘러가고 있다.

얼마나 이 상태로 있었을까? 상체가 마지막에는 끄떡끄덕 점점 동작이 작아지더니 "다 풀어 버려라." "다 놓아 버려라." 이 두 문장도 서서히 아련하게 들려온다.

고개를 돌려 시계를 보니 어느새 40분이 훌쩍 지나 있다. 오전 수련을 마치고 곰곰이 생각해 보니 꼭 한바탕 신명나게 춤을 춘 기분이다.

일단 1단계 화두를 뚫은 거 같은데 이 단계에서 아직 기적인 변화를 경험하지 못하여 약간 아쉽다. 급하게 가지 않고 하루 이틀 더 1단계 화두를 암송해 볼 예정이다. 선계의 스승들에게 삼배하였다.

2단계 유위삼매 (04월 25일~04월 26일)

4월 25일 화요일 오전 수련

현묘지도 수련을 시작하고 두번째 강한 빙의령이 들어 왔다. 아침에 일어나서 너무 피곤할까봐 걱정했는데 좌선하기에는 전혀 지장이 없다. 신기한 일이다.

아직 무엇인가 더 남아 있을거 같아 어제에 이어 오늘도 천지인삼재 화두를 암송하기 시작하였다. 15분 정도가 지났을까? 또 다시 11가지 호흡 중 좌우로만 흔들거리는 동작이 자동으로 반복된다. 좌우로 흔들흔들, 이 박자에 맞춰 화두 암송이 자동으로 이루어진다. 그러나 별다른 반응은 없고 20분 정도가 지나자 서서히 동작이 멈추고 기운이 딱 끊긴다.

순간적인 직감이 1단계가 끝났으니 2단계로 넘어가라는 파장이 전해져 온다. 자리에서 일어나 천지신명에게 삼배를 하고 삼공 선생님이 주신 2번째 화두가 담긴 봉투를 열었다.

그런데 이제까지 7개의 봉투가 모두 열려져 있는 줄만 알았는데 2단계 화두 봉투를 보니 철두철미하게 봉합되어 있다. 이 빈틈없이 잠겨져 있는 화두 봉투를 보고 있자니 삼공 선생님의 성격을 알 수 있었다. 봉투를 뜯는 중에 다시 한번 선생님 얼굴이 떠오르며 목이 메어온다. 항상 겸손하고 자중해서 실망시켜 드리지 말아야지.

2단계 화두가 한눈에 확 들어온다. 선생님의 친필이 들어있다. 좌선하고 앉아서 다시 2단계 화두를 암송하기 시작했다. 그러자 기다렸다는 듯이 관음법문 파장음이 요동치기 시작한다. 연이어 11가지 호흡 중 좌우로만 흔들거리는 동작이 또 다시 시작된다.

특이한 것은 평소 버릇 중에 하나가 몇 분까지만 해야지 하고 수련에 드는데 그 시간에 맞춰서 이 동작이 자동으로 멈추는 것이다. 아! 참 이 현묘지도 수련은 참으로 신비하고 오묘한 수련이다.

출근 시간이 얼마 남지 않아서인지 10분 정도 지속하다가 서서히 멈추기 시작한다. 선계의 스승님들에게 삼배하고 출근 준비를 하였다.

4월 25일 화요일 오후 수련

평상시에는 요즘 일도 많고 퇴근 후에는 졸음이 밀려와 저녁 수련을 하지 않는데, 현묘지도 수련을 하고부터는 사정이 달라졌다. 오전이나 오후나 수련하기에 별다른 지장이 없는 상태이다.

샤워를 하고 곧바로 좌선에 들었다. 오늘은 30분 정도만 하자 하고 시작하였는데 역시나 그대로 되었다. 이제는 좌선하고 앉자마자 상체가 흔들거리기 시작한다. 11가지 호흡 중 일부가 자동으로 시작되고 있다.

오전에 이어 2단계 화두를 11가지 호흡에 맞추어 암송하였다. 그러나 별다른 변화는 없고 호흡을 편안하게 하기 위하여 수식관을 버리고 자연식으로 하였다. 관음법문 파장음이 힘차게 흐르고 있다. 아무래도 현묘지도 수련을 하는 동안 호흡하는 방식이 송두리째 변할 것만 같다.

20분 정도가 지났을까? 갑자기 모든 동작이 멈춘다. 그 순간 머리 위로 긴 그림자 같은 기운이 내려온다. 허공에 신명이 떠있는 거 같다. 순간적으로 나도 모르게 "모든 수련을 선계의 스승님들에게 맡깁니다" 라는 본성의 소리가 들려온다.

그때였다. 앞으로 조금 숙이고 있던 나의 머리와 상체가 마치 누가 끌어당기는 것처럼 서서히 하늘 방향으로 이동한다. 꼭 팔 동작만 다르고 영화 쇼생크 탈출의 포스터처럼 완전히 하늘을 바라보는 자세가 된 것이다.

다음 순간 허리까지 꼿꼿이 세워진다. 주위의 소리가 아련하게 들려온다. 정막에 가깝다. 세상이 순간적으로 멈춘 듯이 고요하다. 꼭 내가 망부석이 된 느낌이다. 마음은 한없이 평안하다.

아! 호흡이 너무나 깊은 상태이다. 호흡을 하고는 있는데 꼭 멈춘 상태로 보인다. 이 호흡이 무슨 상태인지 도무지 모르겠다. 꼭 갓난아기가 엄마 뱃속에서 숨쉬는 태식호흡 같은 느낌이다. 이 상태로 10~15분 정도가 지속되다가 수련이 마무리되었다. 선도수련 후 처음 체험하는 신기한 경험이었다.

한가지 특이한 것은 11가지 호흡의 동작이 시작되면 꼭 음악 같은 소리가 들려온다. 아련하게... 이 음악소리에 박자를 맞추게 된다. 그런데 이 소리가 나의 내면에서 나는 소리이다.

최근 『선도체험기』를 읽을 때면 가끔 비슷한 음악소리가 아련하게 들려온다. 경전을 보면 석가모니 부처가 설법을 할 때면 천상의 노랫소리가 들렸다는 말이 진실로 보인다. 이 천상의 노랫소리라는 것이 결국은 내면의 본성 즉, 진리에 대한 자성의 반응이기 때문일 것이다.

이런 말을 어디에서 어느 누구에게 말을 할까? 말한다 한들 이해하기나 할까? 아는 만큼 보이고 아는 만큼 들린다는 말이 최근 들어 자꾸만 떠오른다. 선계의 스승님들에게 삼배하고 수련을 마무리하였다.

4월 26일 수요일 오전 수련

좌선 후 앉자마자 관음법문 파장음이 세차게 요동을 친다. 고개가 서서히 하늘을 바라보고 상체가 꼿꼿이 세워지는데 아마도 척추를 바로 잡으려는 것으로 보인다. 이 상태로 유위삼매 화두를 암송하기 시작하였으나 11가지 호흡의 진동은 일어나지 않았다.

이 상태로 얼마나 지났을까? 대략 20분 뒤 11가지 호흡이 서서히 발동이 걸리기 시작한다. 점점 더 강해진다. 한참을 돌다가 다리가 저려 잠시 두 발을 앞으로 펴고 있는데 전혀 개의치 않고 더 세차게 상체가 돌아간다.

좌측으로 윙윙윙 앞뒤로 끄떡끄떡 우측으로 윙윙윙 앞뒤로 끄떡끄떡 번갈아 가며 세차게 돌아간다. 하단전에 꼭 무게 추가 달려있듯이 넘어질듯 말듯 쓰러질듯 말듯 하면서도 잘도 돌아간다.

내면 속에서는 음악소리가 들려온다. 쿵쿵쿵 이 박자에 맞춰 왼쪽 오른쪽 번갈아 가면서 회전하고 있다. 시간이 얼마나 흘렀는지 11가지 호흡의 진동이 정지한다.

허공에서 어제 느낀 긴 그림자 같은 기운이 감지된다. 그 순간 너무나 신기한 상황이 전개된다. 고개가 서서히 뒤로 넘어가고 있다. 너무나 자연스럽게 몸 전체가 뒤로 넘어간다. 도무지 이해할 수 없는 장면이 펼쳐지고 있다.

자리에 누운 상태로 고개가 슬로우 비디오처럼 서서히 오른쪽으로 돌아간다. 그런데 이 고개가 움직이는 속도가 어떻게 말로 표현하기가 힘들다. 너무나 특이한 슬로우 모션이다. 머리가 오른쪽으로 정지한 상태로 유지되고 다시 서서히 반대

방향으로 돌아간다. 다시 머리가 왼쪽으로 정지한 상태로 유지되고 서서히 반대 방향으로 돌아간다.

똑같은 상황이 한 번 더 반복되는데 이번에는 고개의 각도가 조금 낮아졌다. 이 과정이 반복되다가 도리도리 동작이 시작된다. 이 과정이 다시 한동안 반복된다.

거의 한 시간이 넘어가고 있다. 출근 시간이 다가와 일어나 앉았지만 상체가 자동으로 다시 뒤로 넘어 간다. 마지막에는 도저히 안되겠다 싶어서 지도신명에게 이젠 회사에 출근해야 하니 그만해야 할 것 같다고 파장을 보냈지만 전혀 개의치 않는다. 결국 마지막 동작을 끝내지 못하고 오전 수련을 마무리하였다.

곰곰이 생각해 보니 평소 지병인 목 디스크를 치료하려는 것으로 보인다. 시간이 너무 늦어 자리에서 일어나 경이롭고 감사한 마음에 천지신명에게 삼배하였다.

화두는 수련을 시작할 때 처음 선계의 문을 두드리는 암호로 보인다. 이후부터는 별로 의미가 없어 보이고 다음 동작이나 수련이 자동으로 진행이 된다. 그냥 모든 것을 선계의 스승들에게 맡기고 기운의 흐름을 따라가면 될 것으로 본다.

4월 26일 수요일 오후 수련

좌선 후 앉자마자 관음법문 파장음이 세차게 일어나며 상체가 자동으로 뒤로 넘어간다. 그런데 다음 동작이 전혀 일어나지 않는다. 다시 일어나 화두를 암송하였지만 다시 상체가 자동으로 뒤로 넘어간다.

아무래도 누워서 수련하라는 의미로 알고 누운 채로 와공(臥功)을 시작하였다. 이 상태로 편하게 한 시간만 수련하자 의식했는데 어느덧 한 시간 15분이 지났다. 별다른 증상은 없었고 와공 상태에서 하단전 축기만 하고 수련을 마무리하였다.

와공(臥功)의 중요성에 대해서는 이미 『선도체험기』 초기에 삼공 선생님이 여러 번 설명한 것으로 알고 있다. 그러나 개인적으로 단전호흡 학원을 다니거나 별도의 스승이 없었기 때문에 그동안 와공수련은 신경 쓰지 않았다. 용호비결을 보며 맨 처음 좌선하자마자 하단전에 너무나 뜨거운 열감을 느꼈었기 때문에 필요성을 못 느낀 것이다.

그러나 이번 현묘지도 수련을 지도하시는 선계의 스승님들이 기운이 필요한 단계에서 와공을 여러 번 반복해서 시키고 있다. 좌선하고 앉으면 자동으로 상체가 뒤로 젖혀지며 본격적으로 와공수련을 하도록 파장을 보낸다. 새삼 느낀 것이지만 기수련에 있어서 얼마나 하단전의 축기가 중요한 것인지 다시 한번 알 수 있는 대목이다.

자세는 편하게 누워 양손을 자신의 하단전에 살포시 포개어 올리고 이 상태에서 30~40분가량, 좌선하기 전이나 등산 후나 운동 후에 운기가 강해지면 기운을 축기하시기 바랍니다.

삼공재에 다녀오신 후에도 집에서 30분 정도 와공을 하시기 바랍니다. 오늘부터 무조건 하루에 20~30분 이상, 등산 후 30~40분 이상 꼭 와공(臥功)수련 하시면 수련에 도움이 될 것으로 봅니다.

3단계 무위삼매 (04월 27일~04월 28일)

4월 27일 목요일 오전 수련

좌선하자마자 관음법문 파장음이 요동치고 잠시 후 11가지 호흡 중 상체가 팽이처럼 돌아가는 진동이 시작된다. 이 동작을 10분 정도 유지하다가 모든 동작이 멈춘다. 다음 반응이 남아있나 싶어 더 기다려 보았지만 전혀 기적인 반응이 없다.

다음 단계인 3단계 무위 삼매의 화두를 보라는 파장이 전해져 온다. 선계의 스승들에게 삼배하고 3단계 화두를 개봉하였다.

화두를 암송하자마자 자동으로 서서히 고개가 하늘을 바라본다. 상체가 꼿꼿이 세워지고 백회로 잔잔한 기운이 들어온다. 이 상태로 화두 암송을 하며 20분 정도를 유지하였으나 별다른 진동은 없다.

잠시 후 모든 동작이 멈춘다. 서서히 오른쪽으로 상체가 기울어지다가 완전히 옆으로 누운 자세가 된다. 이 상태로 옆으로 누운 채 하단전 축기를 하였다. 10분 뒤 상체가 좌측으로 이동하여 바르게 펴진다. 이대로 와공 10분을 더 하였다.

일어나 좌선하였지만 다시 자동으로 상체가 뒤로 넘어 간다. 조금 더하라는 의미로 보고 와공 지속 후 화두 암송을 하다가 10분 정도 후에 마무리하였다.

4월 27일 목요일 오후 수련

좌선하자마자 관음법문 파장음이 요동치고 고개가 하늘을 바라본다. 상체가 꼿꼿이 세워지고 이 상태로 20분 정도 잔잔하고 뜨거운 기운이 들어온다. 이전 두 단계보다 비교적 기운이 강하게 느껴진다.

고개가 원래대로 돌아오고 한쪽 방향으로 서서히 상체가 움직인다. 동작이 상당히 커진 느낌이고 커다란 원을 그리며 상체가 오른쪽 왼쪽으로 번갈아 가며 돌아간다.

다시 관음법문 파장음이 요동치고 고개가 하늘을 바라본다. 상체가 꼿꼿이 세워지고 이 상태로 10분 정도 포근하고 뜨거운 기운이 들어온다. 서서히 고개가 원래대로 돌아오고 한동안 11가지 호흡 중 일부가 유지된다.

다시 상체가 꼿꼿이 세워지고 이 상태로 호흡을 하는데 중단전에 관세음보살 같은 분이 보이고 이분 앞쪽에 연꽃 같은 것이 피어있다. 이 장면이 바뀌고 영안으로 상, 중, 하단전에 기운이 회전하는 것이 보인다.

이 순간 빠르게 회전하는 이 기운의 소용돌이에 나의 파장이 동조하려고 한다. 나의 본성이 기운의 흐름에 일치하려는 듯이 회전하는 팽이처럼 빠르게 돌아간다. 서서히 진동이 멈추고 상체는 고정된 상태로 고개만 뒤로 완전히 젖혀지고 통증이 온다.

목 디스크 치료를 시작하는 것으로 보인다. 한참을 이 자세로 있다가 다시 11가지 호흡 중 일부가 다시 반복된다.

다시 진동이 멈추고 상체는 고정된 상태로 고개만 뒤로 완전히 젖혀지고 통증이 온다. 목 디스크 치료는 지속되고 있다. 자세가 원래대로 돌아오고 고개가 도리도리 강하게 왼쪽으로 오른쪽으로 빠르게 돌아간다.

동작이 멈추고 상체가 앞으로 바짝 숙여진다. 방바닥에 엎드린 채 이 상태로 한동안 멈춰있다. 상체가 원래대로 돌아오고 팽이가 돌아가듯 목과 상체가 동시에 돌아간다. 왼쪽 오른쪽을 번갈아 가며 반복한다. 다시 진동이 멈추고 고개가 오른쪽으로 최대한 젖혀진다.

이 상태로 한참을 고정되어 있다. 원상태로 돌아오고 서서히 상체가 뒤로 완전히 젖혀진다. 그대로 바닥에 누워 고정, 잠시 휴식하다 선계의 스승들에게 삼배하고 수련을 마무리하였다.

4월 28일 금요일 오전 수련

좌선 후 앉자 5분 정도 뒤 서서히 고개가 하늘을 바라보며 척추가 꼿꼿이 선다. 이 상태로 화두를 암송하니 잔잔하고 뜨끈한 기운이 순환한다. 호흡이 점점 안정되고 길어지는 느낌이고 잠깐 지난 거 같은데 어느새 40분이나 지나 있다.

잠시 후 서서히 자세가 원래의 상태로 돌아오고 팽이돌기 자세가 상당히 느리게 왼쪽 방향으로 크게 원을 그리며 돌아가고 있다. 신기해서 눈을 떠보니 금방이라도 넘어질 듯한 동작을 하고 있다. 몸이 꼭 피사의 사탑처럼 한쪽으로 기울어져 있다가 다시 반대 방향으로 서서히 돌아간다. 중간중간 작은 동선의 팽이돌기 동작이 반복된다.

이 상태가 약 10분 정도 지속하다가 상체가 점점 뒤로 젖혀진다. 급기야는 완전히 누운 자세가 되었다. 10분 정도 유지하다가 일어났는데 더 이상 특별한 변화가 없다. 기운도 끊겨져 있는 걸 보니 다음 단계로 넘어 가라는 의미로 보인다.

선계의 스승님들에게 삼배하고 4단계 화두의 봉투를 개봉하였다. 『선도체험기』 14권 225페이지에 실려있는 11가지 호흡을 참고하라는 내용이다.

오전 생식을 먹으며 11가지 호흡에 대한 내용을 숙지하였다. 출근 후에 이따금씩 목 디스크가 있는 부위가 콕콕 아파오는데 명현현상으로 보인다.

현묘지도 수련을 본격적으로 시작하기 전 이미 피부호흡이 극대화되었는데 그래서인지 무위삼매 단계에서는 별다른 현상은 없었다.

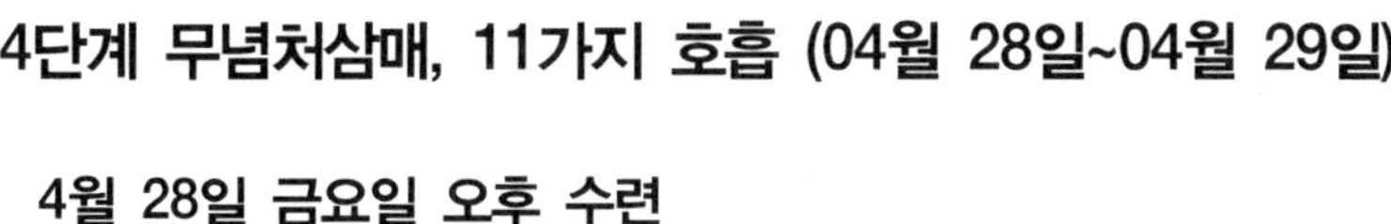

4단계 무념처삼매, 11가지 호흡 (04월 28일~04월 29일)

4월 28일 금요일 오후 수련

퇴근 길에 11가지 호흡이라는 화두 암송을 반복하였더니 엄청난 기운이 머리와 어깨 위로 내려온다. 그래서인지 집에 도착해서 좌선하고 난 후 앉자마자 상체가 끄떡끄떡 빙글빙글 팽이처럼 회전한다. 좌우 번갈아 돌다가 모든 동작이 정지한다. 고개가 하늘을 바라보고 척추가 꼿꼿이 선다.

다시 고개가 도리도리 상체가 크게 원을 그리며 좌우방향으로 회전한다. 한참을 돌다가 상체가 앞쪽 바닥으로 바짝 엎드린다. 한참을 이 자세로 있다가 다시 원래대로 돌아온다. 상체가 바로 서더니 고개가 왼쪽으로 최대한 돌아간다.

이 상태에서 갑자기 우측에서 뜨거운 태양 같은 기운 덩어리가 솟아오른다. 이 이글거리는 기운 덩어리가 강렬하게 내리쬔다. 우측 어깨와 머리가 너무 뜨거워진다. 다시 원래대로 돌아오고 이전 단계들을 반복한다.

너무나 신기한 체험이었다. 꼭 작은 태양이 왔다가 간 느낌이다. 중간에 한 무리의 학이 소나무 위에 앉아 평화롭게 놀고 있는 장면이 보인다.

상체가 왼쪽으로 서서히 숙여진다. 이 상태에서 상당히 깊은 호흡이 천천히 번갈아 가면서 진행된다. 다시 반대쪽으로 상체가 기울여지더니 깊은 흡과 호가 진행되는데 나의 정확한 폐활량에 맞춰서 자동으로 숨을 쉰다. 더 이상 수식관이 필요가 없을 것으로 보인다. 기운이 한동안 상단전으로 몰린다.

11가지 호흡 중 1~2가지만 빠지고 나머지 모두가 반복된다. 이런 반복되는 패턴으로 2시간 30분가량이나 수련이 지속되다가 최종 상체가 뒤로 넘어간다. 잠시 누워 있다가 선계의 스승들에게 삼배하고 수련을 마무리하였다.

4월 29일 토요일 오전 수련

오늘은 진동은 줄어들고 주로 호흡과 좌선 위주의 수련이다. 특이한 것은 어제부터 수련 중에 45도 각도로 종종 상체가 숙여지는데 이때 호흡과 집중이 잘된다. 호흡이 수식관을 하지 않아도 저절로 나의 폐활량에 맞게 흡과 호가 이루어진다.

고양이 개 독수리 닭 등의 모습 등이 보인다. 독수리가 상당히 거대한 모습인데 절벽 위의 소나무 위에서 커다란 날개를 펄럭이고 있다. 닭이 상당히 선명하게 보인다. 노려보는 닭의 눈빛이 아주 강렬하다. 그런데 닭 볏이 없는 아주 이쁘

게 생긴 암탉이다.

수많은 인물상이 빠르게 지나간다. 아! 그런데 다음 순간 기가 막힌 장면이 펼쳐진다. Oh my god! 파노라마처럼 바로 앞 전생의 인물상이 맨 앞에 나타나고 그 뒤에 끝도 없이 나의 전생이 늘어져 있다. 그야말로 몇백 생은 되는 것으로 보인다.

수련 중에 가끔 드는 생각이 대체 이 징글징글한 빙의령들은 언제까지 들어오는 것인지 궁금했는데 과연 이번 생에 저 수많은 인물들로 살았던 인과를 다 풀어 낼 수 있을런지 의문이다.

석가모니 부처가 오백 생을 통하여 부처가 되었다는 말이 새삼 실감나는 순간이었다. 그러니 이번 생에 부지런히 용맹정진해서 이 윤회의 고리를 끊고 자유를 찾아야 할 것이다.

잠시 후 장면이 바뀌고 영안으로 이순신 장군의 투구 같은 것이 보인다. 수많은 전투를 치러낸 흔적이 보인다. 이 화면과 거의 동시에 "무(武)" 자가 떠오른다. 뜬금없이 이순신 장군의 투구가 왜 보였는지 모르겠다.

다시 장면이 우주로 바뀌고 우측 화면 아래로 지구가 보이고 잠시 후 우주공간에 작은 구멍이 생긴다. 이 구멍이 점점 회전하면서 꼭 사람 하나 들어 갈 정도의 크기로 변한다. 아무래도 이것이 블랙홀인 거 같다. 그 구멍 안에서 하늘과 땅, 동식물 등 여러 차원이 보인다. 그 순간 그 구멍 속으로 의식이 빠르게 빨려 들어간다.

수많은 차원을 거쳐서 지나가는데 중간중간에 여러 개의 땅과 하늘 같은 장면도 지나친다. 이따금씩 처음 보는 기하학적인 디자인이 다양하게 보이는데 무슨 의미인지는 잘 모르겠다.

여러 차원을 거쳐 최종 어느 특정 행성에 도착한다. 하늘에 우주선 3개가 떠있다. SF영화에서 보는 UFO와 상당히 비슷하게 생긴 모습이다.

잠시 후 다음 차원으로 이동한다. 이곳은 전쟁이 일어났는지 완전 폐허의 행성이다. 우주선 여러 대가 부서진 채 허공에 떠있다.

다시 다음 차원으로 이동한다. 수백 개의 로봇 같은 작은 기계들이 집단으로 이동한다. 꼭 지구의 바닷게 모양으로 생겼다. 로봇인지 생명체인지 잘 모르겠다.

이런 식으로 여러 행성을 더 돌아다니다가 수련을 마무리하였다. 많은 곳을 지나쳤는데 정작 수련이 끝나고 기록하려 하니까 기억에 남는 건 몇 개 없다.

희한한 것은 다리가 너무 저리고 왼쪽 허리가 저려왔는데 갑자기 자동으로 스트레칭이 된다. 역시나 좌선과 스트레칭이 자동으로 함께 병행되고 있다.

마지막 자세는 항상 똑같은 동작이다. 상체가 뒤로 서서히 완전히 드러눕게 되는데 이때 모든 기운이 딱 끊긴다. 오늘 수련은 모두 끝났으니 쉬라는 의미로 보인다.

선계의 스승님들에게 삼배하고 삼공 선생님이 주신 다섯 번째 화두 봉투를 개봉하였다.

5단계 공처 (04월 29일~05월 02일)

4월 29일 토요일 오후 수련

다섯 번째 화두를 암송하니 좌선 후 호흡이 자동으로 이루어진다. 11가지 호흡 중 상체가 팽이 돌아가듯이 회전이 시작된다.

잠시 후 고개가 하늘을 바라보는데 인당 부분을 드릴 같은 것이 확장하고 있다. 한참 동안 인당혈 공간을 넓히는 작업이 진행되더니 하늘에서 연꽃 위에 앉아있는 부처님 같은 분이 내려온다. 여러 갈래의 빛들과 이 황금빛 부처님이 인당으로 내려온다.

모든 작업이 끝나고 보니 인당의 구멍이 이전보다 몇 배가 더 커진 느낌이다. 그 공간 위로 보이는 파란 하늘이 끝없이 펼쳐져 있다. 이전에 영안으로 보던 하늘보다 상당히 넓어진 느낌이다.

이 화면이 지속되고 인당에서 하늘을 지나 우주공간이 끝없이 펼쳐진다. 광활한 우주별판에 수많은 별들이 반짝이는데 유난히 별 하나가 반짝인다.

다시 11가지 호흡이 자동으로 진행된다. 허리와 목 부분의 근육을 풀어주는 스트레칭이 자동으로 진행된다. 위의 좌선과 호흡, 스트레칭의 패턴이 한동안 반복되다가 갑자기 상체가 완전히 뒤로 젖혀진다. 안개 같은 기운이 누워있는 내 몸 위로 발끝부터 서서히 중단을 지나 머리끝까지 덮쳐온다.

그 순간 중단전이 쥐어짜듯 경직된다. 숨이 막혀 죽을 지경이다. 숨이 꼭 끊어질 것만 같아 나도 모르게 비명소리가 나온다. 이 동작이 2~3회 더 반복하는데 강력한 경직으로 온몸이 뒤틀리는 거 같다. 첫 번째가 가장 고통스러웠는데 누가 보면 꼭 발작이라도 하는 것처럼 보였을 것이다.

고개가 왼쪽 오른쪽을 번갈아 또 다시 온몸이 쥐어짠 듯 아파온다. 가슴 위로 양손이 자동으로 올라간다. 꼭 숨이 막혀 죽을 것만 같다. 금방이라도 중단전이 터질 것만 같다. 이 동작들이 끝나고 다시 좌선과 호흡, 스트레칭이 패턴이 한동안 반복되다가 갑자기 상체가 완전히 뒤로 젖혀진다.

더 이상 관음법문 파장음도 들리지 않고 모든 기운이 끊어져 있다. 선계의 스승님들에게 감사의 삼배를 올리고 오후 수련을 마쳤다. 시계를 보니 총 2시간 30분이나 지나 있다.

4월 30일 일요일 오전 수련

오늘은 진동이 많이 약해진 상태이다. 5단계 화두를 집중적으로 암송하였다. 얼마나 지났을까? 수련 중에 숲 속에 거대한 고릴라 한 마리가 나를 노려보고 있다. 이 장면이 바뀌고 돌계단이 길게 하늘로 이어져 있다. 푸른 하늘에 구름이 뒤엉킨 채 돌계단이 끝도 없이 이어져 있다.

다시 화면이 바뀌고 방금 계란을 깨고 부화한 듯한 병아리 한 마리가 아장아장 걷고 있다. 너무나 귀여운 모습이다. 한참을 바라보다가 장면이 바뀌는데 웬 조선시대 황후 같은 여자분이 다소곳이 의자에 앉아있는 모습이 보인다. 복장으로 보아 상당한 지위와 권력을 가진 분으로 보인다.

특이한 것은 영안으로 집중할 때 꼭 쌍안경으로 살펴보듯이 머리가 약간 앞으로 이동한다. 마지막 장면에 내 머리 위에서

문이 열리더니 작은 우주선 한 대가 푸른 하늘 위로 날아간다.

곰곰이 생각해 보니 이 우주선이 오래 전 대주천이 시작될 무렵 머리 위로 날아든 그 비행접시로 보인다. 벌써 떠났어야 하는데 내가 중간에 수련을 10년 넘게 중단하는 바람에 가야 할 곳으로 미처 가지 못하고 있었던 거 같다. 이젠 사명을 다 했다는 듯이 뒤도 돌아보지 않고 떠나가는 모습을 보니 너무나 미안한 마음이 들었다.

모든 화면이 사라지고 상체가 뒤로 젖혀진다. 누은 채로 어제에 이어 갑자기 중단을 쥐어짜는 현상이 반복된다. 그러나 어제 보다는 상당히 강도가 약해진 상태이다. 간단한 자동 스트레칭이 반복되고 오전 수련을 마무리하였다.

4월 30일 일요일 오후 수련

오후 수련 시간이 다가오면 뜨거운 열풍 같은 기운이 상체로 쏟아진다. 이것을 신호로 알고 본격적으로 오후 수련을 시작하고 있다. 오전에 이어 오후 수련에서도 거의 진동을 하지 않았다.

그러나 한가지 특이한 것은 오늘 등산 중에 운기가 강해져서인지 바위에 앉아서 쉬는데 자동으로 11가지 호흡이 진행되었다. 희한한 일이다. 지금까지 일사천리로 진행되었던 수련이 공처 단계에서 한 박자 느려지는 것으로 보인다.

화두를 암송하자 자동으로 상체가 뒤로 젖혀진다. 오늘 등산 후 강력해진 기운을 와공으로 축기하라는 의미로 보인다. 거의 한 시간가량이나 와공으로 하단전에 축기를 하였는데 중간에 중단전을 쥐어짜는 증상이 약하게 반복되었다.

상체가 세워지고 약간의 11가지 호흡의 진동 후 화두를 암송하자 도저히 이해할 수 없는 분이 화면에 보인다. 지금껏 단독 수련 시 단 한번도 보지 못했던 분이다. 대체 이 상황을 어떻게 받아 들여야 할까? 어제부터 "무(武)" 자가 자꾸 떠오르고 이분의 갑옷 중 일부인 투구가 보였다.

그런데 오늘은 화두를 외우자 호롱불 아래 책을 넘기는 장면 후에 이순신 장군의 얼굴이 보인다. 붉은 관복을 입은 모습이 보이다가 다시 조선시대 사또 같은 복장이 오버랩 된다.

다시 화면이 바뀌고 혼비백산하여 배 위를 우왕좌왕하는 왜군들의 모습이 보인다. 이분의 얼굴이 여러 번 반복되어 보인다. 도무지 이해할 수 없는 장면들이다.

다시 화면이 바뀌고 노랑색 용포를 입은 분과 빨강색 용포를 입으신 분이 보인다. 화면이 자꾸만 여러 가지 색으로 일렁이는데 정작 중요한 것은 선명하게 보이지는 않는다.

진동이 약하게 45도 좌우로 아래로 약간씩 일어나다가 한쪽 방향으로 고정된 상태로 화면에 집중되고 있다. 여러 번 이런 상태가 반복되다가 최종 자동으로 상체가 뒤로 젖혀지고 오후 수련을 마쳤다.

아이러니하게 수련을 마치고 TV를 켰는데 이순신 장군에 관한 다큐멘터리가 시작한다. 일본에 살고 있는 누님도 매형의 휴가로 함께 집에 와있는데 매형은 일본 사람이다. 아무래도 누님과 매형과의 인과관계가 얽혀 있는 것으로 보인다.

새삼 이순신 장군에 대해 궁금해져서 간단한 일대기를 읽는데 유독 한 가지가 눈에 들어온다. 아무리 윗 사람이라도 바르지 않으면 역린하게 만드는 기질이 너무나 닮아있다.

5월 1일 월요일 오전 수련

5단계 화두를 암송하였지만 별다른 진동은 없다. 잠시 뒤에 좌우 위아래 45도 각도로 상체가 기울여지는 패턴이 반복된다.

화두를 계속 암송하자 영안에 커다란 행성이 보이는데 지구가 아닌 전혀 생소한 행성이다. 회색 빛을 띠고 있고 우측에 열 배 정도 작은 행성이 떠있다.

화면이 바뀌면서 순간적으로 초대 단군 같은 분이 보인다. 다시 화면이 변하고 노랑색 용포를 입으신 분이 앉아 있다. 이분은 단독 수련 시 자주 보던 분이시다. 고려시대의 전형적인 각이 진 황제의 모자를 쓰고 있다. 누구냐고 물었더니 태조 왕건이라는 파장이 아주 강하게 전해져 온다. 이분은 이전에도 단독 수련시에 여러 번 본적이 있어 전혀 낯설지가 않았다.

상체가 자동으로 뒤로 젖혀지고 스트레칭 후 수련을 마무리하는데 공처 화면들에 대한 불안감이 일어난다. 내가 보는 장면들이 정말 맞는 것인지? 그 순간 천리전음 같은 내면의 소리가 들려온다. "의심하지 마라. 수련이 잘 진행되고 있으니 선계의 스승들에게 모든 것을 믿고 맡겨라."

5월 1일 월요일 오후 수련

오후에도 5단계 화두를 암송하였지만 별다른 진동은 없다. 잠시 뒤에 좌우 위아래 45도 각도로 상체가 기울여지는 패턴이 반복된다. 10분 정도가 지났을까? 상체가 자동으로 뒤로 젖혀진다. 이 상태에서 40~50분 동안 와공이 진행되었다.

어느 정도 시간이 지나자 서서히 중단전이 쥐어짜듯 경직되어 간다. 오늘은 유난히 강도가 세고 반복적이다. 꼭 중요한 체험을 할 것만 같다. 여러 차례 반복하다가 서서히 상체가 자동으로 세워진다. 앉자마자 등 뒤에서 커다란 기운이 느껴진다. 불상 뒤에 보이는 타오르는 후광 같은 기운이 등 뒤 전체에서 느껴진다.

지속적으로 5단계 화두 암송을 하자 천길 낭떠러지 중턱에 자리 잡고 있는 수행자가 보이는데 그야말로 뼈와 가죽만 앙상하게 남아있다.

이 화면을 보자마자 형언할 수 없는 복잡한 심정에 가슴이 복받쳐 오른다. 나도 모르게 눈물이 왈칵 쏟아진다. 수련 중에 눈물이 흐르고 복받쳐 울기는 선도수련하고 처음 있는 일이다.

전생에 저렇게 처절하게 진리를 구하였구나. 대체 무엇을 위해서 저렇게 절실하게 수련을 했을까? 그 순간 온몸으로 잔잔하고 따뜻한 기운이 흐르고 환희지심이 일어난다. 영안으로 여러 갈래 빛 줄기와 함께 눈부신 황금빛 불상이 보인다.

화두를 계속 암송하자 천둥소리 같은 천리전음이 들려온다. 내가 부처다. 내가 부처다. 끊임없이 화두와 천리전음이 들려온다. 내가 부처다. 내가 부처다. 멈추지 않는 천리전음과 함께 부드럽고 잔잔한 11가지 호흡과 진동이 한동안 지속된다.

서서히 상체가 완전히 뒤로 젖혀지고 간단한 좌우 목 스트레칭 후 수련이 종료되었다. 선계의 스승들에게 삼배하고 앉아 있는데 가슴이 한동안 먹먹하였다.

아마도 낭떠러지 중턱에 자리를 잡은 것은 답을 얻기 전에는 절대로 일어서지 않겠다는 굳은 의지로 보인다. 내가 저렇게까지 수행을 했었구나라는 생각이 들자 나 자신에게 숙연해다.

이번 현묘지도 수련이 모든 것을 송두리째 변화시키고 있는 것이 느껴진다. 지금까지의 단독 수련은 어린애 장난 같다는 생각이 든다.

5월 2일 화요일 오전 수련

어제 본 마지막 화면을 좀 더 확실하게 보고 싶어서 5단계 화두를 암송하였지만 더 이상 반응이 없다. 고개가 하늘 방향으로 완전히 젖혀지고 좌우, 위 아래 45도 각도로 상체가 서서히 진동한다. 한 동작마다 5~10분가량 정지된 상태로 호흡이 진행된다.

화두를 지속적으로 암송하였지만 별다른 반응이 없다. 어제 손기가 되어서인지 기운이 따뜻하게 중단으로 지속적으로 들어온다.

잠시 후에 파장으로 빙의령의 말이 전해져 오는데 살아생전 형부와 처제 간에 바람이 난 상황이다. 육체적인 관계를 즐겼던지 그 순간 강한 성욕이 나에게로 전달된다. 음욕을 관하고 하단전에 내려 간단히 소멸하였다.

화두 암송 중이라 영안으로 집중하지 않았지만 이런 식으로 빙의령에 관한 스토리가 전해지기도 하나 보다. 선도수련 후 처음 경험하는 특이한 경우였다.

5단계 화두가 끝난 것으로 보고 자리에서 일어나 선계의 스승들에게 삼배하였다. 삼공 선생님이 주신 6단계 식처 화두를 보는 순간 가슴이 철렁 내려앉는다. 이 화두는 수련 시작하고 항상 궁금해 하던 내용이라 잘됐다는 느낌이 들었다.

6단계 식처 (5월 2일~5월 3일)

5월 2일 화요일 오후 수련

6단계 식처 화두를 암송하자 기운이 들어온다. 5단계에 접어들고부터는 진동이 상당히 줄어든 상태이다. 집중된 상태로 더 지속되고 있다.

화두를 더 암송하자 "하늘이다! 하늘이다"라는 천리전음이 들려온다. 좀 더 수련하려 하였으나 몸이 너무 피곤하여 일찍 잠에 들었다.

5월 3일 수요일 오전 수련

6단계 화두를 암송하자 진동은 없고 집중된 상태로 지속된다. 여러 가지 꽃이 보이고 다른 행성의 도시 같은 것이 보인다. 커다란 호랑이가 보이고 처음 보는 식물 같은 것들이 보인다.

갑자기 수련 중간에 선계의 스승을 부르고 싶다는 생각이 든다. 그 순간 내 머리에서 기다란 관이 우주로 뻗어나가 스승과 연결된다. 시간이 어느 정도 지나자 진동이 시작된다. 상체가 팽이 돌듯 좌우로 돌아가고 목이 좌우로 빙글빙글 회전한다.

잠시 후 자동으로 상체가 뒤로 젖혀지고 와공이 시작된다. 중단전을 쥐어짜는 동작이 또 다시 시작되는데 이젠 거의 통증이 없는 상태이다. 이 동작을 몇 번 반복하다가 다시 상체가 세워진 뒤 수련을 마무리하였다.

5단계 공처에서 너무 강렬한 느낌을 받아서인지 6단계는 조금 싱거운 느낌이 든다. 오후에 한 차례 더 6단계를 진행해 보고 별다른 반응이 없다면 7단계로 넘어 갈 예정이다.

오늘은 하루 종일 백회로 맑고 청아한 기운이 내려온다. 아무래도 큰 변화가 있을 것만 같다.

어제 밤 꿈속에 상당히 특이한 꿈을 꾸었는데 내가 죄를 짓고 감옥에 갔고 거기 간수가 20년 전에 헤어진 군대 동기였다. 너무나 반가워 한동안 얼싸안고 감격에 겨웠는데 참 희한한 꿈이다.

7단계 무소유처 (5월 3일~5월 3일)

5월 3일 수요일 오후 수련

오늘은 빙의령의 파장도 상당하지만 하루 종일 백회로 맑고 청아한 기운이 흘러 들어온다. 안정된 기운에 유유히 흐르는 관음법문과 11가지 호흡... 아무래도 오늘 무슨 변화가 있을 것만 같은 느낌이 들었다.

6단계 화두의 끝자락을 잡고 남아있는 것이 더 있는지 한동안 화두를 암송하였다. 한참을 지났는데 별다른 느낌이나 화면이 안 보인다. 최종 본성에게 물어 보았다. 남아있는 것이 더 있나? 없다. 없다 천리전음이 들려온다. 6단계 화두가 모두 끝난 것으로 보고 선계의 스승들에게 삼배를 하였다.

7단계 화두를 열어보고 암송을 시작하였다. 5분이나 지났을까? 영안으로 좌선하고 있는 현재의 내 모습이 선명하게 보인다. 화두를 5분 정도 더 암송하자 이번에는 금빛 불상이 좌선하는 모습이 보인다.

연이어 천리전음이 들려온다. 부처다! 부처다. 7단계 화두를 지속적으로 암송하자 화두와 함께 자동으로 천리전음이 들려온다. 부처다! 부처다! 부처다. 5단계 공처 단계에서 전생에 수행하던 모습을 보자 복받쳤던 감정이 또 다시 일어난다. 온몸에 전율과 함께 눈물이 흘러내린다.

11가지 호흡과 함께 백회로 맑고 청아한 기운이 끊이지 않고 들어온다. 이 상태로 온몸에 안정된 기운과 함께 10분 정도가 그대로 흐른다.

화두를 계속 암송하자 천리전음이 지속적으로 들린다. 부처다! 부처다.

진동이 안정되자 본성에게 물었다. 7단계가 더 남아 있나? 천리전음이 들려온다. 없다! 없다. 천지신명에게 삼배하고 마지막 8단계 화두 봉투를 열어 보았다.

8단계 비비상처 (5월 3일~5월 3일)

5월 3일 수요일

8단계 화두를 선 채로 읽는 순간 나도 모르게 염화미소가 지어진다. 연이어 그 자리에서 천리전음이 들려온다.

"공이다! 공이다."

곧바로 앉자마자 자동으로 11가지 호흡이 빠르게 진행된다. 8단계 화두와 천리전음의 답이 자동으로 11가지 호흡과 한박자로 흘러간다.

"공이다! 공이다." "공이다! 공이다."

진동이 멈추고 자동으로 상체가 숙여진다. 앉은 채로 스승들에게 절을 올린다. 나의 내면에서 자동으로 "도맥을 받았으니 바르게 펴겠습니다"라는 말이 흘러나온다.

다시 상체가 바로 서고 백회로 엄청난 기운이 흘러들어 온다. 한동안 입정 상태가 유지되고 돌부처의 자세가 지속된다.

이렇게 총 8단계의 현묘지도 수련이 끝이 났다.

8단계 화두가 끝나고 나서도 머리 위에 신령한 기운이 떠있고 백회로 기운이 들어오고 있다.

수련이 모두 끝나고 체험기를 쓰는데 공교롭게도 오늘이 부처님 오신 날이다. 돌아보니 이미 5단계 공처 단계에서 견성을 체험한 것으로 보인다. 아니 이미 단독수련시 초견성을 한 거 같은데 이번 현묘지도 수련을 통하여 확실하게 재정리된 느낌이다.

[필자의 독후감]

현묘지도 수련은 수행자 자신의 존재의 실상을 선계 스승님들의 교육 스케줄에 따라 이수하는 수련 과정이다.

그 일에 선발된 우리들 구도자는 말할 것도 없고 모든 사람들의 존재의 실상은 무엇인가? 공이고 색이고 하나이고도 전체이고 하느님이고 부처님임을 수련 과정을 통과하는 동안 누구나 스스로 깨닫게 되어 있다. 그러나 구경각을 한 사람에게는 그 자신이 부처일 뿐 아니라 이 세상에서 가장 하찮은 노숙자일 수도 있다.

그것도 우리가 늘 보는 텔레비전의 음향과 동영상과는 차원이 다른 기운의 조화로 이루어진 시청각 교재를 통해서 더욱 더 생동감 있게 말이다.

스승님들은 무엇 때문에 그런 일을 했을까? 그분들은 그렇게 함으로써 현묘지도 수련을 받는 우리들에게 그분들이 우리들이 해야 할 할 일을 넘겨준 것이다.

이제 스승님들의 바통을 이어받은 김우진 씨는 자신이 직접 뛸 차례임을 명심해야 할 것이다. 삼공재 현묘지도 수련 28회째 통과자인 김우진 씨의 도호는 대봉(大奉).

이원호 현묘지도 수행기

저는 1999년 7월 17일 삼공재에 첫 방문 후 17년이 지난 2016년 12월 24일 두 번째 방문 그리고 2017년 4월 29일 7번째 방문 시 선생님에게서 백회를 열게 되었습니다.

현묘지도 수련은 2017년 5월 20일 9번째 방문 시 화두를 받고 수련에 들어갔습니다. 이 순간을 한없는 영광으로 생각하며 그 전에 내 소개를 간단히 해 드리겠습니다.

올해 나이로 43세이며 경남 김해에 살고 있는 이원호라고 합니다. 부모님과 형 그리고 9살 된 딸아이와 5명이 한집에 같이 살고 있습니다. 아내와는 6~7년 살고 이혼한 지는 3년째 접어들었습니다.

아버지는 제가 어렸을 때부터 지체장애 3급이셨고 어머니는 인지능력이 떨어지고 형은 집안일에 무관심하여 모든 일들은 제가 다 도맡아 했습니다. 직업은 금속 가공 업무로 기계로 쇠를 깎는 일이라고 보시면 됩니다.

어렸을 때부터 몸이 좋지 않아 우연히 20살 때 단전호흡 책을 접하게 되고 『선도체험기』도 자연스럽게 알게 되었습니다.

1999년 삼공재 첫 방문 때 수련에 열중했어야 했는데 17년이 지난 후 다시 방문한 계기는 『선도체험기』 113권에도 소개되었지만 어렸을 때부터 B형 간염 보균자였는데 나도 모르게 진행되면서 2016년 10월 17일 간경화 초기 진단을 받게 되면서 본격적으로 수련에 매진하는 계기가 되었습니다. 그야말로 생사의 갈림길에서 죽기 살기로 삼공선도 그리고 현묘지도 수련에 임하게 되었습니다.

그 전에 몸 공부와 마음 공부를 소홀이 하고 결혼과 이혼에 대한 스트레스, 음주로 인해 정신 못 차리고 살아가는 저에게 하늘의 배려였을까요? 다행히 기 공부는 조금씩 진행되어 백회가 조금 열려 있는 상황이었습니다.

블로그를 통해 현묘지도 28대 통과자 김우진 사형을 알게 되고 간경화 진단받기 몇 달 전에는 블로그 글을 읽는 동안 삼합진공, 연정화기가 진행되는 신비한 경험을 하게 되었습니다.

현묘지도 수련은 일기 형식으로 기록했습니다. 첫 화두 받기 6일 전부터 기록한 내용입니다.

2017년 5월 14일 일요일

아침에 반가부좌를 하고 좌선수련에 들어갔다. 훈훈한 기운이 흘러 들어온다. 이때까지의 수련 과정이 주마등처럼 스쳐 지나간다. 내 인생이 참 파란만장하였구나! 결국 여기까지 왔구나! 지금 수련할 수 있어 고맙고, 생식할 돈이 있어 고맙고, 기차표 살 돈이 있어 고맙고, 훌륭하신 스승님을 만날 수 있어서 고맙고, 좋은 선후배님을 만나서 고맙고, 모든 것이 고맙다.

지지리도 복도 없는 인간이라고 생각했는데... 마음은 한없이 고요해지고 호흡은 하는 둥 마는 둥 잘 느껴지지가 않는다.

관음법문이 들린다. 웅~~~ 윙~~~ 몸은 돌처럼 단단해지는 느낌이다. 돌이 된 것 같다. 상, 중, 하단전이 텅 비어 있는 것처럼 느껴지고 오장육부가 없어진 것 같다. 내가 없는 것만 같다. 온몸은 기운으로 따뜻하고 훈훈하다. 이대로 있고 싶다.

선정에서 깨어나고 싶지 않았고. 더 있고 싶었다. 이유 모를 눈물이 흐른다.

2017년 5월 16일 화요일

조금 전 엄청나게 뜨겁고 강렬한 기운이 들어오고 약 40분 가량 쏟아져 들어왔다.

온몸이 타서 재가 될 것 같고 숨도 제대로 쉬기가 힘들었다. 순간 현묘지도 1단계 기운일 것 같은 예감이 들었다. 세상에 어떻게 이런 기운이 들어온단 말인가? 이건 뭐 오장육부를 다 쑤시고 다닌다.

2017년 5월 20일 토요일

삼공재 9번째 방문

천지인삼재

아침에 일어나 목욕재계 후 출발 전 한인천제, 한웅천황, 단군왕검, 선계 스승님들 삼공 선생님, 지도령, 보호령, 조상님께 큰 절을 드리고 부산으로 향했다. 몸이 찌릿찌릿 벌써부터 반응이 온다.

구포역에서 기차를 기다리는 동안 백회에서 시원한 기운이 들어오고 하단전이 달아오르고 백회, 중, 하단전에 작은 기운이 소용돌이친다. 기차에 몸을 싣고 서울로 향했다. 서울이

가까워질수록 많은 기운이 들어오기 시작하더니 영등포역에 내려서는 중단전에서 뜨거운 회오리 기운이 휘몰아친다.

삼공재에 도착하니 사모님께서 반갑게 맞이 해주신다.

선생님께 일배 드리고 앉은 후 현묘지도 수련받으러 왔다고 말씀드렸다.

첫 번째 화두를 받고 수련에 들어갔다. ○○○○를 암송하기 시작하니 오른쪽 귀에서 관음법문이 들려온다. 강한 기운이 확실히 많이 들어오기 시작한다. 큰 기운을 경험했던 터라 기대를 하고 있었지만 생각보다 강하지 않았다.

백회에서 하단전까지 기운이 일직선으로 쏟아져 들어온다. 하, 중, 상단전으로 순서대로 서서히 이동하며 달아오르고는 몇 번을 반복하더니 몸에 아픈 부위에 기운이 들어가는지 조금씩 아파왔다. 느낌에 치료하는 과정으로 보이고 몸이 건강한 사람은 빨리 통과할 것 같다. 화두를 보면 왜 천지인삼재인지 알 것 같았고 선계에서 스승님들이 돕고 계시는 것이 느껴진다. 5시가 되어가고 수련을 마무리하였다.

2017년 5월 22일 월요일

자세를 잡고 1단계 화두수련에 들어갔다. 화두를 암송하니 잠시 후 백회에서 하단전으로 기운이 흘러 들어온다. 10분쯤 흘렀을 때쯤 상단전에서 갑자기 딱~~ 하고 박 깨지는 소리가 났다.

뭔 소리지? 신기하다! 마음을 가다듬고 다시 화두를 암송해 나갔다. 백회에서 물엿 같은 액체 기운이 흘러 들어왔다. 하단전, 중단전, 그리고 머리에 기운이 쌓이기 시작하고 차곡차곡 쌓이는 게 느껴진다. 그리고는 하단전이 용광로처럼 달아오르고 시간이 지나면서 온몸이 용광로가 되어 버린다. 1시간 20분가량 기운이 끊임없이 흘러 들어왔다. 선계 스승님들, 삼공 선생님, 지도령, 보호령님께 삼배 드리고 수련을 마쳤다.

2017년 5월 26일 금요일

현묘지도 화두 받은 지 일주일이 되어가고 기운이 점점 약하게 들어온다. 바르게 가고 있는 건지 잘 모르겠다. 호보 김광호 선배님께 전화로 조언을 부탁하고 집 근처 산책로에서 걸으며 화두를 암송하기 시작했다. 얼마 지나지 않아 메시지가 전달되었다.

"하늘과 땅과 인간은 하나다. 깨달음을 통해 다시 하늘로 되돌아가라."

순간 백회에서 하단전까지 한차례 기운이 내리친다. 온몸이 전기에 감전된 것처럼 찌릿찌릿해지고 한동안 두 발바닥 용천혈이 크게 구멍 난 것처럼 텅 비게 느껴졌다.

2017년 6월 1일 목요일

최근 회사 일이 없는 상황이라 국가에서 지원된다는 지원금을 받기로 하고 두어 달 쉬기로 했다. 하는 일은 금속 가공 기계 조작인데 주 생산품이 군수품이라 탱크 엔진에 들어가는 실린더 제작하는 업체로, 최근 입찰을 통해서 업체를 선정하기 때문에 적은 단가로 제품만 만들면 된다. 타 업체에서 입찰 선정되었고 기술이라는 게 만만치가 않아서 결국 못 한다고 포기하겠지만 그동안은 고스란히 우리가 감내해야 한다.

수련하기엔 절호의 기회지만 좀처럼 진전이 보이지 않는다. 기운이 많이 줄어들었고 빙의령을 의심하고 있지만 상, 중, 하단전은 달아오르곤 한다. 며칠 전에는 피곤하고 몸이 무겁고 너무나 잠이 쏟아져 힘들더니 이젠 그런 증상은 많이 좋아졌다. 빙의령이 들어오고 천도된 걸로 보인다. 현묘지도 카페에 올린 마리산 사진에서 나온 기운 덕을 많이 봤다. 기운이 쌘 곳이다라는 말이 빈말이 아니었다.

사진으로도 강한 기운이 들어오는데 실제로 현장에 가면 더 강한 기운이 들어 올 것이다. 언젠가 기회가 되면 한번 가봐야겠다. 오늘도 큰 성과 없이 마무리될 것 같았다.

2017년 6월 3일 토요일

삼공재 10번째 방문

아침 7시에 집을 나섰다. 돈을 절약하기 위해 무궁화호에 몸을 싣고 오후 2시 10분경 삼공재 건물 앞에 도착했다. 아직까지 기적인 반응은 없다. 이상하다 이때까지 이런 적이 없었다. 3시가 다가오니 선배들이 오고하여 그들과 함께 삼공재에 들어섰다.

선생님께서 114권이 나왔다 하시길래 보니 『선도체험기』 114권이었다. 상당히 빨리 나왔고 대충 훑어보니 김우진 사형 수련기, 도반님들 사연이 눈에 띈다. 선생님께서 제 이름을 기억하시고 사인을 해주셨고 자세를 잡고 좌선수련에 들어갔다.

1단계 화두를 암송하니 기운이 들어오지 않는다. 두 시간 동안 앞가슴과 등 뒤쪽이 기운에 덮이고 백회 쪽이 찌릿찌릿 아지랑이가 일어났다. 빙의령이 천도되려는 증상이었지만 천도되어 나가는 느낌은 없었다.

오랫동안 상단전이 상당히 뜨겁게 달아올랐고 그 외에는 별다른 진전은 없었다.

궁금한 사항을 선생님께 문의했다.

이원호: 선생님 현묘지도 화두수련 때 화면과 천리전음이 들려야 다음 단계로 넘어가는 겁니까?

선생님: 꼭 그렇지만은 않아요! 끝났다는 느낌이 옵니다. 현묘지도 체험기를 보면 아무 반응 없는 사람도 있어요!

이원호: 화면도 천리전음도 못 들었는데 기운이 안 들어옵니다. 빙의가 되어서 그럴 수도 있는 거 아닙니까?

선생님: 화두 수련시에는 선계의 스승님께서 보호해 주십니다!

이원호: 그럼 기운이 끊기면 끝났다고 봐야 합니까?

선생님: 그래 그 다음 단계로 얼른 넘어가야지! 몇 단계까지 했지?

이원호: 아직 1단계 입니다. 판단이 서질 않아서요. 그럼 2단계로 넘어가겠습니다.

선생님께 인사드리고 삼공재에서 나왔다. 내려오는 기차 안에서 2단계 화두를 간절히 염송했다. 다행히 물엿 같은 액체 기운이 백회로 얼굴을 감싸며 흘러 들어왔다. 2단계는 부드러운 기운이라더니 맞는 말인 것 같다. 2, 3단계 화두는 평소에 늘 화두로 삼는 단어들이다. 예상대로라면 무난히 넘어갈 것 같았다. 나만의 착각이 아니길 바란다. 집에 도착하여 시간을 보니 밤12시가 조금 넘었다.

2017년 6월 4일 일요일

유위삼매

아침에 일어나 2단계 화두수련에 들어가고 얼마 지나지 않아 기운이 흘러 들어온다. 관음법문이 가을 밤하늘 풀벌레 소리 속에서 정겹게 들리고 쏟아질 듯한 별들이 연상된다. 마음이 한없이 평온해지고 부드럽고 따뜻한 어머니 같은 기운이 흘러 들어온다. 온몸에 쌓이며 따뜻해지더니 내 몸은 돌이 되어간다. 또 다른 메시지가 전달된다.

"현상계의 남과 나는 모두 하나다"

"철저히 겸손하고 철저히 자기를 낮추어라."

"그러고도 네가 수련자이더냐?"

순간 온몸에 전기가 찌릿 통한다. 머리가 아닌 가슴으로 와 닿는다. 화두수련법은 자성수련법인 것이다. 자기 본성을 찾아가는 수련법이고 수련자의 성향과 근기에 따라 각기 다르게 나타나는 것 같다. 전생에 나라를 구하기 위해서 얼마나 힘들게 싸워 왔는지! 남의 목숨을 빼앗아가며 얼마나 살생했는지! 갑자기 이런 생각이 들며 눈물이 난다.

2017년 6월 7일 수요일

2단계 화두수련이 지난 4일 이후 특별한 진전 없이 기운이 줄어들면서 며칠 사이로 간간이 들어오더니 이젠 들어오지 않는다. 헷갈리지만 방법이 없다.

자성에 물어보니 끝났다는 느낌은 오지만 확신이 서질 않는다. 내일 두고 보기로 하고 우선 3단계로 넘어가기로 했다.

2017년 6월 8일 목요일

무위삼매

아침 6시에 일어나 2단계 화두수련에 들어갔다. 시원한 기운이 간간이 흘러 들어온다. 왜 갑자기 시원한 기운이 들어오는 거지? 그러더니 20분 후쯤 백회가 닫히는 느낌이 들더니 더 이상 기운이 들어오지 않았다.

3단계로 넘어가야 할 것 같다. 그리고는 3단계 화두를 간절히 염송하였다. 얼마 지나지 않아 시원한 기운이 흘러 들어왔다. 조금 전의 그 시원한 기운이다. 관음법문 풀벌레 우는 소리가 요란하게 들린다.

상단전이 달아오르고 중단전이 달아오르고는 상체 전체가 기운에 감싸이는 듯한 느낌이 들더니 잠시 후 이런 증상이 사라진다. 중단전이 달아오르고 하단전이 달아오른다. 하체 전체가 기운에 감싸 안은 듯한 느낌이 들더니 잠시 후 그 증상이 사라진다. 메시지가 전달되었다.

"나는 무엇인가? 나는 무엇인가?" 바르게 가고 있는가? 의구심을 가졌더니 "믿어라"는 메시지가 전달된다. 30분쯤 흘러서 더 이상 기운이 들어오지 않았다.

잠시 후에 임맥이 달아오르고 연이어 독맥도 달아올랐다. 더 이상 기운이 들어오지 않아 아침 수련은 마무리를 지었다.

오후에 걷기 운동을 1시간 30분가량 하고 집으로 돌아와 잠시 쉰 뒤 좌선에 들어갔다. 잠시 후 강한 기운이 백회로 들어오다가 멈춘다. 이상하다. 상단전에도 흘러 들어오다가 멈춘다. 몸 상태가 좋지 않아 진행이 되지 않는 것일까?

2017년 6월 9일 금요일

아침에 일어나 딸아이를 등교시키고 수련에 들어가려니까 강한 빙의령이 들어와 버렸다. 가슴은 조여들고 대못으로 후벼 파는 통증이다. 예전에도 이런 증상이 몇 번 있었다.

그땐 이유를 몰랐었다. 통증이 점점 심해져 안되겠다 싶어 와공으로 "인과응보 해원상생 극락왕생 업장소멸" 태을주, 천부경을 20분가량 암송하였다.

서서히 통증이 풀어지더니 많이 좋아졌다. 3단계 화두수련에 들어가니 뜨거운 기운이 백회로 흘러 들어온다. 간간이 들어오더니 들어오는 듯 마는 듯하였다.

이것으로 30분가량 수련을 마쳤고 오늘 하루 더 지켜봐야겠다.

오후로 접어드니 날씨가 많이 더워졌다. 5시쯤 집 근처 산책로를 이용해 걷기 운동을 시작하였다. 1시간가량 3단계 화두를 암송하였을 때 참으로 신기한 기운이 흘러 들어왔다. 뭐라고 설명해야 하나? 영안이 열려 있었으면 볼 수 있었을 텐데 아쉽다!

지도령님이 한약을 달여 엑기스를 백회로 조금씩 부어내리는 느낌이 들었다. 백회를 열고 난 후 비슷한 기운을 느낀 적이 있다. 병원의 수액 같은 기운이 백회를 통해서 아픈 부위에 흘러들어 왔었다. 한동안 한약 같은 엑기스 기운이 흘러 들어왔다. 감사드리고 또 감사드린다.

2017년 6월 10일 토요일

삼공재 11번째 방문

오늘은 삼공재에 가는 날이다. 목욕재계하고, 선계스승님, 삼공 선생님, 지도령, 보호령들께 삼배 드리고 집을 나섰다.

무궁화호에 몸을 싣고 삼공재로 향하였다. 달리던 기차가 대구에 도착할 때쯤 백회가 활짝 열려 버렸고 상단전도 연이어 열렸다. 시원한 기운이 감돈다. 그런데 자고 자도 피곤하고 컨디션이 좋지 않았다. 어제 들어온 강한 빙의령 때문일까?

2시 20분쯤 삼공재 건물 앞에 도착해서 도반을 만나 이런 저런 얘기를 나누었다.

삼공재에서 3단계 화두를 암송하였지만 큰 기운은 들어오지 않았고 상단전이 달아올랐고 파스 붙인 것처럼 화끈한 느낌이 들었다. 혹시나 해서 4단계 화두를 암송해 보았다. 아픈 부위가 명현현상인지 통증이 크게 왔다. 아직 4단계는 때가 아닌 것 같다.

오후 5시가 되어갈 무렵 빙의령이 천도되는지 백회로 모이더니 서서히 빠져 나가는 느낌이 들었다. 내려오는 길이 상당히 피곤하고 잠이 쏟아진다. 기 몸살도 있는 것 같고 오늘은 많이 힘들었다. 집에 도착하니 새벽 1시가 넘었다. 대충 씻고 잠자리에 들었다.

2017년 6월 11일 일요일

몸이 피곤해 아침 8시 넘어서 일어났다. 한두 시간 쉬고 나서 씻고 산책로에서 1시간 걷기 운동을 하였다. 오후에 1시간 정도 3단계 화두를 암송하며 좌선수련에 들어갔고 강하지 않은 기운이 조금씩 흘러 들어왔다.

오후 2시 30분쯤 등산 준비하고 그리 높지 않은 뒷산을 3시간가량 힘들게 타고 집으로 내려왔다. 저녁에는 50분가량 화두수련에 들어갔다. 관음법문 전자음이 요란하게 들린다. 집중해서 관하여 보았다. 왼쪽 귀에 사이렌 소리가 들린다. 잠시 후 등 뒤쪽과 머리 뒤쪽이 커다란 동그라미 기운이 그려지면서 돌다가 바로 사라진다.

상단전이 욱신거린다. 집중해 보았으나 아무런 변화가 없다. 오늘 수련은 이것으로 마무리 짓고 잠자리에 들었다.

2017년 6월 12일 월요일

아침에 산책로에서 걷기 운동을 하다가 3단계 화두를 암송하기 시작했다. 얼마 지나지 않아 백회로 기운이 들어온다. 이때까지 기운이 왜 들어오지 않은 걸까?

원령 때문인가? 아님 정성이 부족했던 것일까? 더 낮은 자세로 마음을 비우고 화두수련에 임해야겠다.

기운이 쏟아져 들어오는데 시원한 기운과 뜨거운 기운이 뒤섞여서 들어온다. 중단전이 시원해지면서 뻥 뚫린 것 같다. 날씨가 더워 조금만 걸어도 힘이 들었다. 1시간가량 운동한 뒤 정자에서 잠시 쉴 겸 명상에 들어갔다.

잠시 뒤 붉은색 화면이 뜬다. 조금 뒤 사라지고 검은색 블랙 홀 같은 것이 뜨더니 기운 같은 게 꼭 비 내리는 것처럼 일직선으로 빨려 들어간다. 약 10~15초가량 지속되면서 화면이 사라진다. 햇빛에 노출되어서 그럴 수도 있다고 본다.

중, 하단전이 달아오르고 잠시 뒤 명상에서 눈을 떴다.

2017년 6월 13일 화요일

아침 수련에 들어갔다.

관음법문 전자음 소리 때문에 고막이 터질 것만 같았다. 뇌에서 울리는 것 같았고 잠시 뒤 삑~~ 크게 몇 초 동안 울렸다. 메시지가 전달되었다.

"더 버려라"

"이곳이 부처네"

기운은 들어오지 않았고 혹시나 하고 4단계 화두를 암송해 보고 몸에 힘을 빼니 오른쪽에서 왼쪽으로 빙글빙글 돌아간다. 조그만 원을 그리며 돌다 가더니 조금 뒤 앞뒤로 조금씩 흔들린다.

오후에는 걷기 운동을 하다가 가슴, 두 팔, 발등이 꼭 파스 붙인 것처럼 화끈하고 시원한 기운이 들어온다. 카페 글을 읽는 동안 기운이 들어 올 조짐이 보여서 자세를 바로 잡고 좌선수련에 들어갔다. 잠시 후 뜨거운 불기둥 같은 기운이 백회로 들어와 회음으로 내려꽂힌다. 백회에서 단팥빵 크기만한 기운이 내려와 꽂혔다. 10분가량 기운이 휘몰아친다.

화두수련은 기운, 마음, 몸의 변화를 잘 관찰하고 끝났다는 느낌이 들면 다음 단계로 넘어갈 예정이다.

2017년 6월 14일 수요일

무념처삼매 (11가지 호흡)

아침수련은 3단계 화두수련을 하여도 반응이 없자 4단계로 넘어가야 할 것 같다.

"11가지 호흡"을 암송하였다. 몸이 뜨거워지면서 힘을 빼자 회전, 좌우, 앞뒤로 조금씩 움직였다. 숨은 중단전에 머물고 더 이상 진전이 없었고 등 뒤쪽이 뜨거운 기운이 뒤 덮이고 목과 백회도 반응을 하였다. 빙의령을 천도시킬려고 "인과응보, 해원상생, 극락왕생, 업장소멸"을 암송하고 태을주, 『천부경』을 암송해도 천도될 기미가 없었고 "극락왕생"을 강하게 염송하였다. 몇 분 뒤 서서히 빠져 나가기 시작하였다. 아침 수련은 빙의령 천도시키고 마무리지었다.

오후에 들어서 4단계 화두를 "무념처삼매"로 바꾸고 암송해 보았다. 기운은 강하게 들어오지 않는데 몸이 달아오르고 몇 분이 지나자 몸이 용광로처럼 달아오른다. 피부호흡 때문인가? 가슴, 양팔, 발등은 시원, 화끈한 기운이 들어왔다.

2017년 6월 15일 목요일

좌선수련 시 11가지 호흡이 진전이 없고 자꾸만 온몸만 달아오른다. 오전 수련 땐 기운이 대맥으로 돌면서 유통되는 게 감지되었다. 그리고 특이한 게 앞으로 허리가 20도 각도로 숙여지더니 한동안 누군가가 머리를 지탱하는 듯한 착각이 들었다. 걷기 운동할 때는 가슴, 등, 팔, 다리가 파스 붙인 것처럼 후끈 시원한 기운이 들어왔다.

207년 6월 16일 금요일

오후에 접어들어 생식을 먹고 있는데 백회에서 이상한 반응이 와서 자세를 잡고 좌선수련에 들어갔다. 백회에 가늘고 긴 군고구마를 얹은 것처럼 10분가량 이상한 기운이 감돌았다. 백회에 무슨 변화가 일어나는 것일까? 영안이 열리지 않았으니 답답하지만 알 길이 없다.

2017년 6월 20일 화요일

오후에 접어들어 좌선수련에 들어가니 얼마 후 독맥 명문혈에서 한동안 달아올랐다. 막혔던 혈이 뚫리려나? 그리고 백회에서 스멀스멀 빠져나가는 느낌 들었다.

밤이 되고 잠자리 들기 전에 화두를 외워도 11가지 호흡에 진전이 없자 몸을 좌우로 흔들어 보았다. 별 반응이 없다. 특이한 건 밤하늘 가득 메운 별들의 형상이 어렴풋이 보이려고 하여 집중해 보았으나 이내 사라진다.

2017년 6월 21일 수요일

오늘도 특이한 건 없다. 자성에게 물어봐도 답이 없고 어제 천도된 영 때문인지 오랜만에 기운다운 기운이 흘러 들어와서 몸에 쌓이고 쌓였다.

2017년 6월 22일 목요일

오후 수련 시 기운이 백회로 흘러 들어와서 중단전 하단전이 차례대로 달아올랐다.

등쪽이 뜨거운 기운에 휩싸이고 목, 백회로 뜨거운 기운이 연결된다. 얼마 후 백회에서 스멀스멀 빠져 나가는 느낌은 있었으나 아직 등쪽이 기운에 덮여 있었다.

2017년 6월 23일 금요일

오후에 접어들어 쉬고 있는데 기운이 들어오는 느낌이 들어서 바로 자세 잡고 좌선수련에 들어갔다. 머리, 등, 가슴, 팔이 피부호흡을 하는지 백회와 동시에 시원하고 뜨거운 기운이 액체처럼 흘러 들어왔다. 하단전과 중단전이 달아올랐고 상체는 점점 주천화후가 일어나더니 용광로처럼 뜨거워졌다. 화두 글자를 하단전에 넣고 돌려 보았다. 기운은 계속 흘러 들어오고 너무 뜨거워 상체가 타버려서 재가 될 것만 같았다. 50분가량 수련을 하고 마무리하였다.

2017년 6월 24일 토요일

삼공재 12번째 방문

삼공재 앞 2시 10분쯤에 도착하였고 기다리는 김에 앉아서 삼공재 기운을 만끽하였다. 삼공재 수련에서는 백회로 기운이 쏟아져 들어왔고 하, 중, 상단전이 달아오르고 기둥이 세워진다. 삼합진공과 온몸이 주천화후로 달아오르고 용광로가 된다. 10분정도 지났을 때 갑자기 기운이 끊겼다. 잠시 후 가슴이 찡하면서 답답해진다.

그래서 이번에는 하단전 축기에 전념해 보았다. 시험 삼아 5단계 화두를 암송해 봐도 별다른 변화는 없었다. 몇십 분이 지나고 등, 목, 머리 뒤쪽이 뜨거운 기운으로 뒤덮였다. "인과응보, 해원상생, 극락왕생, 업장소멸" 태을주, 『천부경』을 외우고 외워도 꼼짝도 하지 않는다. 4시가 넘어서 천천히 백회로 빠져나가고 4시 30분쯤 되니 또 한번 빠져 나가는 게 느껴졌다.

그래도 백회는 묵직하고 답답하였다. 선생님께서는 11가지 호흡을 차례대로 따라 하고 다음 단계로 넘어가라 하신다.

2017년 6월 25일 일요일

공처

비가 오지 않아 오후에 등산을 하고 11가지 호흡을 따라 해보고 과감히 넘어가 본다. 5단계 화두를 암송했지만 아무런 반응이 없었다. 공처 단계부턴 마음수련인 것 같다. 평소에 마음수련이 잘된 분들은 무난히 넘어갈 것으로 예상된다.

그러나 나는 마치 커다란 벽이 앞에 놓여져 있는 기분이다. 하지만 어쩌겠는가? 내 그릇이 이것밖에 안 되는걸 죽이 되든 밥이 되든 하는 데까진 해봐야 되지 않겠는가?!

2017년 6월 26일 월요일

벌써 6월에 마지막 주다. 시간은 어김없이 잘도 흘러간다. 아침에 딸아이를 등교시키고 아침 수련에 들어갔다. 5단계 화두를 암송하니 백회에서 유유히 기운이 흘러 들어온다. 몸이 따뜻해지고 입정 상태로 되어 버린다. 마음은 평온하면서 정신은 깨어져 있는데 반수면 상태가 되어 버린다. 잡념은 사라지고 하단전에 화두를 넣고 계속해서 암송해 나갔다. 몇 분이 지났을까? 한 형체가 떠오르는데 이상한 괴 생물체다. 키는 작고 얼굴은 쥐를 닮았으며 눈은 아주 크고 눈 안이 텅 비어 있다. 안이 훤히 들여 다 보인다. 왜 갑자기 희귀한 생명체가 떠 오른 것일까? 그러고 얼마 후 또 다른 장면이 연상되면서 떠오르는데 텍사스 권총 든 두 남자가 서부의 사나이처럼 서로 대결을 하기 위해 서있다.

왜 갑자기 이 장면이 떠오른 것일까? 나와는 전혀 관계가 없는 것으로 보이는데 말이다. 오후가 되어가고 저녁 수련 때는 계속 링컨 대통령이 떠오른다. 나와는 전혀 관계가 없는 분으로 보이는데 미국을 배경으로 한 인물들이 떠오른다.

2017년 6월 27일 화요일

아침에 화두를 잡고 좌선수련에 들어갔다. 마음은 고요하고 입정 상태가 되어도 아무런 진전이 없었다. 오후에 접어들어 좌선수련에 들어가고 화두를 암송하니 액체 같은 기운이 백회로 흘러 내려오고 온몸으로 스며들었다. 다른 변화는 없었다.

2017년 6월 28일 수요일

아침 딸아이를 등교시키고 곧바로 산책로에서 걷기 명상에 들어갔다. 화두를 암송하고 걸으니 잠시 후 고구려 장수 연개소문이 떠오른다. 그리고는 전기에 감전된 듯 온몸이 찡했다. 예전에 이 드라마를 참 재미있게 봤었다. 아무래도 이분과 연관이 있는 것 같다. 오후가 되자 치아의 통증이 심해진다. 명현현상인지 그냥 통증인지 아직 잘 모르겠다.

2017년 6월 29 목요일

이가 아프고 온몸이 쑤시고 힘이 든다. 만사가 귀찮고 짜증이 밀려온다.

2017년 6월 30일 금요일

오후에는 태을주 암송 후 화두를 암송하니 등 뒤쪽으로 기운이 흘러 들어왔다. 가슴이 시원하면서 뻥 뚫린 것 같고 한동안 등이 뜨거워진다. 치통으로 정신을 못 차리겠다.

2017년 7월 2일 일요일

오늘은 치통이 많이 가라앉았다. 병원에 가야 하나 고민했는데 다행이다. 비가 와서 등산을 하지 못하고 오후가 되니 비가 주춤해서 산책로 걷기 운동과 함께 집으로 돌아와 좌선 수련에 들어갔다.

먼저 태을주 암송을 20분가량 하였다. 상단전이 눈 모양으로 한동안 달아올랐다.

5단계 화두를 암송하였다. 잠시 뒤 평범한 농부의 밥 먹는 모습, 갓난아기의 모습, 물고기 모습의 이미지가 차례대로 떠오른다. 저번에 떠오른 전생의 이미지가 직접적인 관계가 아니라 해도 간접적으로라도 영향이 있지 않을까 생각한다.

2017년 7월 3일 월요일

아침 수련 때 메시지가 전달되었다.

"내가 없는데 거치적거릴 것도 없다."

오전에 걷기 명상에 들어갔고 다른 메시지가 전달되었다.

"내가 원래 없는데 뭐가 존재한단 말인가?"

"지금 서 있는 나는 누구란 말인가?"

"욕심나는 나는, 화나는 나는 도대체 누구란 말인가?"

그리고 새의 이미지가 연상되었다. 어렸을 땐 다음 생에 새로 태어나고 싶다는 생각을 많이 했었다. 자유롭게 창공을 나는 새가 마냥 부러웠고 한때는 하늘 나는 게 꿈이었다.

오후에는 비가 오는 둥 마는 둥 해서 어제 못 갔던 등산을 하였고 산 정상에 올라가 몸을 풀고 명상을 하고 있으니 비가 조금씩 내렸다. 비가 더욱 강해져서 하산을 하였고 "비야 오지 마라!" 염원하며 내려오니 더 이상 비가 오지 않아 편하게 집으로 돌아갔다.

2017년 7월 4일 화요일

아침 수련에 들어갔고 시천주, 태을주, 천부경을 차례대로 암송하였다. 5단계 화두도 암송하기 시작하였다. 입정 상태가 되어가고 마음은 한없이 고요해진다. 몸은 따뜻한 기운에 덮이고 기운이 계속해서 흘러 들어왔다.

잠시 후 조선시대 명장 이순신 장군 이미지가 떠오르며 뜨거운 기운이 흘러 들어와 휘몰아친다. 그리고 사슴, 펭귄이 차례대로 이미지가 떠오른다.

아!~~ 깨어나기 싫다.

1시간 30분량을 좌선수련을 마치고 와공으로 마무리 하였다.

2017년 7월 9일 일요일

식처

며칠 동안 아무런 반응이 없어 다음 단계 식처로 넘어갈 예정이다.

어제 삼공재 방문 수련 때 6번째 화두를 암송해보아도 아무런 반응이 없었다.

오전 좌선수련 때도 아무런 반응이 없었고 오후에는 등산을 갔다 왔다. 날씨가 매우 덥고 습해서 등산하기도 힘이 들었다. 오후 좌선수련 땐 좀 특이한 건 삼합진공이 이루어지면서 중단전이 타는 듯한 현상이 한동안 지속되었다.

2017년 7월 13일 목요일

날씨가 더워도 너무 더워서 오전에 산책로에서 걷기도 힘이 들었다. 1시간가량 걷다가 집으로 돌아와 식사를 하고 낮잠을 한숨 자고 일어나 좌선수련에 들어갔다. 며칠간 아무런 변화가 없었다 왜일까? 아직 때가 되지 않은 걸까? 자성에 물어봐도 대답도 없고 어제는 문득 이런 생각이 들었다. 예전에 단독수련 때 관을 중점적으로 하는 시기였는데 어느 하루는 텅 빈 공간을 보게 되었다.

"무"도 아닌 것이 참 희한한 경험이었다. 직감적으로 하느님, 부처님이라고 느낌이 왔었다. 불교 용어로 "진공묘유" 인가? 텅 비어 있으면서 꽉 찬 느낌을 경험하였다.

6단계 화두와 연관이 있는 것일까? 김우진 사형께 조언을 구하였고 좀 더 지켜보고 다음 단계로 넘어가기로 하였다. 오후 수련 때는 그나마 기운이 흘러 들어왔다. 등, 가슴, 양팔에서 뜨거운 기운이 흘러 들어왔다.

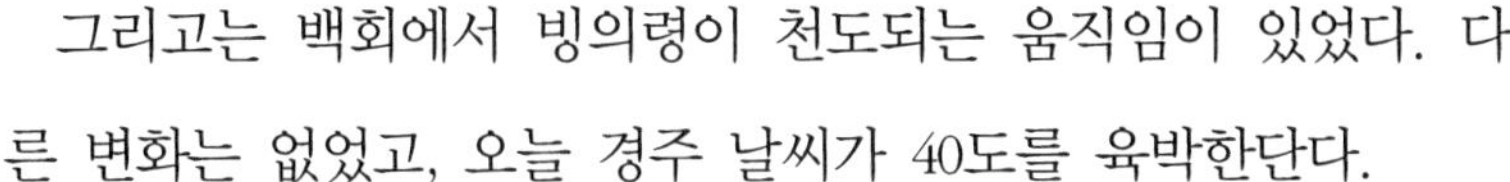
그리고는 백회에서 빙의령이 천도되는 움직임이 있었다. 다른 변화는 없었고, 오늘 경주 날씨가 40도를 육박한단다.

2017년 7월 16일 일요일

무소유처

오늘부터 7단계 화두를 암송하기로 하였다. 오전수련 땐 잠시 변화가 있었는데 왼쪽 옆구리가 몸에 쥐가 나서 사라지는 느낌이 잠시 들었다. 다른 변화는 없었다. 이대로 끝나는 것일까? 한계점에 다다른 것일까? 오후가 되니 더위가 더욱 기승을 부린다.

그래도 등산은 하고 내려 왔다. 집으로 돌아와 샤워와 방 청소를 하고 딸아이 뒷정리하고 재우고 난 후 좌선수련에 들어갔다. 먼저 태을주를 약 20분가량 염원하고 7단계 화두를 암송하니 30분 정도 흘렀을 때 마치 그릇에 담은 진하고 뜨거운 가운을 백회에 붓는 것처럼 흘러 들어왔다. 그리고 말들이 달리는 이미지가 떠올랐고 한 시간 가량 수련을 마치고 잠자리에 들었다.

2017년 7월 17일 월요일

오늘도 무더위가 기승을 부린다. 선생님께 토요일 방문 메일 드리고 "기다리겠습니다" 답장을 받았다. 오전에 걷기 운동을 1시간가량 하고 집으로 돌아와 7단계 화두수련에 들어갔다. 여기서 반응이 없으면 이젠 끝이 난 것이다. 결과가 어떻게 되었든 나름 얻은 것도 있었다.

선계 스승님, 삼공 선생님, 지도령, 보호령께 삼배 올리고 7단계 화두를 암송해 나갔다. 잠시 후 기운이 흘러 들어온다. 하단전에 쌓이고 뜨거워지더니 우주가 단전에 들어가 있는 느낌이 든다. 오늘 하루 "착하게 살아라! 착하게 살아라!" 말귀가 반복해서 되뇌어진다. 순간 전기가 찡하니 온몸에 흐른다. 중단전이 시원, 뜨거운 기운이 들어와 서로 뒤섞이며 휘감긴다.

중단전에도 우주가 그려진다. 몇 분이 지나자 등, 가슴이 뻥 뚫린 것처럼 시원해진다. 중단전이 활짝 열려 버렸다. 예전에도 이런 경우가 있었지만 아주 크게 열린 건 처음이다. 몇 분이 지나자 이젠 활활 타 올랐다. 어떠한 카르마도 다 녹아 내려 없어질 것만 같았다. 온몸이 주천화후로 타 오르고 한동안 지속이 되었다.

"착하게 살자! 착하게 살자!" 이 문구가 계속 떠오른다. 예전엔 왜 몰랐을까?

진리의 말을 너무 멀게 돌아온 것만 같았다. 앞으로라도 착하게 살아야지 결심해 본다. 그게 나를 위하는 길이란 걸, 그리고 남을 위하는 길이라는 걸 알게 되었다. 잠자기 전 좌선수련에 들어갔는데 백회, 상단전에 기운이 흘러 들어와 한동안 쌓였다.

2017년 7월 18일 화요일

아침 좌선수련에 들어갔다.

태을주를 암송하고 7단계 화두를 암송해 나갔다. 기운이 백회, 어깨로 들어오고 중단전이 시원해지고 뻥 뚫린다. 온몸이 주천화후로 한동안 달아오르고 다른 변화는 없었다.

요즘 딸아이가 수학 공부가 부족한 것 같아서 매일 학습지를 하려고 하는 편이다. 수학이 힘들다고 안 한다고 떼쓰고 아빠 신경쓰지마 하고 울면서 대든다. 그냥 냉정하게 보고 넘기고 시켜보고 있으니 알아서 하고 있다. 예전보다 많이 너그러워진 것 같다.

오후 수련 땐 기운이 백회로 조금씩 흘러 들어왔다.

2017년 7월 19일 수요일

오늘도 여전히 덥다. 오후가 되고 좌선수련 때 상체에 박하 향 같은 화한 기운이 흘러 들어왔다.

2017년 7월 21일 금요일

오늘도 박하 향 같은 기운이 간간히 흘러 들어와 상체를 시원 화끈하게 만들었다.

2017년 7월 22일 토요일

삼공재 14번째 방문

무더위를 견뎌가며 기차에 몸을 싣고 서울로 향하였다. 에어컨이 잘 나와서 시원하게 앉아 갔다. 서울에 가까워질수록 백회에서 반응이 왔다. 서울 날씨가 생각보다 덥지 않았다.

선생님께 일배 드리고 11명 수련생이 촘촘히 앉아 수련에 들어갔다. 『천부경』, 태을주, 시천주 차례대로 암송하고 7단계 화두와 기운도 돌려보고 하였다.

주문수련 때 기운이 들어와 몸이 달아오르고 백회의 반응도 좋았다. 화두수련은 다른 변화는 없었다. 마칠 때쯤 수박도 먹고 선생님께 인사드리고 도반분들과 냉면도 먹고 과일주스도 마셨다.

2017년 7월 23일 일요일

비비상처

오늘 마지막 8단계로 들어갈 예정이다. 며칠 동안 기운이 잘 들어오질 않았고 어제 삼공재 수련 때도 마찬가지였다.

그전 『선도체험기』 89권에 도류 류종경 선배님, 94권에 도평 김영준 선배님 수련 체험기를 읽어 보았다. 도평 선배님은 나와 비슷한 상황인 것 같았고 오로지 기운으로 화두를 뚫고 나가는 것 같았다.

아침에 자세를 잡고 8단계 화두를 암송해 나갔는데 화두가 좀 길어서 헷갈린다. 선생님께서 적어주신 메모지를 펼쳐 놓고 보면서 암송하기 시작하였다. 잠시 후 기운이 등과 상단전에서 흘러 들어왔다. 조금 있으니 기운이 백회에서 하단전으로 기둥이 형성되었다. 삼합진공이 진행되고 몸은 뜨거워진다. 메시지가 전달되는데

"사랑이다! 사랑이다."

한동안 수련에 임하고 끝나고 나서도 또 다른 메시지가 전달된다.

"생사일여 생사일여"

참 심오하다.

오후에는 등산을 2시간 30분가량 하였는데 땀이 비 오듯이 하였다. 김해 폭염 정말 힘이 들었다.

2017년 7월 24일 월요일

오전 좌선수련은 메시지가 전달되었다.

"진리는 내 안에 있다."

다른 변화는 없고 걷기 명상 땐 시천주주를 암송하였다. 오후 화두수련 땐 어제와 마찬가지로 상단전 하단전 기둥이 형성되어 한동안 삼합진공이 진행되었다.

2017년 7월 28일 금요일

며칠간 다른 변화는 없고 간간히 기운은 흘러 들어왔다. 아침 수련 때는 메시지가 전달되었는데

"내 마음이 우주다."

조금 더 지켜보고 마무리지어야겠다. 오후 수련 때는 다소 강한 기운이 쏟아져 들어왔다.

2017년 7월 30일 일요일

오늘 현묘지도 수련을 마무리짓기로 하였다. 오로지 기운과 메시지로 한 단계 한 단계 여기까지 왔다. 많은 어려움이 있었지만 선계 스승님, 삼공 선생님, 지도령, 보호령의 도움이 있었기에 가능한 일이었으며 깊이 감사드린다.

영안이 열렸으면 좋았겠지만, 통과될지 탈락될 모르지만, 열심히 수련에 임하였으니 아쉬움은 남아도 후회는 없다.

마지막으로 현묘지도 28대 전수자 김우진 사형과 현묘지도 카페 선배님들 후배들에게 그동안 지도와 격려에 감사드립니다.

[필자의 논평]

이원호 씨를 필자가 처음 만난 것은 1999년 7월 17일이었지만 그가 삼공재에 본격적으로 나오기 시작한 것은 작년인 2016년 12월 24일부터였다.

그의 수행기를 읽어보면 그의 전생은 무인(武人)이었던 것 같다. 연개소문, 이순신 같은 명장이 등장하는 것을 보면 그렇다.

나라를 위해서 싸움터에서 적군과 육박전을 벌이노라면 어쩔 수 없이 살기 위해서 살생을 하게 된다. 그것이 업보가 되어 금생에 이르도록 청산이 되지 않은 것 같다. 그의 부친은 3급 장애인이고 그의 어머니는 인지 능력이 미흡하고 그의 형 역시 형 노릇을 못하고 아내는 이혼한 지 7년이 되어 이원호 씨 자신이 9살 된 딸을 직접 보살펴야 하는 처지다.

그러한 이러한 어려움 속에서도 다행히 금속 기술을 터득하여 조금도 기죽는 일 없이 꿋꿋하게 가정을 이끌고 선도 수련까지 하여 현묘지도 수련을 마치는 경지에까지 도달한 것이다. 자기 자신보다 남을 먼저 생각하는 착하고 열심히 일하는 성격이 빚어낸 성과라고 생각한다. 선계의 스승님들로 이것을 놓치지 않으신 것이다. 이에 삼공재의 29회째 현묘지도 통과자로 인정한다. 선호는 도선(道善).

조상 묘자리가 자손에게 영향을 미칠까요?

스승님! 요새 황사에 미세먼지로 공기가 좋지 않은데 잘 지내고 계신지 궁금합니다. 사모님도 건강하시지요?

목련꽃이 필 때 스승님을 찾아뵌다고 했는데 이미 꽃이 진 지 오래인데도 불구하고 실천하지 못하고 있습니다. 굳이 핑계를 대자면 주말에 등산 다녀오고 서울 나들이까지 하고 나면 두 아이를 돌보고 있는 배우자가 반기지 않을 것 같아 망설이고 있습니다.

더군다나 제가 아직 축기가 많이 되지 않은 상태라서 스승님을 뵙기가 민망하기도 하고요. 계획대로라면 올해 상반기까지는 소주천을 달성해야 하는데 갈 길이 먼 것 같습니다. 제가 축기가 어느 정도 되었다는 확신이 들면 그때 스승님을 찾아뵙고 추후 어떻게 수련을 진행해 나갈지를 상의드릴까 합니다.

지난 4월에는 제 아버지 산소를 파묘(破墓)하고 화장한 다음 선산에 안치하는 일을 하러 전남 나주에 다녀왔습니다. 제 아버지는 1998년 초에 돌아가셨고 당시 선산에 바로 모시려고 하였습니다. 하지만, 선산이 마을에서 멀지 않은 곳의 도로가에 위치해 있었던 탓에 마을 주민들의 반대가 심하였습니다.

아버지가 교통사고로 비명횡사하시어 액운이 있을 수 있다고 사람들이 생각한 것이지요. 그래서 선산에 안치하지 못하고 급한 김에 배 과수원 귀퉁이에 묘를 쓰게 되었습니다. 그런데 그 묘자리가 비가 오면 물이 지나가는 '물수렁' 자리라고 하여 어머니를 포함하여 형제들은 5년만 있다가 선산으로 모시자고 하였으나 차일피일 미루다가 배 밭을 팔게 되어 부득이 이장을 하는 상황에 이르러서야 행동으로 옮기게 된 것입니다.

아침 일찍 파묘작업은 시작되었습니다. 저는 아침 5시에 일어나 나주집에서 어머니와 함께 제사상을 차리고 아버지에게 파묘한다는 사실을 고(告)한 다음 다시 아버지 산소에 가서 술 한잔을 다시 올리고 난 후 인부들이 투입되어 분봉의 중앙을 직사각형의 관 모양으로 파내기 시작하였습니다.

배 과수원은 배나무 가지가 위로 올라가지 못하도록 가지를 묶어 놓기 위해 2미터 정도의 높이에 철사망을 가로세로로 촘촘하게 치게 되는데 이 때문에 포크레인 등의 중장비가 배 밭에 들어갈 수가 없어 어쩔 수 없이 사람 손으로 삽을 이용하

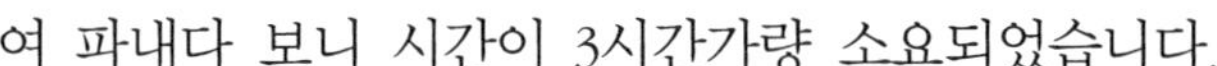

여 파내다 보니 시간이 3시간가량 소요되었습니다.

4월말 배꽃잎이 하얀 빛깔을 드러내고 꽃내음이 그윽했지만 이미 팔아버린 배 밭에서 아버지 묘를 파내는 광경을 지켜보는 저로서는 마치 낯선 장소에 와 있는 이방인처럼 초초하였습니다.

제 어머니는 저에게 관을 열고 유골을 수습할 때 그 광경을 보지 말라고 하셨지만 저는 자식된 심정으로 외면할 수가 없었습니다. 아버지는 돌아가신 지 20년 가까이 되었지만 기본적인 뼈는 썩지 않고 그대로 있었습니다.

다만 돌아가실 때 교통사고로 머리를 크게 다치셔서 그런지 두개골은 찾아볼 수 없었습니다. 정중앙에 가지런히 포개진 손뼈를 보니 아버지가 돌아가셨을 때의 슬픈 감정이 다시 북받쳐 올라오는 것을 꾹 참았습니다.

한때 노름 등으로 제 어머니 속을 썩이셨던 적은 있지만 항상 농사일을 부지런히 하셨고 아침 일찍 일어나 해가 지면 주무시는 규칙적인 생활에, 식사도 잘하시고 건강하셔서 오래 사실 줄 알았는데 갑작스런 교통사고로 돌아가시게 될 줄은 꿈에도 몰랐습니다.

지금 와서 돌이켜 보면 교통사고 가해자와의 과거생으로부터 이어온 필연적인 인과(因果)로 인해 돌아가신 게 아닐까

하는 생각이 듭니다. 사고로 사망하실 때 가해자에게 원한을 갖지 않음으로써 전생의 업연이 다 해소되었기 바랍니다.

유골 수습작업을 하던 인부가 하는 말이 관에 물이 찼다가 빠지는 과정이 수없이 반복된 것 같다고 하면서 '이 정도면 자손들 누군가에게 들러붙었을 것 같다'고 하는 겁니다.

묘자리의 좋고 나쁨이 자손에게 영향을 미칠 수 있을까요? 사람이 죽으면 대부분의 영혼은 환생할 터이지만 죽을 때 이 생에 한이 남아 있는 영혼은 천도될 때까지 떠나지 못하고 있다가 자손에게 빙의가 되어 힘들게 할 수는 있겠지요. 하지만, 묘자리가 좋다고 해서 자손이 잘되고, 좋지 않다고 하여 후손에게 나쁜 영향을 미칠 것 같지는 않습니다.

다만, '제가 수련이 많이 되어 있었더라면 아버지의 영혼을 천도해 드릴 수 있었을 텐데.....' 하는 생각이 들어 아버지에게 죄송한 마음이 들었습니다. 살아계실 때 제 아버지는 매우 엄격하셔서 '엎드려뻗쳐' 기합도 많이 받았을 뿐더러 칭찬에 인색하셔서 '잘했다'라는 얘기를 한번도 들은 적이 없었습니다. 과연 아버지와 나는 어떤 인연이 있어 이생에서 만나게 되었을까? 제가 나중에 수련이 깊어져서 영안이 뜨이게 되면 알게 되지 않을까 싶습니다.

아버지 묘를 파묘하고 화장한 지 2주가 지났지만 아직도 파묘했을 때의 아버지의 모습이 간혹 떠오릅니다. 다시 환생하여 다른 인생을 살아가고 있는지 아니면 아직도 이생에서 떠돌고 있는지 수련이 미진한 저로서는 알 길이 없습니다. 저에게 주어진 숙제로 알고 답을 찾아가도록 하겠습니다.

스승님! 지난번 알려주신 계좌로 생식값을 입금하였습니다. 표준 4봉지를 택배로 보내주시면 감사하겠습니다. 수련하다가 궁금한 점이 생기면 메일 올리도록 하겠습니다. 다시 인사드릴 때까지 안녕히 계십시오.

단기 4350년 5월 7일 파주에서 제자 서광렬 올림

【필자의 회답】

큰 일을 잘 해냈습니다. 우리 구도자는 종교인도 아니고 조상의 묫자리를 믿는 민속신앙인도 아닙니다. 왜냐하면 우리는 신앙과 종교를 믿을 수 없어서 자기 자신의 능력만을 믿는 자력구도(自力求道)의 길을 택했기 때문입니다. 그런데 이제 와서 잘 나가다가 느닷없이 조상의 묫자리를 믿고 싶어질 리는 없을 테고 한때의 호기심 정도로 흘려보내기 바랍니다.

나는 화장을 선호합니다. 화장이야말로 후손을 위해서는 물론이고 환경 보호를 위해서도 가장 바람직스러운 제도라고 봅니다.

그런데 우리나라가 중국과 일본의 100% 화장률에 비해 가장 저조하다고 합니다. 이것이야말로 우리가 극복해야 할 국가적 과제라고 봅니다.

그동안 수련 결과 말씀드립니다

선생님 안녕하십니까? 사모님께서도 안녕하신지요? 김해 제자 이원호입니다.

오늘은 어버이 날입니다. 한편으로는 아버지 같으신 선생님 존경하고 사랑합니다. 항상 선생님 은혜 감사드리며 그동안의 수련 결과를 말씀 드리고자 합니다.

『선도체험기』 113권 이메일 문답에 두 번이나 소개되어서 저에게는 한없이 영광으로 생각합니다.

작년 12월 24일 17년 만의 인사드리며 두 번째 방문 이후 올해 4월 29일 일곱 번째 방문 때 선생님께서 459번째로 백회를 열어 주시고 벽사문도 달아 주셨습니다.

감사합니다. 그동안 몸에 지병(B형 간염 바이러스에 의한 간경화 초기)이 있었지만 작게나마 백회가 열려 있어 미진하지만 연정화기와 삼합진공이 진행되고 있었던 것 같습니다.

백회를 열기 전 삼공재 수련은 저에게는 잊을 수 없는 시간들이었습니다.

2~4번째 방문 때는 기운이 많이 들어와 상, 중, 하단전이 순서대로 달아오르고 온몸이 뜨거워졌습니다. 집으로 내려가는 기차 안에서도 기운이 백회로 들어왔습니다.

5번째 방문때는 3월 18일인데 그날은 잊을 수가 없습니다. 그날은 선생님 처남이 미국에서 오신 지 2주 되셨다며 잠시 계시다가 가신다며 선생님께서는 배웅하시고 제가 수련하고 있는 삼공재 문 앞에 오시며 약 1분가량을 서 계시곤 자리에 앉으셨습니다.

그 뒤로 얼마 지나지 않아 온몸과 상, 중, 하단전이 달아오르고 백회와 어깨, 등에서 기운이 쏟아져 들어왔습니다. 이건 마치 부채로 금가루를 뿌리는 듯한 느낌이었고 몸에 닫는 순간 물엿이 녹아 내려 몸에 흡수되는 듯했습니다.

한마디로 경이로움 그 자체였습니다. 그리고 연이어 기운기둥이 생겨 어깨, 간(지병), 엉덩이 부분을 관통하며 지나갔고 또 반대편 심장(별로 안 좋음)도 똑같이 관통하며 지나갔습니다.

약 50분가량 기운이 들어오는데 제가 감당하기 힘들어지니 나중에는 방바닥에 눕고 싶었습니다.

그때 선생님께 말씀드려야 했는데 신경 쓰실까 봐 말씀 못 드리고 6번째 방문 수련시 온몸이 용광로처럼 달아오른다고 말씀드리니 '왜 이제야 말하냐면서 다음 방문때 백회를 열자'고 말씀하셨습니다.

백회를 열기 며칠 전 저에게 온몸이 몽둥이로 두들겨 맞은 것처럼 심하게 기몸살이 왔고 며칠 지나선 빙의령이 연이어 들어오는 바람에 머리도 아프고 눈도 아프고 온몸이 쑤시고 아파서 선생님께 메일로 빙의령 때문에 힘들다고 말씀드리고 선생님한테서 답장 메일이 오고 몇 시간만에 빙의령들이 천도되어 나갔습니다.

그리곤 거짓말처럼 몸이 정상으로 돌아왔습니다. 선생님께 심려 끼쳐 드려서 죄송합니다. 제 힘으로 해결했어야 했는데 그러지 못했습니다.

오늘은 백회를 열고 9일째입니다. 그동안 몸공부는 걷기 1시간 이상, 도인체조 30분 이상, 오행생식 하루 세끼, 육체적인 노동을 하는 관계로 점심때 소량의 화식을 하고 있습니다.

생식도 7개월째 하고 나니 식욕이 많이 생기진 않습니다. 등산은 몸이 회복되지 않아 3시간가량 소요되는 산을 타고 있습니다. 기공부는 명상을 하루 1시간 이상 하며, 성욕은 몇 달간 거의 생기지 않습니다 연정화기가 조금씩 되고 있는 것 같습니다.

마음공부는 역지사지 방하착, 남과 나는 하나다라는 생각을 늘 가지며 대인관계에 짜증나고 화가 나더라도 많이 참으려고 노력하고 있습니다.

시간 나는 대로 『천부경』, 『삼일신고』, 『대각경』, 태을주를 암송하고 있습니다. 9일 동안 백회에서 강하고 뜨거운 기운이 한동안 들어오고 아픈 부위에 붉은 반점이 생기고 명현현상이 생겨 간(지병)이 타들어 가는 느낌이 이틀 가량 지속되었습니다.

선생님께서, 명현현상에 당황하지 말라고 하신 말씀이 생각나 꾹 참았습니다. 그리고 손에는 찌릿찌릿 전기 통하는 게 느껴졌고 발은 아직 느낌이 없습니다.

이상이 저의 수련 결과입니다. 그동안 보잘것없는 글 읽어 주셔서 감사합니다. 안녕히 계십시오.

감사합니다.

2017년 5월 8일

김해에서 제자 이원호 올림

【필자의 회답】

이원호 씨의 수련 결과 잘 읽었습니다. 수련이 아주 보기 드물게 고속으로 진행되고 있습니다. 그럴수록 자중하고, 들뜨거나 흥분하지 말고, 수련 중인 자기 자신을 냉철하게 관찰해야 합니다. 항상 마음을 차분하게 가라앉히는 데 온 힘을 기울이기 바랍니다. 다음 소식 기다리겠습니다.

질의사항이 있습니다

안녕하세요 선생님 신승엽입니다. 글재주가 없어서 글을 썼다 지웠다를 계속 반복하다 보니 1시간이 훌쩍 지나가 버렸습니다.ㅠ

다름이 아니옵고, 몇 가지 질의사항 있습니다. 그 중 하나는 삼공재 방문하기 전에는 선생님을 마음속으로 그리면서 단전호흡을 했었는데 막상 삼공재를 다니면서부터는 선생님을 마음속으로 그리려고 하면 잘되지 않았습니다. 무언가 방어막이 처져있는 듯한 느낌을 받았습니다. 제 느낌이 아닐 수도 있지만, 혹시 특별한 이유가 있는 건지 궁금합니다.

다른 하나는 『선도체험기』 87권 김미경 선배의 현묘지도 글을 보면 전생이 박헌영이라고 되어 있는데 박헌영은 1955년에 사망했습니다. 김미경 선배가 몇 년생인지는 잘 모르겠지만 박헌영이 죽고 나서 얼마 되지 않아 태어난 것으로 보입니다.

제가 알고 있는 상식은 사람이 죽고 나서 4대가 지나야지 환생이 가능하다고 알고 있습니다만, 김미경 선배 케이스는 조금 다른 것 같습니다.

그리고 박헌영의 자손들은 박헌영에게 제사를 지낼 텐데 제사를 지내면 누가 와서 제삿밥을 먹게 되는건가요? (박헌영, 김미경 선배) 궁금합니다. 선생님^^

지금까지 방문 메일만 드렸는데 이제부터는 조금씩 수행 진척 상황에 대해서 말씀드리겠습니다. ^^

단전호흡을 하면 열감이 상체 앞뒤로 느껴지고, 가끔씩 백회, 인당, 노궁에 압박이 느껴집니다. 호흡을 하지 않을 때도 기운이 들어옵니다. (항상 그런 것은 아니고요) 확실히 삼공재 다니기 전보다는 기운을 많이 느끼고 있습니다.

하지만 아직 초보 (축기)단계이기 때문에 최대한 단전에만 집중하고 있습니다. 그리고 수행 일지도 조금씩 기록을 하고 있습니다. 올해 안에 대주천을 목표로 열심히 해보겠습니다. /^0^

PS. 5/29 (월) 방문해도 될까요?

감사합니다.

신승엽 올림

【필자의 회답】

첫째 질문: 특별한 이유는 없습니다. 좀 더 관찰하여 보기 바랍니다.

두번째 질문: 내가 알기로는 사람은 사망하면 꼭 4대를 지나야 환생하는 것은 아닙니다. 제사밥은 누가 먹는지도 관을 해 보아야 할 것입니다. 아직은 그런 세속적인 것보다는 수련에 집중해야 합니다. 5월 29일에 기다리겠습니다. 주문한 생식은 이미 택배로 보내겠습니다.

5년간의 좌경화 예상

삼공 선생님, 도생입니다.

그동안 편안하셨는지요? 『선도체험기』 114권을 읽었고, 그 사이에 문재인 씨가 새로운 대통령으로 당선되었습니다. 예상은 했지만 막상 결과가 나오니 가슴이 답답해오는 것은 어쩔 수가 없었습니다.

지난 탄핵 가결과 박 전 대통령 구속기소 이후 자연스런 흐름같이 느껴지고 저는 그저 담담히 바라보고 있습니다. 내가 할 수 있는 것은 나의 정당한 투표권을 행사하는 것과 법률과 양심에 따라 공정한 재판을 하는 것밖에 더 없겠지요.

이제 전 정권 총수부터 장관 이하 재판이 올 한 해를 장식할 것 같지만, 그다지 좋은 결과가 나올 것 같지는 않아 보입니다. 이것이 국민의 수준이고, 법관이나 공무원도 그 수준을 넘지 못한다는 게 안타까울 따름입니다.

최소 5년간 입법, 행정, 사법의 좌경화가 예상됩니다. 그에 따라 사법부도 좌경화된 판결이 나올 가능성이 많아졌습니다.

나 혼자의 힘으로 그 물결을 거스를 수는 없겠지만 나름 최선을 다하려고 합니다.

시간이 지나면 국민들도 진실이 무엇인지 그리고 북한의 실상이 무엇인지를 깨닫게 되겠지요. 그게 다 선천상극에서 후천상생으로 가는 과도기로 생각합니다.

요즘은 출퇴근 시간을 이용하여 하루 2만보 이상 걷기를 생활화하고 있는데 익숙해지니 새로운 힘이 생기는 것 같아 좋습니다. 앞으로 몸, 마음, 기공부를 더욱 철저히 해보려고 합니다.

생식이 떨어져 오행육기 4통을 주문하려고 합니다. 금액을 알려주시면 바로 입금하겠습니다.

그럼 항상 건강하시고, 『선도체험기』가 계속 이어져 나오길 기원합니다.

2017년 5월 25일 도생 올림

【필자의 회답】

우리나라도 선진국들처럼 보수가 집권하건 진보가 집권하건 오직 국리민복에 일로 매진하여 그 실적으로 유권자들의 평가를 받는 시스템이 하루빨리 정착되기 바랄 뿐입니다. 그러나

10년 동안의 좌파 정권은 국리민복보다 27년 전에 전 세계가 용도 폐기해버린 사회주의 제도를 실험하는 대상으로 한국을 이용했습니다. 그 결과는 참담한 실패였음을 모르는 사람은 없습니다. 그 참담한 실패를 되풀이할 가능성이 많으니 탈입니다. 하루 2만보 걷기를 생활화했다니 축하합니다.

10년 만에 인사 올립니다

삼공 김태영 스승님 안녕하세요. "돌아온 탕아"의 심정으로 약 10년 만에 인사드립니다. 제 이름은 이주홍입니다. 현재 저는 충남 서산에서 부모님과 애견 펜션 사업을 경영하며, 공주대학교 대학원 예산캠퍼스에서 조경학 석사과정을 공부하고 있습니다.

약 10년 전 『선도체험기』에 제가 선생님과 주고받은 이메일이 몇 번 실렸는데요. 그 당시 저는 『선도체험기』를 70여권 일독 후, 고등학교 졸업부터 2007년 6월 군입대 전까지 선생님을 몇 차례 찾아뵙고 수행지도를 받았습니다.

그 당시 첫 만남에서 선생님이 "대산청소년문학상에서 입상했다고요? 글 쓴다는 사람들치고, 진득하게 수행하는 사람이 별로 없었어요. 이주홍 씨는 다르리라 믿습니다." 하셨는데요.

작별인사도 없이 안개처럼 사라졌다가 이렇게 갑자기 인사 말씀 올립니다. 죄송합니다. 이번에는 글쟁이가 아니라 조경가이자 사업가로 삼공재를 떠나 지난 10년 동안 어떻게 살았는지 간략하게 말씀 올리고, 방문 허락을 받고 싶습니다.

저는 2009년 6월 군전역 후, 2010년 3월 미국 유학을 떠났습니다. 캘리포니아 LA부근의 오렌지카운티에서 어학원을 거쳐, 골든웨스트칼리지라는 커뮤니티 칼리지를 졸업했고요.(한국으로 치면 전문대학교로 순수미술로 준학사 학위를 받았습니다)

2014년 12월 말에 한국에 귀국했습니다. 2015년 봄, 공주대학교 예산캠퍼스에 3학년으로 편입했고요. 조경학 학사 학위를 취득 후, 2017년 봄, 같은 학교 대학원에서 조경학 석사과정을 공부하고 있습니다.

저는 또한 부모님과 함께 애견펜션 돌꽃펜션(www.dolflower.com)이라는 강아지펜션 사업을 경영하고 있습니다.

10여년 전 선생님을 처음 뵀을 때는, 펜션에서 10분 거리에 위치한 덕산온천과 리솜스파캐슬 방문객을 대상으로 하는 일반 펜션이었는데요. 같은 장소에서 현재는 강아지를 동반한 고객만 이용 가능한 애견전문 펜션으로 특화시켰습니다.

제가 삼공재에서 멀어진 이유 중 하나는 오행생식 때문이었습니다. 그 당시 선생님이 처방해 준 오행생식, 솔직히 말씀드리자면 얼마 안 먹고 집에서 키우던 닭한테 뿌려주고 말았습니다.

정말 못먹겠더라고요. 죄송합니다. 그러나 요즘은 오행생식에 완전히 적응했고, 선생님이 조언해주신 여러 수행방편을 생활화하고 있습니다. 오행생식은 서산오행생식원 우영대 원장님의 처방을 받아 올해 1월 5일부터 시작했습니다.

2월 3일부터 발교정기구 알즈너 착용을 시작했습니다. 2월 14일부터 음양식과 일일이식을 시작했는데요. 이상문 선생님의 "음양식사법" 책과 선생님의 체험담을 읽어봤는데도 불구하고 음양식으로 일일삼식 과정을 거치지 않고, 약식으로 일일이식으로 바로 뛰어들었습니다. 덕분에 초기에 어려움이 많았으나 현재는 완전히 적응되었습니다.

요즘은 오행생식으로 점심, 저녁을 먹는데 한 끼당 밥숟가락으로 서너숟가락만 먹으면 배가 부릅니다. 오행생식, 음양감식, 알즈너를 거의 같은 시점에 도입하다 보니 셋 중에 무엇의 덕인 줄은 잘 모르겠으나 명현반응을 많이 겪었고, 현재도 진행형입니다.

1월 5일 생식 시작 전에는 177cm, 72kg이 넘었는데 현재는 67kg 정도입니다. 저는 그동안 위경련으로 많이 고생했는데요. 요즘은 내장기관도 많이 좋아졌습니다.

스승님, 현재 먹고 있는 생식이 500g짜리 두 봉만 남았습니다. 기왕에 먹는 생식, 선생님께 처방받아 먹으면서 수행지도도 받고 싶습니다.

오행생식, 음양감식, 알즈너 덕분에 몸은 많이 좋아졌는데 기공부가 가장 큰 문제입니다. 장심과 용천으로는 기가 잘 들어오는데 단전에 축기가 어렵습니다.

『선도체험기』를 읽는 것도 현재는 도서관에서 빌려서 보고 있는데요. 기왕이면 선생님의 사인이 담긴 책을 직접 구입해서 읽고 싶습니다.

술, 담배는 하지 않습니다. 10년 전과 달리, 이번에는 선생님의 귀한 시간을 낭비하지 않겠다는 각오로 여러 달 준비했습니다.

삼공재 방문을 허락해주시기를 다시 한 번 정중하게 부탁드립니다. 그리고 『선도체험기』 114권 발간을 축하드립니다.

애독자로서 건의드리고 싶은 게 하나 있습니다. 시각장애인이나 문맹, 건강상의 이유 등으로 책을 읽는데 어려움이 있는 사람들을 위해 오디오북을 출간했으면 좋겠고요. 해외의 독자들을 위해 전자책으로도 발간되면 좋겠습니다.

수익성을 맞추기 어렵다면 애독자들이 펀드를 조성해 『선도체험기』 오디오북, 전자책 사업을 진행한다면 하화중생의 큰 방면이 될 것 같습니다.

충남 서산에서

애독자, 제자 이주홍 올림

【필자의 회답】

오래간만에 반갑습니다. 지난 10년 많은 변화가 있었군요. 무슨 인과인지는 모르겠지만 다시 삼공재를 찾겠다니 반갑고 가슴 흐뭇한 일입니다. 언제든지 시간 나는 대로 찾아오기 바랍니다.

수련 결과 말씀드립니다

선생님 안녕하십니까?

김해 제자 이원호입니다.

언제나 선생님의 지도, 편달 감사드립니다. 이제 날씨도 초여름이 되어가고 있습니다. 현묘지도 수련하는 과정에서 궁금한 점과 그동안 수련 결과를 말씀드리고자 합니다.

지난 20일 현묘지도 화두 받기 4~5일 전에는 명상 중 엄청난 기운이 한 시간 가량 백회로 쏟아졌고 가히 숨을 제대로 쉬기 어려울 정도였습니다. 현묘지도 수련을 시키려는 선계 스승님들의 준비 단계인가 생각도 했습니다.

한 날은 모든 게 감사한 마음이 들더니 제 몸이 마치 돌덩어리가 된 것처럼 느껴졌습니다. 상, 중, 하단전 그리고 오장육부가 텅빈 것처럼 느껴졌습니다.

하느님께 감사하고 선계 스승님, 삼공 선생님, 지도령, 보호령님, 조상님에게 수련을 할 수 있는 여건에 감사했습니다. 수련이 진전이 되는 데 감사했고 그 감사함에 눈물도 흘렸습니다.

그리고 선생님께 화두를 받고 1단계 수련 10일째입니다. 몸에 지병(B형 간염 바이러스에 의한 간경화 초기)이 있어서 그런지 아직까지 화면이나 천리전음 같은 건 들리지 않았습니다.

큰 액체 같은 기운이 흘러 들어와 온몸에 차곡차곡 쌓이고 온몸이 용광로처럼 달아올랐습니다. 관음법문도 더욱 강하고 길게 들렸습니다. 하루걸러 기운이 들어왔고 기운의 강도는 점점 줄어들고 있습니다.

며칠 전에는 작은 깨달음이 왔습니다.

"하늘과 땅과 인간은 원래 하나이다. 깨달음을 통해 다시 하늘로 되돌아 가야한다."

그 순간 백회에서 하단전까지 기운이 한차례 내리치더니 온몸이 전기에 감전된 것처럼 찌릿찌릿 하고 두 발바닥 용천혈이 크게 구멍 난 것처럼 이상한 현상이 한동안 지속되었습니다.

이후 3일 정도는 화두를 암송해도 기운이 들어오지 않아 빙의가 되지 않았나 유심히 관찰하고 있습니다. 온몸이 무겁고 잠도 많이 오고 가슴도 조금 답답합니다.

어제는 김우진 사형께서 카페 글에 마리산에 다녀왔다며 글과 사진을 올려서 읽는 동안 큰 기운이 백회에서 쏟아져 들어왔습니다. 여기까지가 저에 수련 결과입니다.

궁금한 사항 몇 가지 여쭙겠습니다.

1. 현묘지도 화두 수련은 화면이나 천리전음을 꼭 들어야 다음 단계로 넘어가는 겁니까? (선도 체험기에는 수련이 어느 정도 진척되어야 화면과 천리전음을 들을 수 있다고 명시되어 있었습니다.)
2. 지난 20일날 생식 처방 맥을 선생님께서 봐 주셨는데 큰 지병이 있는데 거의 7개월 만에 평맥이 나올 수 있는지 궁금합니다. 선생님께서 어련히 알아서 잘 봐 주셨겠지만 제가 잘못 들었는지 아님 삼공재 기운 때문에 잠깐 그럴 수 있겠다는 생각을 하였습니다.

바쁘신 와중에도 답변 주시면 감사하겠습니다.

선생님 이번주 토요일 6월 3일에 찾아뵙겠습니다.

감사합니다. 그동안 안녕히 계십시요.

2017년 5월 29일 월요일

김해에서 제자 이원호 올림

【필자의 회답】

질문 1.현묘지도 화두 수련은 화면이나 천리전음을 꼭 들어야 다음 단계로 넘어가는 겁니까?

답. 화면이나 천리전음이 없이도 다음 단계로 넘어갈 수 있습니다.

질문 2. 지난 20일날 생식 처방 맥을 선생님께서 봐 주셨는데 큰 지병이 있는데 거의 7개월 만에 평맥이 나올 수 있는지 궁금합니다. 선생님께서 어련히 알아서 잘 봐 주셨겠지만 제가 잘못 들었는지 아님 삼공재 기운 때문에 잠깐 그럴 수있겠다는 생각을 하였습니다

답. 7개월은 말할 것도 없고 1개월 이내에도 평맥으로 바뀔 수 있습니다.

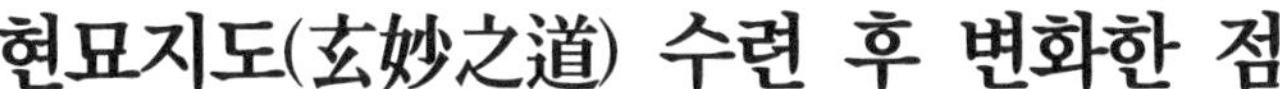

현묘지도(玄妙之道) 수련 후 변화한 점

안녕하세요? 삼공 선생님 김우진입니다

아래와 같이 현묘지도(玄妙之道) 수련 완수 후 변화한 최근 상태를 보내드립니다. 일간 삼공재로 찾아 뵙겠습니다.

항상 강건하시고 평안한 하루하루가 되시길 바랍니다.

현묘지도(玄妙之道) 수련 후 첫 번째 변화

2017년 5월 6일 토요일 오전 수련

텔레파시(telepathy)

첫 번째 현묘지도(玄妙之道) 수련이 끝나고 과연 어떤 점이 변하였을까? 아마 독자 분들도 이 점이 가장 궁금할 것이다. 나 또한 다른 분들의 현묘지도 수련을 보면서 항상 같은 생각이었다.

개인적으로 가장 특이한 것 중에 하나가 바로 텔레파시이다. 이 현상은 현묘지도 공처단계 두 번째 화면에서부터 나타난 증상이다. 예를 들어 빙의령에 집중하면 대화하듯이 텔레파시로 본인의 정체를 전달하여 온다. 이것이 참 신기한데 본인에 대한 간단한 스토리를 아주 정확하고 명료하게 전달하여 준다.

오늘 오전에 이런 현상을 다시 한번 테스트해보기 위해 빙의령에 집중하였다. 집중한 지 얼마나 지났을까? 2차 세계대전이라는 텔레파시가 전해져 오고 인천상륙작전에 참전한 미해군이다. 도대체 2차 세계대전시 인천상륙작전에 참전했던 미해군이 나랑 무슨 인연이 있을까?

잠시 후 아주 선명하게 미해군의 상반신이 보인다. 나이가 조금 들어 보이고 장교급 정도로 보인다. 조금 더 집중하자 미해군 제독급들이 입는 군복과 견장이 보인다. 과연 나하고는 어떤 인연인지 더 물어 보고 싶었으나 오전 약속이 있어 수련을 마무리하였다.

가끔 『선도체험기』에 보면 삼공 선생님이 빙의령들과 대화하는 장면이 나오는데 아마도 이런 식으로 하나보다. 강력한 텔레파시가 전해져 올 땐 메세지 내용과 함께 약간 머리가 아프다.

영화에서 보는 초능력자들과 상당히 유사하다. 그런데 매번 느끼는 것이지만 일반인들이 이것을 어떻게 알고 영화로 만들었을까? 아마도 이런 능력을 가지고 있던 사람들이 실제로 존

재 했었던 것으로 보인다.

차후에도 하나씩 현묘지도(玄妙之道) 수련 후에 변화된 점들을 올리도록 하겠습니다.

조화주본성 조화주하느님 조화주무심

현묘지도(玄妙之道) 수련 후 두 번째 변화

2017년 5월 7일 일요일 오전 수련

시해선(尸解仙)

두 번째, 현묘지도(玄妙之道) 수련이 끝나고 과연 어떤 점이 변하였을까? 아마 독자 분들도 이 점이 가장 궁금할 것이다. 나 또한 다른 분들의 현묘지도 수련을 보면서 항상 같은 생각이었다.

오전 수련을 하는데 산과 들판이 보인다. 그런데 이상한 것은 들판 위를 마치 하늘 위에서 내려다보는 시선으로 빠르게 지나간다.

이 현상도 선도수련 이후 처음 경험하는 것인데 문득 현묘지도 수련 시 블랙홀로 빨려 들어갔던 일이 생각난다. 시해선

(尸解仙) 즉 출신(出神), 아마도 이것이 시해를 한 것으로 보인다.

그런데 특이한 것은 기적인 소모가 전혀 느껴지지 않는다. 돌이켜 보니 현묘지도 7단계 무소유처에서도 너무나 선명한 나의 좌선하고 있는 모습을 보았는데 역시나 그때에도 시해를 한 것으로 보인다.

강한 영도 들어 왔는데 한참이나 집중하였지만 이번에는 잔상만 보이고 텔레파시로는 감응이 없다.

출신(出神)의 신기한 현상으로 한참을 들판 위를 내려 보다 오전수련을 마쳤다. 이번 현묘지도 수련이 끝나고 수련속도에 가속이 붙은 것으로 보인다. 선계의 스승들이 왜 그렇게 서둘러서 진행속도를 높였는지 조금은 알 것도 같다.

조화주본성 조화주하느님 조화주무심

현묘지도(玄妙之道) 수련 후 세 번째 변화

2017년 5월 9일 화요일

현묘지도(玄妙之道) 9번 째 화두 "마음은 무엇인가?"

세 번째 현묘지도(玄妙之道) 수련이 끝나고 과연 어떤 점이 변하였을까? 아마 독자 분들도 이 점이 가장 궁금할 것이다. 나 또한 다른 분들의 현묘지도 수련을 보면서 항상 같은 생각이었다.

지도령에게 마음 "心"자 화두를 받은 것이 지난 2015년 2월 11일이다. 이 때부터 그야말로 본격적인 심공수련이 시작되었고 들어오는 빙의령들이 마음까지 지배하려는 무시무시한 형태였다.

일상생활 중에 발생하는 상황 속에서 이 화두를 풀어 내려 관찰하였고 순간순간 일어나는 오욕칠정에 포커스를 맞추고 흔들리지 않는 부동심을 유지하려 끊임없이 노력하였다. 그러나 이런 수련법으로는 어느 정도 행동교정은 되었지만 마음속 깊은 곳까지 평정심이 유지되진 않았다.

결국 최종 실마리를 현묘지도(玄妙之道) 수련에 두고 우여곡절 끝에 지난 5월 3일 모든 최종 현묘지도 수련 과정을 모두 완수하였다.

현묘지도(玄妙之道) 화두는 총 8개로 어우러져 있었고 그 내용은 선계의 스승들의 도움으로 주로 자신의 실체, 즉 본래의 모습인 본성을 찾아가는 수련법이었다. 그러나 현묘지도 수련 후에도 여전히 이 마음 "心"자에 대한 화두는 풀리지 않아 약간은 아쉬운 상태였다.

변한 것이 있다면 순간적인 부동심을 유지하기는 어려웠지만 오욕칠정에 흔들린 후 그 회복 속도가 상당히 빨라졌다. 다시 말해서 일시적으로 카르마의 영향을 받아 마음이 괴롭고 흔들렸지만 다시 빠른 속도로 평정심을 되찾곤 한다.

그런데 이 평정심을 아예 처음부터 끝까지 유지할 수는 없을까? 물론 어떤 상황에도 평정심을 유지하려면 수련자의 삼단전이 크게 열리고 모든 카르마가 소멸되어야 가능할 것이다. 그러나 지금 이 순간부터 어떤 카르마와 빙의령의 영향에도 전혀 흔들리지 않고 순간적인 괴로움조차도 영원히 사라지게 할 수는 없을까?

이때 문득 생각난 것이 바로 총 8개의 화두로 이루어진 현묘지도(玄妙之道)의 화두이다. 여기에 한가지 더 화두를 추가하면 어떻게 될까? 다시 말해서 총 9개의 화두로 현묘지도 수련을 완수하는 것이다.

현묘지도의 총 8단계 화두를 깬 후 초견성하고 난 뒤에 보림을 해야 하는데 바로 이 보림(保任) 단계에 필요한 화두이다. 즉, 이 9번째 화두를 통하여 수백 생을 거쳐 쌓이고 쌓인 카르마와 아상(我相)과 습기(習氣)가 허물어질 것이다.

마지막 9번째 화두는 "마음은 무엇인가?" 라는 문구로 정하고 본격적으로 암송하기 시작하였다. 화두 문구를 암송한 지 2~3분이나 지났을까? 11가지 호흡이 일어나고 본성의 염화미소가 스스로 지어진다. 염화미소(拈花微笑)는 본성의 파장을 제대로 읽었을 때 나타나는 현상이다.

그러나 아직은 테스트 중인 화두로 과연 이것이 효과가 있을지? 가능한 것인지? 아직은 잘 모르겠지만 좌선 중에 지도령과 선계의 스승님들에게 화두를 깰 수 있도록 간절히 도움을 청하였다.

만약에 이 9번째 화두가 성공한다면 현묘지도(玄妙之道) 특유의 화면과 천리전음으로 깨우치는 방식과 불교의 전형적인 간화선(看話禪) 화두 깨는 방식이 조화를 이룬 것이라 할 수 있을 것이다. 즉 순간적으로 화면과 천리전음을 들으며 대오각성(大悟覺醒)하는 방식이 될 것이다.

현묘지도(玄妙之道) 화두는 마치 암호와 같아서 뜻을 생각하지 않고 암송하지만 이 9번째 화두는 뜻을 함께 생각하며 절실한 마음으로 암송해야 효과가 있을 것으로 본다.

부디 이 화두가 깨지고 모든 카르마의 결과인 마음의 고통에서 해방되기를 바란다. 인간 자체가 감옥이 아니고 인간의 마음... 그 마음이 지옥이고 감옥이다. 그러나 그 마음을 바로 보면 누구든 그 생지옥을 천국으로 바꾸어 놓을 수 있을 것이다.

조화주본성 조화주하느님 조화주무심

현묘지도(玄妙之道) 수련 후 네 번째 변화

2017년 05월 14일 일요일

태식호흡(胎息呼吸)

네 번째, 현묘지도(玄妙之道) 수련이 끝나고 과연 어떤 점이 변하였을까? 아마 독자 여러분들도 이 점이 가장 궁금할 것이다. 나 또한 다른 분들의 현묘지도 수련을 보면서 항상 같은 생각이었다.

가장 확실하게 변한 것 중에 하나가 바로 호흡이다. 이 부분은 유위삼매와 무위삼매 화두를 마치면서 확연하게 느낄 수 있는 변화이다. 현묘지도 수련을 마치기 전에 이미 이 두 단계를 건너오면서 호흡 자체가 기존과 완전히 다르게 변하였다.

그동안 수식관 호흡을 하던 것이 완벽하게 자연식으로 변하였고 단전호흡이 100% 자동으로 진행된다. 물론 삼합진공 이후부터 거의 자동으로 단전호흡이 되었지만 현묘지도 수련 후 거의 완벽해진 상태이다.

유위삼매 단계에서 너무나 깊고 가는 호흡의 단계를 겪고 무위삼매에서 완전한 피부호흡을 마친 결과로 보인다. 흡과 호가 완전히 자동으로 그때그때 알아서 강약이 조절된다. 이 얼마나 경이로운 수련법인가?

이렇다 보니 아무리 가파른 언덕길을 올라가도 다리가 아파서 못 올라가지 숨이 차서 못 가는 경우는 거의 없다. 그동안 강력한 빙의령이 들어오면 호흡이 5초 정도 짧아지고 숨쉬기가 힘든 경우가 자주 있었는데 이런 부분들이 완전히 사라지고 그야말로 완벽한 안정적인 호흡으로 바뀐 것이다.

선도수련을 하는 수련생이라면 잘 알겠지만 사실 호흡은 기 수련의 거의 모든 것이라 할 수 있다. 왜냐하면 이 호흡과 기운의 관계는 너무나 밀접한 관계가 있기 때문이다.

기력이 모자라면 호흡이 짧아지고 호흡이 너무 짧아도 기운이 약해지는 것을 알 수 있다. 사람이 긴장을 하게 되면 호흡이 짧아지고 거칠게 되는데 이때 집중력과 기운이 흩어지게 된다.

이렇게 호흡이 짧아지고 기운이 흩어지게 되면 평정심을 잃게 된다. 결과적으로 호흡의 상태는 선도수련에 있어 너무나 중요하고 큰 비중을 차지한다 할 수 있다.

선도수련 초창기에는 수식관 호흡이 집중력을 강화시켜 주지만 수련이 깊어지고 화두수련에 들게 되면 오히려 정반대로 상당 부분 불편하게 느껴진다. 숫자를 세다 보니 화두에 오롯이 집중하기가 쉽지 않은 것이다.

이 시기에 진동까지 일어난다면 그야말로 엎친 데 덮친 격이 된다. 이렇게 수련이 깊어지고 화두를 깨고 나가야 할 때에는 자연식 호흡이 더 안정적이고 유리하게 느껴진다.

조화주본성 조화주하느님 조화주무심

현묘지도(玄妙之道) 수련 후 다섯 번째 변화

11가지 호흡과 진동(振動)

다섯 번째, 현묘지도(玄妙之道) 수련이 끝나고 과연 어떤 점이 변하였을까? 아마 독자 분들도 이 점이 가장 궁금할 것이다. 나 또한 다른 분들의 현묘지도 수련을 보면서 항상 같은 생각이었다.

현묘지도 완수 후에도 11가지 호흡과 진동이 지속적으로 유지된다. 신기한 것은 간혹 그때그때 필요한 새로운 동작이 추가되어 스트레칭 역할을 강화하기도 한다. 최근에는 내 몸 한가운데 느껴지는 중심축을 기준으로 11가지 호흡의 회전이 강하게 일어난다.

퇴근하자마자 샤워 후에 가부좌를 틀고 앉았는데 팽이가 돌아가듯 빠르게 상체가 빙글빙글 회전한다. 역시나 빛 기둥 같은 것이 내 몸 한가운데 일직선상으로 느껴지는데 이 축을 기준으로 강력한 회전이 일어난다.

한가지 특이한 것은 이럴 때면 일정한 패턴이 있는데 일단 백회로 상당한 기운이 들어오고 기운 줄 같은 것이 연결된다. 이 백회의 좌측으로 유독 강하게 느껴지는 하늘의 기운이 수련 내내 들어온다.

아울러 상반신이 한동안 회전하고 있으면 아무리 강력한 빙의령도 금새 흩어지곤 한다. 이렇게 한참을 회전하다가 이내 돌부처처럼 모든 동작이 멈추고 깊은 호흡으로 빠져든다.

너무나 깊은 호흡 숨을 쉬고 있지만 멈춰 있는듯한 상태, 아련한 주위의 소음 고요한 상태로 들어간다. 이 순간 화두에 집중하거나 알고 싶은 것에 포커스를 맞추고 있다.

이 호흡이 현묘지도 유위삼매 단계에서 경험한 태식호흡이다. 암송을 우주심으로 바꾸고 본격적으로 이 회전하는 진동을 중심축과 일치하려 하고 있다.

조화주 본성 조화주 하느님 조화주 무심

2017년 5월 11일 목요일

삼공재 네번째 방문

현묘지도(玄妙之道) 수련이 무사히 끝나고, 다음 주가 스승의 날이라 겸사겸사 오늘 삼공재로 방문하였다. 수련생들은 없었고 중년 남자 한 분과 정치 얘기 중이시라 간단하게 인사하고 책만 몇 권 구매하고 나왔다.

스승의 날에 인사를 다녀 본 적이 없어 특별히 무엇을 해드려야 할지 몰라 떡을 한 박스 건네 드리고 왔다. 그런데 먼저와 계신 분이 혹시 그 유명한 우창석 씨인지 모르겠다. 사람이 꽤나 좋아 보이던데 그분이 실존 인물인가?

한가지 특이한 것은 언제나 그렇듯이 삼공재가 가까워지면 관음법문 파장음이 요동을 치고 빙의령들이 떨어져 나간다. 아울러 일단 삼공재에 들어서면 선생님의 기운의 파장이 심신을 너무나 편안하게 해준다. 오늘은 별다른 수련생들이 안보여서인지 느닷없이 들어오는 빙의령도 없어 잠깐이지만 상당히 편안한 상태였다.

삼공 선생님의 기운의 파장 안에 있으면 내 자신이 꼭 텅빈 상태인 허공(虛空)으로 느껴진다. 처음에는 편안하다가 조금 있으면 환희지심, 마지막에는 내 자신이 아무것도 아닌 공(空)의 상태로 돌아간다.

이런 느낌을 어떻게 표현할까? 아니 내가 과연 얼마나 수련해야 저 정도의 경지에 오를까? 기운의 파장만으로 상대방을 본래의 품성으로 되돌아가게 한다.

조화주본성 조화주하느님 조화주무심

2017년 05월 11일 목요일

오후 수련

현묘지도(玄妙之道) 수련 후 이젠 거의 매일 저녁에도 수련을 하게 되었다. 일단 퇴근 후 머리 위로 기운이 쏟아지거나 온몸으로 열풍 같은 기운이 들어오면 신호로 알고 수련을 시작한다.

오전 수련에서는 머리 위의 신령한 기운이 방안을 가득 메우더니 오후 수련에서는 하늘 위로 뻗어 나간다. 머리 위가 완전히 열리고 내 머리와 우주가 하나로 연결되어 있다.

수많은 별들과 끊임없이 펼쳐진 우주벌판... 11가지 호흡이 요동을 치며 몸 전체가 돌아간다. 내 머리 위로 연결되어 있는 우주공간이 함께 돌아간다. 빙글빙글 우주전체가 돌아가는 장면이다.

다시 파란 하늘이 보이고 하늘과 내 몸이 힘차게 돌아간다. 진동이 심한 상태인데도 호흡이 전혀 어렵지 않다. 마음이 너무나 평온하다. 이대로 몇 시간이고 시간이 멈추어졌으면... 현묘지도(玄妙之道) 수련시부터 유난히 파란 하늘이 자주 보이는데 그 장면이 너무나 아름답고 신비롭다.

11가지 호흡의 진동이 빠르고 느리고 강약과 박자가 있다. 빠르게 돌다 느리게 돌다 강하게 돌다 약하게 슬로우 비디오처럼 돌다가 그대로 멈춘다. 갑자기 동작이 멈출 때면 순간적인 입정 상태에 빠지고 화두 암송과 화면이 연동되어 보인다. 마음 심자 화두를 통해 어떤 식으로든 선계의 스승들이 도움을 주려 하는 것으로 보인다.

일순간 진동이 멈춰진 상태에는 내 몸이 꼭 돌부처가 된 듯한 느낌이다. 다시 서서히 상체가 움직이고 바닥을 내려다 본다.. 영안으로 지하 세상같은 화면이 보인다. 처음 보는 생물과 식물들... 여러 장면이 아주 선명하고 흐리고 빠르게 지나간다.

다시 11가지 호흡이 일순간 강하게 회전하다 고개가 하늘을 바라본다. 신선이 머무는 방 같은 곳이 보이고 옥으로 만들어진 듯한 의자가 보인다. 태극 모양의 구슬이 선명하게 보이는데 아마도 장식용으로 의자를 치장한 것으로 보인다.

특이한 것은 중요한 화면이 보일 땐 상체와 머리가 마치 망원경을 보듯이 약간 앞쪽으로 이동한다. 오늘 수련의 목적은 여러 차원을 보여주려는 의도로 보인다.

현묘지도(玄妙之道) 수련을 마친 후부터 수련 자체의 수준이 송두리째 변하였다. 지금까지의 단독수련은 어린애 장난같다는 생각이 자주 든다.

조화주 본성 조화주 하느님 조화주 무심

2017년 05월 18일 목요일

오후 수련

현묘지도(玄妙之道) 수련 후 선명한 화면이 자주 보인다.

퇴근 하자마자 컨디션이 좋아 샤워 후에 바로 가부좌를 틀고 좌선에 들었다. 앉자마자 번쩍번쩍 빛나는 왕관이 보인다. 유럽풍의 왕관인데 은빛으로 빛나고 있다. 커다란 루비 같은 보석이 아주 선명하게 보인다. 이 왕관이 위치를 번갈아 가며 여러 장면 보인다.

잠시 후에 화면이 바뀌고 인당에 온몸이 금빛으로 빛나는 사람이 가부좌를 틀고 앉아있다. 내 모습으로 보이는데 이 장면이 여러가지 모습으로 변하다가 최종 불타오르는 장면으로 바뀐다. 다시 장면이 바뀌고 여러 가지 화면이 보이는데 수련이 끝나고 막상 글로 옮기려니까 잘 기억이 안난다..

영력이 아주 강한 영이 아니라면 영안으로 보이는 화면이 상당히 선명해졌다. 현묘지도(玄妙之道) 수련의 영향으로 보이고 암송을 조화주 하느님과 조화주 우주심으로 바꾸었다.

조화주 본성 조화주 하느님 조화주 무심

자등명법등명

적림선도(赤林仙道)

【필자의 회답】

김우진 씨가 쓴 문장을 읽고 난 독자가 감동을 받거나 깊은 인상을 받는 수준에 이르려면 글 쓰기 전에 구상을 해야 합니다. 지금처럼 그때그때 나오는 대로 써 내려가는 숫법은 읽는 사람의 머리를 산만하게 할 수 있습니다. 이 점을 보완했으면 합니다. 어떻게 하면 보다 짜임새 있고 컴팩트한 문장을 구사할 수 있을까를 화두로 늘 연구하기 바랍니다.

실례를 하나 들겠습니다. 수박농사를 짓는 사람이 있다고 합시다. 그는 길가에 원두막을 하나 가지고 있는데 지나는 길손이 수박 사먹기를 청할 때 어떻게 처신해야 되겠습니까? 수박 한 덩이 사먹자는 사람에게 밭에서 딴 것을 그냥 먹으라고 갔다 주는 것 하고 그 수박을 먹기 좋게 썰어서 쟁반에 담아 주는 것 하고 어느 쪽이 좋겠습니까? 소비자의 입장에서는 누구나 후자를 택할 것입니다.

어느 경우에든 글 쓰는 사람은 그 글을 읽는 독자가 있는 이상 재미있고 감동하면서 읽게 하는 것이 좋지 않겠습니까? 김우진 씨는 그렇게 하고자 하는 마음이 있는 한 반드시 그렇게 될 수 있을 것입니다.

생식과 수련에 대해 문의드립니다

안녕하십니까 ? 선생님. 강승걸이라고 하는 독자입니다.

저는 안동에서 태어나 전문대학을 마칠 때까지 20년 가까이 살았습니다. 그 후 대구로 편입학을 해서 대학생활을 하고 포항에서 첫 직장을 다녔습니다.

지금은 김천에서 20년째 살고 있는 48세(닭띠) 직장인입니다. 자녀는 1녀 1남입니다.

저는 어릴 때부터 뚱뚱해서 열등감이 많았습니다. 중학교와 고등학교 때는 살을 빼고자 태권도도 몇 년을 다녔습니다. 평소에 무술에도 관심이 많았습니다.

고등학교 때에는 열등감을 극복하고자 공부보다는 다른 것에 더 관심을 가졌었습니다. 우주, 외계인, 단전호흡, 초능력, SF, 자기개발 등의 관련 서적들을 읽으면서 학창시절을 보냈습니다.

대학을 다니면서 대행스님의 책 "죽어야 나를 보리라"를 읽게 되었고 마음공부에 관심을 가지게 되었습니다. 그러다가 단학선원을 알게 되어 잠시 동안 다녔습니다. 그리고 『선도체험기』도 그때 처음 접하게 되었습니다.

그 후 단학선원은 그만두고 『선도체험기』를 보면서 수련을 했었습니다. 그러나 평상시에도 가슴이 답답한 증상들이 생기면서 점차 감당하기 힘들어졌습니다. 호흡을 하면 기운이 상기가 되다 보니 일상생활도 불편해져서 수련을 그만두게 되었습니다.

혼자 객지에서 외롭고 힘들고, 어려울 때마다 큰 힘이 되어 준 『선도체험기』는 60여 권까지 읽었습니다. 그 이후로는 바쁘게 살다 보니 자연스럽게 멀어지게 되었습니다. 중간중간에 『선도체험기』가 계속 출판되고 있다는 소식만 접하게 되었습니다.

직장 때문에 김천으로 이사를 하게 되면서 지금의 아내를 사내에서 만나 결혼을 했습니다. 7년 만에 딸아이가 생기고, 둘째 녀석도 생기면서 즐겁고, 행복한 생활이 시작되었습니다.

그러나 맞벌이를 하다 보니 시간이 갈수록 살림과 육아에 대한 문제로 서로에게 지쳐가기 시작했습니다. 아내와 부딪치는 횟수도 많아지고, 서로 감정을 상하게 하는 경우도 잦아졌습니다. 그리고 감정에 기복이 심하다 보니 아이들도 힘들어 했습니다.

결혼 전에 어머니가 철학관에서 사주를 보고는 궁합에 안 좋은 건 다 들어 있다고, 결혼해서 살면 매일 싸운다고 반대를 했습니다. 하지만 "내가 더 이해하고 양보하면서 살면 되지!"라는 나름의 자신감도 있었습니다.

그리고 『선도체험기』를 통해 남들보다는 마음공부가 좀 되었겠지 하는 생각도 있었습니다. 그러나 그건 제 혼자만의 큰 착각이었습니다. 전혀 준비가 안된 훈련생이 실제 전투에 나가게 된 꼴이었습니다.

그렇게 스스로에 갇혀서 화도 내고, 남 탓도 하고, 원망도 했습니다. 또 그런 모습들이 부끄러워 자신을 속으로 책망하면서 몇 년을 살았습니다. 그나마 천사 같은 아이들의 모습을 보면서 조금씩 견딜 수 있었습니다.

그러면서 체중도 많이 늘어 고도비만이 되었고, 건강도 더 안 좋아졌습니다. 결국 당뇨도 심해지고, 고혈압까지 생겨 작년에는 입원까지 하게 되었습니다.

입원을 하고 며칠 후 퇴원을 하면서 이렇게 살아서는 안 되겠다는 생각에 마음을 굳게 먹었습니다. 마음을 독하게 먹고 식사조절과 운동으로 20Kg 정도 감량하고, 허리는 6인치 정도를 줄였습니다.

그러고 나니 세상이 조금씩 달라 보였습니다. 자신감도 조금 회복이 되었습니다. 퇴원 때보다 약은 많이 줄었지만 아직

당뇨와 고혈압 약은 먹고 있습니다.

체중과 체력은 좀 더 노력해야 하지만 작년보다는 많이 좋아졌음을 느낍니다. 마음도 조금씩 풀리게 되면서 서서히 주변도 돌아보게 되었습니다. 어두웠던 얼굴도 밝아지고, 마음도 편안해졌습니다.

아내와 아이들 생각만 하면 항상 미안한 마음이 앞섭니다. 그러나 이제 더 많이 같이 놀아 줄 수 있고, 이해 할 수 있어 즐겁기만 합니다.

올해 3월쯤에 적림선도님 블로그를 우연히 방문하고부터 다시 『선도체험기』를 읽게 되었습니다. 그 뒤로 매일 수련도 하고 있습니다. 수련은 아침에 도인체조, 와공/좌공을 하고, 『천부경』, 『삼일신고』, 『대각경』을 암송하고 있습니다. 그리고 틈만 나면 축기에 신경을 쓰고 있습니다.

저녁에 1시간 정도 걷기 그리고 자기 전에 『선도체험기』를 읽고 있습니다. 매일매일 하려고 노력 중입니다. 『선도체험기』를 읽을 때 간혹 하단전에 따뜻한 열기가 느껴집니다. 상기 증상은 우려했던 것과 달리 나타나지 않았습니다.

지난 1년 동안 꾸준히 걷기 운동과 하체 운동을 한 결과인 것 같습니다. 선생님께서 『선도체험기』를 통하여 달리기나 걷기, 등산을 강조하신 이유를 이제 조금씩 알아가고 있습니다.

그리고 간혹 가슴이 답답해지는 경우가 있지만 카페 선배 도반님들 덕분에 잘 극복하고 있습니다.

간혹 인당에 의식이 가면 기운이 모이는 듯하고, 백회 부위에 띠가 있는 듯한 느낌도 가끔 있습니다. 하지만 아직 때가 아닌 것 같아 하단전 축기만 열심히 하고 있습니다.

하단전에 집중을 하면 따뜻한 열기가 느껴집니다. 많이 뜨거워질 때는 상체(중단전, 어깨, 등) 쪽으로 열기가 느껴집니다. 최근에는 하단전에 말랑말랑한 느낌과 이질감이 조금 생겼습니다.

『선도체험기』는 읽은 지 오래되어서 1권부터 다시 읽고 있습니다. 읽으면서 이전에 느꼈던 느낌과 감정들이 새록새록 합니다.

일요일에는 가까운 산으로 등산도 다니고 있습니다. 얼마전 일요일에는 아내와 아이들과 함께 산을 다녀왔습니다. 딸아이가 요즘 부쩍 말문이 트여서 좀 시끄러웠지만 즐거운 산행이었습니다.

담배는 10년 전에 딸아이가 태어나던 해 1월 1일부터 끊었습니다. 생식(오행생식)은 올해 4월부터 표준생식으로 인터넷에서 구입하여 아침, 저녁으로 먹고 있습니다.

선생님을 찾아뵙고 체질점검을 받아 생식을 구입하고 싶습니다. 그리고 수련 점검도 받았으면 합니다. 답장 메일을 보내 주실 때 생식 가격도 알려 주시면 준비하겠습니다.

부족한 글 읽어 주셔서 감사합니다.

2017년 6월 7일

김천에서 강승걸 올림.

【필자의 회답】

메일을 읽어보니 상기가 되었던 때가 있었는데 그때 나를 찾아왔어야 하는 건데 아쉽습니다. 그러나 뒤늦게나마 나를 찾아오시겠다니 아무래도 만나야 할 인연인 것 같습니다.

하단전을 비롯하여 여러 군데서 열기를 느낀다니 기문은 열린 것 같습니다. 수련이 잘될 징후입니다.

생식값은 한달 분이 24만원인데 그것만 준비하면 됩니다.

일요일과 공휴일을 제외한 주중 어느 날이든지 하루 전에 알려주고 오후 3시에 찾아오시면 됩니다.

정관복원 수술 체험기

선생님 안녕하십니까? 분당에 사는 김 윤입니다. 삼공재 방문을 허락해 주셔서 감사합니다.

요즈음 매주 삼공재 방문이 생활에 큰 즐거움입니다. 또한 제게는 큰 변화의 기쁨을 전하고 싶어 수련일지를 작성하였습니다.

2017년, 6월 9일, 금요일

정관수술은 방광경락을 상하게 되어 선도 수련에 지장을 준다. 또한 정관을 막아 버리면 생성되는 정자가 근육으로 흡수되어 이를 막기 위한 항체가 생겨 혈관을 타고 지나다 모세혈관을 막게 되면 뇌 혈전을 일으킨다는 것이 밝혀져 오래 전부터 대부분의 나라에서 국가적으로 금지했지만 유독 한국과 인도에서만 아직도 시행되고 있다.(『선도체험기』)

그 시절에는 산아 제한으로 정관수술을 장려했었고, 예비군 동원 훈련 때 첫날에 수술을 자처하면 남은 3~4일을 동원 훈련에서 면제해 주었다.

서른둘에 결혼하여 큰딸이 26살이니 정관수술을 한 지도 18년이 된 듯하다. 둘째를 낳고 몇 년 후 원치 않은 임신에 중절하고 돌아온 집사람의 우는 모습을 보고 달려가 저지른 실수였다.

여러 곳을 검색한 결과 제기역 부근 칸비뇨기과 최기열 원장 외 남자 간호사 한 명 포함 3명이 근무하는 정관복원, 정계정맥 수술을 전문적으로 하는 곳이다.

간호사에게 캔 음료와 과자를 건네고 원장실에서 설명, 검사실에서 혈액. 혈압, 초음파 검사를 진행하는 동안 모니터의 화면을 보여주며 간호사는 한쪽은 이미 기능을 상실했단다. 이 얼마나 무모한 짓인가?

그는 농담과 비유법을 써가며 친근한 인상에 따뜻한 마음, 웃음과 재미있게 설명을 해주며 환자를 안심시키려는 배려를 했다. 검사를 마치고 수술대에 올랐다.

수술 중 움직일 수 있으니 수면 마취로 진행하자 한다. 수련자로서 수술도 공부다. 마취는 심포삼초에 심한 영향을 줄 수 있으며, 또한 끊어진 부분의 연결과정을 느낄 수 있는 좋은 기회다. 그래서 부분 마취로 수술을 진행하기로 했다.

바로 누운 자세에 정성들여 그 부분의 털을 제거하고, 닦고

소독을 하여 주시니 미안한 마음이다. 그 크기만 한 구멍 뚫린 청색 보자기를 덮고 현미경을 보며 두 분이 바느질을 하신다.

앞을 가리어 보이지 않으나 불안을 덜어주기 위한 진행 과정을 설명해 주신다. 찾고 있습니다. 왼쪽이 끝났습니다, 오른쪽 시작합니다. 등...

『선도체험기』를 읽어서 상황은 알고 있는지라 불안보다는 차분한 마음으로 긴장을 놓을 수 있었다. 더구나 단전을 집중하며 호흡과 한, 한마음, 한기운, 한누리, 『대각경』, 『천부경』을 외우니 아픔도 지루함도 없다.

선생님의 체험처럼 연결될 때 방광경에 찡 하는 느낌을 주시하고 있었으나 수련이 덜되어 감각이 둔해서인지 느낄 수 없었다. 그러나 발이 따뜻하고 훈훈한 느낌은 알 수 있었다.

수술은 3시 30분에 시작하여 1시간 소요되었으며 한약 파우치 크기의 식염수가 혈관에 주입되는 동안 1시간 누워 휴식을 취한 후 2시간에 모든 게 순조롭게 마무리되었다.

수술 부위에 부기가 있으며 약간의 현기증이 있다. 의술의 발달로 수술 후 치료와 실밥 뽑는 것도 하지 않아도 된다 하며, 3일후 붙인 반창고를 떼고 샤워를 해도 된다고 한다. 또한 한달 동안은 심한 운동을 삼가라 하였다.

걸어가면서 나도 이젠 씨 있는 고환을 가졌구나! 이게 바로 씨○○인가 생각하며 웃음을 지어본다.

광역버스를 타기 위해 500m 정도 엉거주춤 걸어가는데 갑자기 뭔가 가슴을 콱 막는다. 심하게 답답하다. 이게 뭐람? 무슨 원한일까? 그분인가? 버스를 타고 오면서 집중한다.

집에 도착하여 저녁식사를 하는데 체한 것같이 밥이 넘어가지 않는다. 물도 삼키기 힘들다. 너무 답답하다, 죽을 수도 있겠다 싶다. 잠자리에 들기 전 괴로워하는 모습을 보고 옆에 있던 집사람이 휴대폰으로 반야심경을 들려준다. 이젠 서당개가 다 되었다. 『선도체험기』를 끌어안고 반야심경을 들으며 잠을 청한다. 조금 편안해진 듯하다.

아침에 일어나도 답답하다. 집중한다, 하루가 지났는데도 가슴이 막혀 있다. 몸을 회복했으니 나를 만들기 위해 시련을 주시는 건가? 집중하자, 집중을 한다. 이틀이 지나고 나니 사라진 느낌이다.

열심히 공부해야겠다. 선생님 감사합니다

2017년 6월 4일

김 윤 올림

【필자의 회답】

정관복원 수술 체험기 잘 읽었습니다. 요즘 우리나라 신생아 출생률이 계속 하락 추세임을 감안하면 절제수술할 거 없이 아예 하나라도 더 낳아주었으면 어떨까하는 심정이기도 합니다. 내가 복원 수술을 할 때와는 상황이 엄청나게 달라져서 이제는 정부가 아무 대책도 세우지 않는다면 나라 전체가 저출산 고령화로 치닫게 될 것입니다. 우리나라 인구가 3천만 이하로 떨어지는 것도 인구가 계속 늘어나는 것도 국민들 각자의 의식이 달려 있기 때문입니다.

아이를 키운다는 것

생식을 주문 차 국민은행 계좌에 입금하고 나서 스승님께 메일을 보내기 위해 책상에 앉았습니다. 한여름 가뭄이 극심한 가운데 어제 반가운 비가 조금 내렸습니다. 아침 산책할 때 보니 잔디가 어제 잠깐 내린 비로 푸르른 빛을 약간 회복하였습니다.

어제는 파주세무서에서 함께 근무하고 있는 동료가 저녁 초대를 하여 그 집에 방문하였습니다. 같은 직장에 근무할뿐더러 동일한 아파트단지에서 살고 있는 직원입니다.

전부터 저녁 먹으러 오라는 초대를 해 왔었는데 그때마다 사정이 있어 응하지 못했습니다. 이번에는 흔쾌히 승낙하고 마트에 들러 맥주와 수박 등을 사서 아내와 아이들을 데리고 방문하였습니다.

그 직원에게는 자녀가 둘 있는데, 첫째는 아들, 둘째는 딸입니다. 그런데 아들이 하얀 피부에 이목구비가 뚜렷하여 외모는 준수한데 문제는 자폐증이 있다는 것입니다. 유치원이나 초등학교에서 또래 아이들과 잘 어울리지 못하고 돌발행동을 해 왔다고 합니다.

이 때문에 부모인 그 동료와 배우자는 세브란스 병원 아동 전문과에서 병원치료를 함과 동시에 아동발달센터 등에서 아동심리치료를 하고 있습니다. 거실에 있는 칠판에 심리치료 일정이 빼곡이 적혀 있더군요. 집 곳곳에 자폐증 치료에 좋다는 놀이기구(그네, 트렘플린 등)을 설치해 놓았습니다. '푸른 빛깔의 나뭇잎이 좋다'는 의사의 말을 듣고 방 베란다에 화단을 만들어 식물을 심어 놓았으며 커튼, 벽지 등에도 녹색의 나뭇잎 무늬가 들어가 있었습니다. 또한 상호교감에 도움이 되는 강아지를 사다 키우고 있었습니다.

자식을 사랑하고 잘되기를 바라는 것은 자식을 둔 부모라면 다 똑같겠지요. 자폐증세를 호전시키고자 하는 부모의 마음 또한 절박한 심정일 것입니다. 그래서 각종 병원치료와 심리치료 등을 하루가 멀다 하고 시키고 있을 테고요. 그 동료는 본인의 카카오톡에 아이들 사진을 올려놓고 '내가 살아가는 이유'라는 제목을 붙여 두었습니다.

이처럼 세상에서 가장 사랑하는 아들이 자폐행동을 보이자 갑자기 이성을 잃은 나머지 철제 식탁을 발로 걷어차는 바람에 엄지발가락 뼈가 부서져 몇 달 동안 깁스를 해야 했다고 합니다. 그 심정은 같은 아이를 둔 부모로서 충분히 이해되기는 하지만, 부모가 속을 끓인다고 하여 아이가 정상으로 돌아오지는 않을 것 같습니다. 오히려, 우리 애가 자폐증세가 있어 다른 애들과 다르기 때문에 항상 예의 주시하고 있어야 한다는 부모의 생각이 아이를 더욱 구속시켜 증상을 가중시키지는 않을까 하는 생각도 해 보았습니다. 제가 그 부모라면 자업자득 내지 전생의 업연이라고 생각하고 그 아이를 받아들이고 그 아이가 본연의 생명력을 발휘할 수 있는 데 도움을 주는 방법을 찾아보는 게 낫지 않을까 생각해 봅니다.

그렇다고 아이를 키우는 데 있어 그 직원보다 제가 더 낫다는 것은 아닙니다. 저의 둘째 딸아이는 태어날 때부터 인큐베이터 신세를 져야 했습니다. 아이가 엄마 배 속에 있을 때 초음파 검사를 하던 의사가 '아이에게 조그만 물혹이 있다'는 겁니다.

그 의사는 아이가 태어나면 물혹을 떼서 조직검사를 해 봐야 한다고 했습니다. 그리고 병원 또한 동네 산부인과가 아닌 신촌 세브란스 병원으로 옮기는 게 좋겠다고 하여 그곳으로 입원하여 분만을 했고 태어나자마자 한 달 이상을 인큐베이터에 들어가 있었습니다.

면회시간도 정해져 있어 일주일에 딱 한번 두 시간 정도밖에 허락되지 않았습니다. 이 세상에 태어났지만 모유도 먹지 못하고 따뜻한 눈길도 제대로 받지 못한 채 인큐베이터에서 간호사가 주는 분유만 얻어먹어야 했습니다. 게다가 빠는 힘도 약하고 식욕도 별로 없는지 다른 아이들이 먹는 양의 절반도 먹지 못하였습니다.

아이 엄마는 아이 면회를 갔다 온 날이면 '가엾은 것'이라며 눈물을 하염없이 흘렸습니다. 태어난 지 얼마 지나지 않아 전신마취 후 물혹 제거수술을 했습니다. 다행히 조직검사에서는 별 이상이 없는 것으로 나왔으나 병원측에서 시행한 각종 검사에서 염색체가 이상하다는 둥 신체발달이 다른 정상아동에 비해 현저히 느리다는 둥 아동발달상 여러가지 문제가 있다는 소견이 나왔습니다.

제가 제 손으로 둘째 딸아이에게 지어 준 이름이 '보경'입니다. 하도 체력이 약해서 '잘 걸어 다닐 정도로 건강'하길 바라는 마음에서 걸을 보(步)를 넣었을 정도입니다. 신체발달 면에서 또래 아이들보다 한두 살 더딘 것 같고 언어이해력이나 수리적으로도 늦어 직장을 휴직하고 아이를 가르치고 있는 아내가 가끔씩 분통을 터트리고는 합니다.

한번은 어린이 집에 제출하기 위하여 아동발달검사를 받아야 해서 소아과에 들른 적이 있는데 그때 당시 아이가 4살임에도 불구하고 정확히 발음할 수 있는 단어가 '엄마, 새' 등에 불과하여 소아과 의사 및 간호사들에게 너무 창피해서 집에 돌아와 아이에게 언어를 가르치면서 호통을 하며 매질을 했던 기억이 납니다. 지금 생각해 보면 아이가 잘되기를 바라는 진정 어린 마음이 아닌, 내 아이가 다른 애들에 비해 쳐진다는 창피한 마음, 한마디로 '쪽팔린다'는 생각 때문에 아이를 호되게 때렸던 것 같습니다.

지금까지 그 일을 생각하면 후회막급이며 아이에게 상처를 준 것 같아 미안한 마음이 듭니다. 자녀를 가르치는 것은 다 순서가 있는 법인데 성급한 부모 마음 때문에 큰 소리로 다그치고 매를 든다고 하여 더 효과가 있지는 않을 테니까요.

스승님이 『선도체험기』에서 말씀하신 부모는 '자식이란 나그네가 왔다가 가는 여관' 역할을 해 주면 된다고 하신 게 생각납니다. 적절한 비유인 것 같습니다. 신체적으로 잘 자랄 수 있도록 보살펴 주고 정신적으로는 필요한 자양분을 얻을 수 있도록 교육환경을 만들어 준다면 부모의 소임을 다한 것이라고 볼 수 있겠지요. 그런데 부모의 기대치에 아이에 못 미친다 하여 억지로 틀에 짜맞추려고 한다면 아이는 분명 본연의 생명력을 잃어버리고 문제가 발생하고 말 것입니다.

새들도 아기새가 날개털이 다 자라면 둥지를 떠나 훨훨 날아 자신의 생을 살아가듯이 사람도 성장하면 자기 자산의 눈으로 세상을 바라보고 인생을 살아가야 하는데 부모의 기대치에 재단되어진 판단기준으로 세상을 바라보고 대응하게 된다면 그 인생은 불행해질 가능성이 높지 않을까요.

어제 그 동료 집에서 첫째 아들을 바라보며 측은한 생각도 들고 둘째 딸아이 어렸을 때 생각도 나고 하여 적어 보았습니다. 자신의 아이라고 하여 자신의 소유물로 생각하지 않고 잠시 들렀다가 필요한 숙식을 제공받고 떠나는 나그네처럼 대해야 하겠지요. 우리네 부모는 나그네에게 옷자락을 잡으며 더 머물러 있으라고 해서도 안 되고 그동안 밀린 숙식비를 달라고 하여서도 안 되겠지요. 그저 '언제든 마음이 내키면 지나는 길에 잠깐 다시 들러도 좋다'는 말은 해 줄 수 있겠지요. 아이를 잘 키운다는 것은 말은 쉽게 내뱉을 수 있겠지만 실제 상황에서 실천에 옮길 때에는 부모의 감정이 개입되기가 쉽기 때문에 아주 어려운 과제인 것 같습니다.

방금전에 둘째 딸아이 때문에 병원 응급실에 급히 다녀왔습니다. 오른쪽 발목 위 대퇴부 뼈가 부러져 반깁스를 하였습니다. 오늘은 일단 급한 대로 엑스레이만 찍어보았는데 내일 다시 병원에 가서 CT촬영을 해 봐서 수술 여부를 결정해야 한다 합니다. 오늘 오후에 스카이방방(뜀뛰는 기구가 설치된 놀이방)에 가서 놀다가 다리에 충격이 가서 다리뼈가 부러진 것입니다. 집에 돌아와서 다리에 깁스를 하고 누워 언니와 웃고 떠들고 있는 둘째 딸아이를 보고 있으니 안쓰러운 생각도 들고 과연 '무슨 인연이 있어 아빠와 딸의 관계로 만났을까' 하는 생각도 드네요.^^

스승님! 저의 수련은 아직 축기 수준에 머물러 있습니다. 단전에 확실히 이물감이 느껴질 정도는 아니라서 느낌이 확연히 들 때까지 계속 축기에 힘쓰도록 하겠습니다. 기공부를 진행하다가 변화가 생기면 즉시 메일 올리도록 하겠습니다. 다시 연락드릴 때까지 안녕히 계십시오. 감사합니다. 스승님!

단기 4350년 6월 25일 파주에서 제자 서광렬 올림

【필자의 회답】

필자의 자녀관을 서광렬 씨가 충실히 따르고 있는 것 같아 고맙고도 대견하고 마음 든든합니다. 자녀를 소유물로 여길 때 온갖 비극과 심지어 뜻하지 않는 범죄 행위로까지 연장되는 사례를 보게 됩니다. 원인은 무지 때문입니다. 서광렬 씨의 글은 이 무지를 퇴치하는 데 적지 않는 역할을 하게 될 것을 의심치 않습니다.

기 점검을 원합니다

삼공 선생님 전

더운 날씨에 안녕하신지요. 선생님께 수련받고 있는 유영숙입니다. 저의 수련상황을 말씀드리고 기 점검받기를 요청드리고자 이 글을 드립니다.

첫번째 몸공부

매일 세시간 정도 걷기를 하고 도인체조 30분, 생식은 처음에 먹기 힘들어 선생님께 걱정 들었지만 지금은 두 끼 또는 세끼 모두 생식을 하고 있습니다.

두번째 마음공부

생활 속에서 역지사지를 실천하려고 노력하며, 인간관계에서는 조금씩 손해보자는 생각을 합니다.

셋째 기공부

요즈음 단전에 저수지에 물이 고이듯 축기가 잘되고 물안개가 흐르듯 하며 덥고 차가운 기가 교차합니다. 온몸이 열감으로 확확 달아오르는데 더위 때문인지 운기 때문인지 모르겠습니다.

또한 백회에서는 시원하기도 하고 묵직하기도 하고 콕콕 찌르기도 하고 그렇습니다. 제대로 가고 있는지 점검을 부탁드리며 다음주 월요일 뵙겠습니다.

【필자의 회답】

단전에 기가 축적되기 시작했습니다. 이런 때는 온 신경을 오직 단전에 집중해야 합니다. 다시 말해서 행주좌와어묵동정(行住坐臥語默動靜) 염념불망의수단전(念念不忘意守丹田) 즉 길을 가든지 멈춰있든지 앉아있든지 누워있든지 말을 하든지 침묵을 지키든지 움직이든지 가만히 있든지 마음은 계속 단전을 지켜보아야 합니다. 백회에서 무슨 느낌이 있어도 개의치 말고 단전만 지켜보아야 합니다.

강승걸 수련일지

선생님 안녕하세요? 김천에 강승걸입니다.

삼공재 첫 방문(2017년 6월 10일, 토요일) 이후부터 수련일지를 정리했습니다. 지금까지 수련 내용을 대략 정리하면,

17년 4월부터 본격적인 수련을 시작하였습니다.

수련일지를 4월부터 매일 쓰고 있습니다.

매일 아침에 40분 이상 도인체조 및 좌선 수련을 하고 있습니다.

그리고 수시로 틈이 날 때마다 하단전에 집중하여 축기를 하고 있습니다.

저녁에는 대략 1시간 정도 걷기를 하고, 일요일에는 2시간 정도 등산을 합니다.

거의 매일 비슷한 일정으로 수련을 하고 있습니다. 간혹 저녁운동과 등산은 못하는 경우도 있습니다.

생식은 기본으로 3끼를 먹고, 반찬들도 같이 먹으면서, 국은 건더기만 먹으려고 노력 중입니다. 가끔씩 식욕을 못 이겨 이

것저것 먹는 경우도 있습니다.

그리고 인영 맥은 생식 점검 때보다는 조금 줄어 4.5성 정도 되는 것 같습니다.

아래에 적은 일지는 매일 일기 적듯이 적은 글들입니다.

수련 중 현상들과 과정들을 구체적으로 쓰다 보니 글 내용이 많아졌습니다.

부족함이 많은 글들이라서 부끄럽지만 읽어 주시면 고맙겠습니다.

2017년 6월 11일 일요일

이상한 일이 : 삼공재 첫 방문 다음날

오늘 아침에 등산을 갔다 온 뒤에 점심(치킨)을 먹고 오후에 조금 피곤해진다. 명치가 꽉 막힌(체한 듯) 느낌이 들고, 가슴도 조금 답답해지기 시작한다.

그래도 무시하고 장 보러 왔다 갔다 하고 집에서 쉬고 있는데, 4시쯤인 것 같다. 갑자기 약간 으스스한 느낌이 들고 눈앞이 약간 흐려진 느낌이 나고, 무서운 느낌도 든다. 그리고는 갑자기 부정적인 감정이 몰려온다. 마치 진짜인 듯한 느낌이다. 그러나 내용은 앞뒤가 안 맞다.

집안에 있는데도 주변의 환경들이 낯설게 느껴진다. 하단전에 집중을 한다. 열기가 느껴지지 않는다. 어제 삼공재를 다녀온 다음이라서 점심때까지만 해도 열기가 느껴졌다.

대낮인데도 서재(수련하는 방, 『선도체험기』도 있음)와, 카페에도 들어가기가 꺼려진다. 왠지 두려움이 생긴다. 그 와중에 이런 생각이 든다.

"『선도체험기』는 거의 20년 이상 나와 함께 했고, 이제껏 『선도체험기』가 무서워진 적이 한번도 없다. 오히려 밤에 무서울 때 책을 안고 자거나, 머리맡에 두고 자던 책이다" 라는 생각이 들었다.

그래서 이건 뭔가 이상하다는 생각에 "그럼, 일단 들어가 보자. 어떤 반응이 오는지" 그래서 내키지는 않지만 카페에 들어가서 올라 온 글들을 읽는다.

글을 읽으면서도 눈에 뭔가 가려진 기분이고, 글도 잘 안 읽혀진다. 그래도 꾹 참고 글을 더 읽었다. 천부경도 암송하고 하였더니, 기분이 조금씩 돌아왔다.

그리고 7시쯤 현묘지도 카페에 올라온 카페지기님 글을 읽으면서 단전에 뜨거운 열기가 들어온다. 정신이 맑아지는 것 같다. 이 녀석들이 이제는 마음까지도 흔드는가 보다. 물론 내 마음에 빈틈이 있었기에 비집고 들어 왔겠지만.

오늘 저녁에는 『선도체험기』를 머리맡에 두고 잠을 청한다. 잠들기 전에 낮에 사항을 생각해보니 마치 꿈을 꾼 것 같은 기분이다. 생생하게 느낌만 남는 무서운 꿈.

2017년 6월 12일 월요일 맑음

어제 일이 있은 후 오늘 아침은 수련을 건너뛰고 싶은 마음이 강하게 든다. 그래도 샤워를 하고 수련 준비를 한다. 몸을 풀고 자리에 앉았다.

몸이 피곤하다. 좌선 시 하단전에 열기도 잘 느껴진다. 물론 뜨거운 정도는 아니다. 오랜 앉아 있기 힘이 든다.

20분쯤 있다가 와식으로 변경을 한다. 와식은 할 때마다 잠이 온다. 오늘도 예외는 아니다. 거실로 나와서 소파에서 잠시 앉아 축기를 더 해 본다.

점심을 먹고 나서(12시 54분) 갑자기 중단전에 따뜻한 열기가 퍼진다. 그리고 오늘 하루 종일 하단전에 뜨거운 열기가 계속되었다.

오후 6시 넘어서 배도 고프고, 몸도 피곤하니 어제의 부정적인 감정이 슬그머니 올라온다. 아직도 빈틈이! 이 녀석들 참 끈질기네. 이젠 한번 경험했기에 당황하지 않는다.

바로 스마트폰에 저장된 선생님 최근 사진을 꺼내 본다. 선생님 얼굴에서 미소를 보는 순간 기분이 좋아졌다. 마음이 푸근하다. 내 얼굴에도 미소가 번진다. 거참 신기하네. 병원에 일이 있어 늦게 퇴근을 한다. 오늘 일이 많아서 그런지 피곤하다.

2017년 6월 13일 화요일 맑음

아침에 일어나니 몸이 피곤하다. 좀 귀찮은 느낌도 있다. 세수를 하고 억지로 몸을 풀고 자리에 앉아본다. 오늘부터는 선생님이 계시는 북서쪽으로 방향을 잡고 앉았다.

짧은 시간이라도 수련을 하고자 한다. 앉아서 천부경만 암송을 한다. 15분 정도 앉아 있었다. 더 이상 앉아 있기가 힘들다. 몸이 피곤한 건지, 마음이 피곤한 건지.

거실에 나와서 출근 전까지 그냥 누워 있다가 옆에 자고 있는 아들 녀석이랑 장난을 친다. 그렇게 몸과 마음을 잠시 풀어 본다. 출근하면서 하루 쉬었으면 좋겠다는 생각이 든다.

오후가 되면서 피로감도 줄어들고, 컨디션이 조금 돌아왔다. 내일부터는 선생님께 받은 생식을 시작할 생각이다.

저녁 늦게 『선도체험기』를 조금 읽고는 잠자리에 들었다.

하늘은 견딜 수 있는 만큼의 시련만 준다. 시련은 또 다른 발전의 시작이다. 상대해야 할 목표가 확실하니 맞서 볼 의욕이 생긴다.

2017년 6월 14일 수요일 맑음

오늘부터는 새로운 마음가짐으로 수련을 시작한다. 피하기보다는 정면으로 돌파할 생각이다. 어차피 한번은 지나가야 하는 길이다.

선생님께 점검받은 생식도 오늘부터 시작이다. 하루 3끼 주식은 생식으로 한다. 물 따로 밥 따로는 아직 어려움이 있다. 생식이 넘어가질 않는다. 그래서 물을 넉넉하게 타서 먹고 있다. 다이어트 처방이 들어있어서 그런지 끝 맛이 약간 맵다.

오늘도 샤워를 하고 몸을 풀었다. 오늘은 눈을 감지 않고, 눈을 반쯤 뜨고 시작을 한다. 『천부경』, 『대각경』을 암송하고, 수식관으로 호흡을 확인한다. 중간 중간에 숫자를 놓친다. 눈을 반쯤 뜨면 확실히 집중이 덜된다. 그리고 인당도 너무 의식이 된다. 그래도 최대한 단전에 집중을 하면서 호흡을 진행한다. 그렇게 아침 수련을 마치고 출근을 한다.

출근하여 근무하면서 간간히 단전에 집중을 해 본다. 오후부터는 컨디션이 서서히 돌아오고 있다.

저녁에 식사 후 쉬는 중에 정영범 도반님이 보내주신 '한마음 요전'이 눈에 들어온다. 받고는 한번 열어 보고는 아직 책장에 꽂혀 있는 상태였다. 왠지 읽고 싶다는 생각에 열어 보니 마음공부에 대한 부분이 나온다. 지금 나한테 딱 필요한 부분이다.

모든 것을 '주인공'에 맡기고 놓아 버리라 한다. 선생님께서 이야기 하신 '방하착'이다. 이걸 잊고 있었네. '한마음 요전'을 한참을 읽었다. 마음이 편안해진다.

2017년 6월 15일 목요일 맑음

5시쯤에 일어났다. 샤워를 하고 6시부터 수련에 들어간다. 몸을 풀고, 자리에 앉아 호흡에 들어간다.

『천부경』, 『대각경』, 인과응보, 해원상생, 극락왕생, 업장소멸을 암송한다. 그리고 수식관 호흡을 시작한다. 자리에 앉은 상태인데도 하단전이 따뜻하다.

중간에 몇 번씩 끊어졌지만 그런대로 집중이 잘된 것 같다. 그리고 중간에 잠깐 졸았는지, 누군가 내 이름을 부르는 소리에 깜짝 놀라 정신을 차린다.

그렇게 30분 정도 집중을 하고, 마무리 운동을 하였다. 그리고 어제 읽었던 '한마음 요전'을 조금 더 읽고 출근 준비를 한다.

오랜만에 '주인공' 이라는 단어를 다시 보니 마음이 편안해진다. 출근을 해서도 집중을 하면 하단전에 따뜻하게 열기가 느껴진다.

2017년 6월 16일 금요일 맑음

아침에 샤워를 하고 몸을 풀었다. 자리에 앉아 수련을 시작하지만 몸이 많이 피곤한 상태이다. 도저히 안되어서 누웠다. 역시나 누우면 잠이 온다. 그냥 맘 편하게 한숨 자고 일어났다.

수련이 잘될 때도 있고, 안될 때도 있는 거지. 하단전에 집중을 해도 열기가 없는 걸 보니 빙의령이 들어 온 모양이다. 삼공재 방문 이후로 빙의령 방문이 빈번한 것 같다. 하단전에 집중을 해도 열기가 있다가도 없고 없다가도 있다. 특별히 빙의령이 나가는 느낌은 없다.

하단전의 열기와 몸 상태를 봐서 빙의령이 들어왔는지 판단을 한다. 부지런히 노력해야 한다. 출근 후 짬을 내서 '인과응보', '해원상생', '극락왕생', '업장소멸'를 암송해 본다.

10시 26분쯤에 단전에 열기가 살아났다. 저녁엔 '한마음 요전'을 읽고 잤다. 몸에서 탁기가 많이 빠지는지 땀 냄새가 심하다.

2017년 6월 17일 토요일 맑음

아침에 딸아이가 체험학습 때문에 일찍 나가야 한다고 한다. 집합 장소까지 데려다 줘야 하기에 아침 수련 시간이 애매하게 되었다. 소파에 앉아서 20분간 축기를 해 본다.

오늘은 아침에 40분간 걷기 운동을 했다.

2017년 6월 18일 일요일 맑음

아침에 수련은 했는데 기억이 안 난다. 아마도 특별한 사항은 없었을 것 같다. 오전에 아들 녀석이랑 매주 가던 앞산(달봉산) 아닌 속리산 문장대로 산행을 갔다.

화북탐방지원센터→문장대→화북탐방지원센터로 올라가서 다시 내려오는 4시간 정도 걸리는 코스이다. 문장대 코스 중 가장 짧은 코스이다. 김천에서 출발해서 상주를 걸쳐 화북으로 달려갔다.

출발은 아주 순조로웠다. 아들도 마냥 기분이 좋아 보인다.

11시 조금 넘어 화북탐방지원센터 주차장에 도착했다. 차는 많은데 사람은 아무도 안 보인다. 아마도 아침 일찍 올라 갔을 것이다. 그렇게 사람들 없는 산길을 아들과 같이 한참을 올라가다 보니 내려오는 사람들이 몇 명씩 보이기 시작한다.

전체 3.2km 구간 중 1.0km를 왔을 때 아들은 다리가 아픈가 보다. 슬슬 속도가 쳐지고 있다. 얼마를 더 가다가 결국은 못 가겠다고 자리에 주저앉았다.

잠시 쉬면서 설득을 해 본다. 그러나 바위에 앉아서 꼼짝을 안 한다. 요지부동이다. 결국 계속 가면은 김천 가서 장난감을 하나 사주기로 한다.

그렇게 조금 더 가다가 오르막길이 보이는 1.5km 지점에서 더 이상은 못 가고, 장난감은 사 달라고 한다. 한참을 그 자리에서 쉬면서 이리저리 설득을 해 봤지만 통하지가 않는다.

포기하고 돌아서 내려온다. 이 만큼 와 준 것만 해도 고마울 따름이다. 열심히 잘했다고 칭찬을 해주며 내려간다. 아들은 내려가면서 완전 신이 났다.

모처럼 아들과 이런저런 이야기를 하면서 주차장까지 내려

왔다. 산 정상에 도착하는 것이 중요한 것이 아니라, 이렇게 아들과 뭔가를 같이 하고, 이야기를 할 수 있었다는 것이 참 좋은 것 같다. 마음만은 산 정상을 갔다 온 것 같다.

그렇게 다시 김천으로 와서 장난감을 하나 사주고 주말 산행은 마무리가 되었다. 오후 3시쯤 도착해서 샤워를 하고, 아들 장난감을 사고, 장도 조금 봤다. 그리고 소파에 앉아 부족한 축기를 한다.

5시가 조금 넘어서부터 단전에 뜨거운 열기가 들어온다. 그렇게 1시간 이상 뜨거운 열기가 계속 되었다. 상체도 후끈거린다.

저녁 식사 후 카페에 들어와서 글을 읽는 도중에도 단전에 뜨거운 열기가 계속된다. 밤새도록 계속될 것 같은 느낌이다. 아쉽지만 시간이 늦어 잠을 청해 본다.

카페 선배님들 글들은 많은 생각을 하게 한다. 내가 왜 수련을 하고 있는지 다시 한번 내 자신에게 물어보게 한다. 수련에 고삐를 더욱더 당겨야겠다.

2017년 6월 19일 월요일 맑음

5시경에 일어났다. 세수를 하고 몸을 풀고 자리에 앉았다.

어제 등산으로 피곤했는지 앉자마자 잠이 쏟아진다. 30분 동안 『천부경』과 『대각경』을 암송한 후 숫자를 세면서 잠에 빠져든다.

그냥 자리에 누워 와공 겸 잠을 잤다. 오늘은 앉아 있는 것이 힘이 든다. 자꾸 앉는 연습을 해야 하는데, 정성이 부족한 듯하다.

오늘은 오전 8시부터 친구가 큰 수술을 한다. 아침부터 마음이 무겁다. 수술이 잘 되기를 마음으로 빌어본다.

아침에 짬을 내서 주말(토, 일) 동안의 수련기를 쓰다 보니 단전에 열기가 돌아왔다. 오전 내도록 집중을 하지 않아도 하단전, 중단전에 열기가 가득하다.

오후 늦게 친구 수술이 잘되었다는 기쁜 소식을 전해 들었다. 대학 동기들의 염원이 힘이 된 듯하다. 종일 우울했는데 이제 떨쳐 버려야겠다. 저녁엔 긴장이 풀려서 그런지 식욕이 넘친다.

TV에 나오는 해물탕이 갑자기 먹고 싶어진다. 식구들과 함께 가서 해물탕을 정신없이 먹었다. 저녁 늦게 『선도체험기』를 읽고 잠자리에 들었다. 피곤한 하루다.

2017년 6월 20일 화요일 흐림

아침 기상 시간이 늦다. 피곤했는지 6시에 일어났다. 빨리 세수를 하고 몸을 풀었다. 오늘은 단단히 각오를 하고 자리에 앉았다. 『천부경』, 『대각경』을 암송한다. 삼일신고를 읽었지만 눈에 들어오지 않는다.

암송할 때는 호흡에 신경 쓰지 않고 그냥 암송에만 집중을 한다. 그리고 나서 숫자를 세어가며 호흡을 한다. 그냥 막연하게 숫자만 세어서는 집중이 안되어서 숫자를 허공에 마음으로 쓰면서 호흡을 한다.

한결 집중하기가 좋다. 아랫배는 억지로 움직이지 않아도 자동으로 운동을 하고 있다. 가끔씩 흐트러질 때도 있지만 이내 다시 숫자로 돌아와 집중을 한다. 그렇게 40분 정도를 앉아서 호흡을 하였다.

마무리 운동을 하고 출근 준비를 한다. 요즘 피곤이 계속된다. 아마도 명현현상인 듯하다. 단전에 집중할 때 뜨거운 열기를 느끼는 횟수와 지속시간이 늘어났다. 아마도 카페 삼공재 선배님들 영향이 큰 것 같다.

출근한 후에 우울한 기분이 들고 단전에 열기가 약한 것을 보니 빙의령이다. 근무 중간중간에 집중을 해본다. 오전에 카페 글을 읽고부터 단전에 열기가 돌아왔다. 일을 하면서도 틈

날 때마다 단전에 의식을 둔다. 퇴근 무렵에 갑자기 회식이 있다고 한다. 생식을 미리 먹고 참석을 한다.

저녁 늦게 『선도체험기』를 조금 읽다가 피곤하여 잠자리에 들었다.

2017년 6월 21일 수요일 맑음

5시쯤에 눈을 떴다. 피곤하다. 화장실을 다녀오고 다시 자리에 누워서 7시까지 푹 잤다. 병원 일 때문에 아침 일찍 생식을 먹고 출근을 한다.

출근하여 급한 일을 처리하고 근무 전에 시간을 내어서 단전에 집중을 해 본다. 오전 내도록 하단전에 열기가 따뜻하게 계속 느껴진다. 보일러를 하나 품고 있는 듯하다.

점심시간에 생식을 먹고 의자에 앉아 축기를 한다. 아침부터 시작된 뜨거운 열기는 아직도 계속된다. 단전이 따끔거릴 정도로 뜨겁다. 현묘지도 카페에 글을 쓰고부터는 더 뜨겁게 느껴진다. 혹시나 해서 아랫배를 만져봐도 피부는 그렇게 뜨겁지는 않다.

오늘 하루는 종일 하단전에 뜨거운 열기로 가득했다. 저녁에는 걷기운동을 40분 정도 했다. 걷는데 몸에 기운이 넘친다.

저녁 늦게까지 카페 글들을 읽고 잠자리에 들었다.

2017년 6월 22일 목요일 맑음

평소처럼 일어나서 샤워를 하고 몸을 풀었다. 자리에 앉아 『천부경』, 『대각경』을 암송하고, 숫자를 마음으로 세기 시작한다. 간혹 숫자를 놓치지만 다시 집중을 한다. 그렇게 35분을 하고, 마무리 운동을 한다.

단전에 미미한 열기가 있고, 몸 상태는 별로이다. 지난 밤에 내가 엄청나게 화를 내는 꿈을 꾸었다. 그 화난 감정이 잠을 깨고도 남아있다. 그래서 그런지 아침에 기운도 없고, 기분이 별로이다.

또 빙의령인가? 집중 할 의욕도 없다. 조금 쉬었다가 집중을 해 볼 생각이다. 하루 종일 컨디션이 좋지 않다.

단전에도 집중 할 때만 겨우 열기를 느낄 수 있다. 저녁을 먹고 나서 아들과 같이 산책을 나간다. 40분 정도 걸은 것 같다.

요즘 몸 공부가 너무 부족한 것 같다. 아침, 저녁으로 걸어다니고, 주말에 등산을 가지만 평일 운동이 부족한 듯하다. 오늘도 피곤한 하루다.

2017년 6월 23일 금요일 맑음

5시경에 일어났다. 샤워를 하고 가볍게 몸을 풀었다.

자리에 앉아 『천부경』과 『대각경』을 암송한다. 오늘은 태을주도 10회 암송해 봤다. 그리고 숫자를 세어 가며 호흡을 한다. 하지만 단전에 열기를 찾을 수가 없다. 소파에 앉아서 집중을 해 보지만 마찬가지다. 아마도 걱정거리가 집중을 방해하는 것 같다. 출근을 하고 단전에 집중을 하지만 마찬가지이다.

별다른 빙의령이 온 느낌은 없다. 관이 부족한 것 같다. 11시가 넘어 가면서 겨우 집중이 된다. 틈틈이 증산 도전을 읽고 있다. 가슴이 답답해진다. 그러나 이제는 심적으로 조금 여유가 생긴다.

삼공재 삼사 선배님 수련기를 읽고 있는 동안 하단전이 뜨거워진다. 저녁에 아이들 밥을 챙겨 주고, TV를 조금 보다가 잠자리에 든다.

2017년 6월 24일 토요일 맑음

오늘은 두 번째로 삼공재를 가는 날이다. 2주전 방문 때만

해도 한달에 한번 방문 예정이었다. 토요일 시간을 내기는 어렵지만 당분간은 2주에 한번은 다녀 갈 생각이다. 꼭 토요일이 아니라도 평일이라도 다녀올까 한다.

아침에 샤워를 하고 수련을 한다. 평소와 별 다른 점이 없는 일상적인 아침 수련이다. 아침 일찍 버스 타고 서울에 도착했다. 아파트 입구에 도착하여 기다리는 도반님들과 같이 아파트로 올라갔다.

사모님께 인사를 하고 방으로 들어가서 선생님께 인사를 올렸다. 지난번 보다는 긴장은 안되었지만 가슴은 왜 이리 뛰는 걸까? 『천부경』을 암송하면서 뛰는 가슴을 진정시켜본다.

한참을 『천부경』을 암송하다가, 숫자를 세어본다. 많이 세었다. 저번과 마찬가지로 하단전에 느낌이 없다. 대신 중단전이 (가슴 전체) 엄청 뜨거워졌다. 더운지 얼굴에 땀이 맺힌다.

하단전에 집중을 하여 열기를 느껴 보려 하지만 전혀 감감 무소식이다. 중단전이 뜨거워지길래 그냥 중단전에 집중을 한다. 가끔씩 불어오는 바람이 참 시원하다.

다리가 슬슬 저린 느낌이 온다. 자세를 바꿀 겸해서 시계를 보니 3시 40분이다. 자세를 바꾸고 다시 숫자를 세기 시작을 한다. 한참을 숫자 세기에 열중을 하면서 단전에 집중을 하지만 어쩐지 집중이 덜되는 느낌이다.

다리가 또 저려온다. 다리를 세워 다리를 풀어준다. 시계를 보니 4시 20분이다. 다시 자세를 가다듬고 호흡에 집중을 한다.

숫자를 세는 것이 오히려 방해가 되는 것 같아 숫자 세는 것을 버리고 그냥 호흡에만 집중을 한다. 하단전에 열기는 신경 쓰지 않기로 한다.

그렇게 호흡에만 집중하니 한결 편해졌다. 호흡도 처음보다는 길어진 것 같다. 또다시 다리가 저려온다. 다시 다리를 세워 풀어주고는 다시 집중을 한다.

마지막 안간힘을 써본다. 그냥 호흡에만 집중을 한다. 저번에 왔을 때보다는 덜하지만 편해졌다. 주변이 부산해진 것 같아 눈을 떠서 시계를 보니 4시 55분이다.

그렇게 시간이 빨리 지나갔다. 자세를 풀고 얼굴을 좀 풀어주었다. 단체로 인사를 드리고 나왔다. 오늘 오신 도반님들과 함께 분식점에 가서 이야기를 나누다가 집으로 내려왔다. 내려오면서 가슴이 심하게 답답해져 온다.

2017년 6월 25일 일요일 흐림

6시쯤 일어났다. 오늘은 아무것도 안하고 그냥 푹 쉴 생각이다. 비가 온다고 해서 산행을 쉬었지만, 비는 아직 오지 않는다. 아침 일찍 산행 대신 1시간 30분 정도를 걸었다. 모처럼 땀이 날 정도로 걸어본다. 걸으면서 이런저런 생각을 한다. 몸 공부에 대해서 반성 중이다.

그렇게 한참을 생각에 잠겨서 걷고 있다가, 빙의령이 나가는 것 같다. 등 뒤쪽부터 찌릿한 느낌이 올라오더니 백회로 빠져나가는 느낌이다. 한번 느낌이 나더니, 6번 정도 계속된다. 단체로 나가는가 보다.

예전에는 이런 느낌이 나면 상당히 불편하고, 두려움이 있었지만 이제는 전혀 그런 기분은 없다. 오히려 '극락왕생', '업장소멸'을 암송하면서 잘 가고, 고맙다고 인사를 건네 본다. 저녁에 『선도체험기』 중 빙의령 부분에 대해 찾아서 읽어본다.

2017년 6월 26일 월요일 비

5시30분에 일어났다. 몸을 풀고, 자리에 앉았다. 반가부좌 상태로 『천부경』, 『대각경』, 태을주, 시천주주를 암송한다. 오늘은 다른 날과 다르게 하단전에 뜨거운 열기가 느껴진다. 반가부좌는 아직 어렵다. 중간에 다리 자세를 바꿔본다.

수식관으로 호흡에 집중을 한다. 하단전에 열기도 좋고, 집중도 좋다. 그렇게 40분을 앉아서 호흡을 하고 마무리 운동을 한다. 아침 생식을 반찬과 함께 먹고 출근 준비를 한다.

하단전에 열기는 있는데 기분은 우울하다. 이런 경우도 빙의령이 온 건가? 맞는 것 같다. 오후가 되면서 하단전에 열기가 느껴지지 않는다.

최근에 들어오는 빙의령들은 주변 인간관계에 영향을 준다. 상당히 난감하다. 빙의령이 오면 부정적인 생각을 자꾸 강요한다. 뻔히 아니라고 알고 있는데도 감정을 마구 흔들어 놓는다. 그리고 감정도 증폭시키는 것 같다. 자꾸 그 감정 안에 빠트려서 못 나오게 하는 것 같다.

이럴 때는 한 발 물러서서 한숨 돌린 후 응대를 한다. 가고 나면 아무 일 없듯이 원래대로 돌아온다. 하루에도 몇 번씩 씨름을 하고 있다.

오후부터 기분이 맑아졌다. 현묘지도 카페에 글을 올리고부터이다. 삼공재 도반님들 댓글에 힘을 얻는다. 어두운 터널을 조금 벗어난 것 같은 기분이다.

저녁 식사 후 아들과 30분 정도 걸었다. 집에 와서 피곤했는지 11시까지 잤다. 저녁에 『선도체험기』를 펴 놓고 읽지도 못하고 다시 잠자리에 들었다.

2017년 6월 27일 화요일 흐림

5시 기상. 샤워를 하고 몸을 풀었다. 오늘도 반가부좌로 시작을 한다. 『천부경』, 『대각경』, 태을주, 시천주주 암송을 한다.

다리가 아프긴 하지만 반가부좌 자세가 양반다리 자세보다는 많이 안정적인 것 같다. 그러나 반가부좌 자세로는 오랜 앉아 있지를 못한다. 중간에 양반다리와 번갈아 가면서 집중을 한다. 40분 정도 시간이 지났지만, 집중은 많이 부족했다.

출근을 하고 오전에는 일 때문에 많이 바빴다. 하단전에 집중할 겨를도 없다. 점심시간에 집중을 하려고 했는데, 유지보수 회사 직원이 방문을 한다. 오후에 틈틈이 집중을 해야겠다.

점심 후부터 가슴이 답답해져 온다. 기분은 괜찮다. 오후부터 단전이 뜨거워진다. 그리고 기분도 조금 들떠 있는 듯하다. 기안서 결재를 받는 중 단전과 온몸이 후끈거린다.

저녁 식사 후 운동을 나간다. 1시간 정도 걸은 것 같다. 기운이 펄펄 넘치는 것 같다. 매일 보는 하늘이지만 오늘은 왠지 새롭게 보인다. 저녁에 『선도체험기』를 읽고 잠이 들었다.

2017년 6월 28일 수요일 맑음

세수를 한다. 머리를 감는데, 뒤에 누군가 있는 듯한 느낌이 든다. 이런 느낌 정말 싫다. 몸을 풀고 자리에 앉았다. 자리에 앉아 눈을 감으니 갑자기 여자 한 명이 잠깐 보인다. 선명한 칼라로. 나를 약간 놀란 눈으로 빤히 쳐다 본다. 이게 뭐지.

지금까지는 느낌으로 그것도 흑백으로 느껴졌는데, 이번에는 천연색 화면이다. 등줄기에서 평소보다 더 찌릿한 느낌이 머리까지 쭉 뻗친다. 수련 중 나타나는 현상은 무시하라고 했으니, 그냥 더 이상 집중을 안 하기로 한다.

『천부경』, 『대각경』, 태을주, 시천주 암송이 어렵다. 집중이 안 된다. 수식관을 하면서도 계속 잠에 빠져든다. 그렇게 겨우 40분이 지나갔다. 누워서 잠시 눈을 붙이고, 마무리 운동으로 정리하였다.

출근하면서도 축 처진다. 병원과 10분 거리지만 힘들게 걸어왔다. 9시 30분, 이제 조금씩 회복이 되는 것 같다.

2017년 6월 29일 목요일 흐림

5시 일어났다. 샤워 후 몸 풀고 앉아서 『천부경』, 『대각경』,

태을주, 시천주 암송한다. 그냥 호흡에 집중한다. 30분 수련. 하단전에 열기는 없다. 마무리 운동 후 수련을 마쳤다.

출근 후 오전에는 많이 바빴다. 점심 식사 후부터 하단전에 열기가 느껴진다. 그것도 잠시 바빠서 단전에 집중할 틈이 없다. 내일 진료 때문에 꼭 마무리해야 할 일들이 있다.

며칠 전부터 오른쪽 눈이 이상하다. 눈 앞에 뭔가 많이 떠다닌다. 비문증이 갑자기 심해진 듯하다. 대구에 자주 가는 안과에 내일 진료 예약을 한다. 왜 그런지 진단만 받아 볼 생각이다. 아마도 실핏줄이 터진 듯하다. 보통 이런 경우에는 레이저 치료를 한다.

빙의령 관찰에 좀 더 집중해야 한다. 별다른 증상이 없는데 단전에 열기가 없는 경우들이 있다. 불안감, 우울증 등 부정적인 감정은 없다. 심하지는 않지만 근거 없는 자만심, 우월감 등의 감정이 조금 있다. 이 또한 빙의령인 것 같다. 이 경우 관하기가 쉽지 않다. 저녁엔 『선도체험기』를 읽고 잠이 든다.

2017년 6월 30일 금요일 맑음

5시경 기상. 매일 하는 대로 몸을 풀고 나서 40분 정도 수련을 한다. 반가부좌가 자세가 확실히 안정감이 있다. 오늘은 잡념도 많이 없어졌다. 숫자를 세지 않아도 단전에 집중이 잘 된다.

며칠 전부터 생긴 비문증 때문에 대구에 있는 안과 진료를 받고 왔다. 아무 이상이 없다고 한다. 명현 현상인가? 결과를 듣는 동안 마음은 편안하다. 크게 긴장이 안 된다.

비문증 이게 참 불편하다. 눈 앞에 부유물들이 둥둥 떠다니면서 시야를 부분적으로 가린다. 이것 때문에 작은 글씨를 읽는데 상당히 불편하다. 신경도 무지 쓰인다. 또 하나의 수련 과제인 듯하다. 참고 인내하는 수련을 강제로 하게 되었다.

오후에는 모처럼 느긋하게 소파에 앉아서 축기에 들어간다. 이전만큼 단전이 뜨겁지가 않다. 그렇게 오후 내도록 TV도 보고, 축기도 한다. 아랫배에 근육이 생겼는지 아랫배가 빽빽하다. 오늘은 진료 보러 다니면서 다리도 아프고 상당히 힘들다. 대구 날씨는 정말 덥다.

저녁에는 피곤해서 식사 후 잠깐 자다가 깨서 『선도체험기』를 조금 읽고 다시 잠이 들었다.

2017년 7월 1일 토요일 흐림

피곤했는지 6시가 덜 되어서 일어났다. 세수를 하고 몸을 푼다. 매일 똑같은 수련의 반복이다.

별다른 진전은 없는 듯하다. 수련에 할애하는 시간이나, 집중도를 봐서는 당연한 결과인 듯하다. 그래도 최근 며칠 일은 집중이 잘되었다.

반가부좌 덕분인지, 단전에 따뜻한 기운도 느껴진다. 경구 암송 후 숫자는 버리고 그냥 단전에 집중을 한다. 집중이 잘된다. 30분 정도 지난 것 같다. 마무리를 하고 출근 준비를 한다.

눈은 아직도 불편하다. 갑갑증도 생긴다. 숨을 고르고 단전에 집중을 해 본다. 최근에는 생식을 먹고 나서도 약간의 부족함을 느낀다. 그래서 이것저것 추가로 간식을 먹다 보면 많이 먹게 된다.

저녁에 생식을 4숟가락으로 먹었다. 보통 때 보다 1숟가락 많다. 그래도 허기가 지는 것 같다. 생식과 화식을 비교해 봤을 때 화식은 배가 터지도록 먹어도 뭔가 부족함을 느낄 때가 많다. 그래서 더 과식을 하게 된다. 하지만 생식은 조금 다른 것 같다. 작은 양이지만 허기는 안 진다. 그리고 생식을 먹고 나면 단전에 기운이 느껴질 때도 있다.

아내와 업무상 일 때문에 충돌이 있었다. 같은 직장에서 일하면서 종종 생기는 일이다. 수련 이후로 화를 안 내려고 노력 중이다. 그러나 가끔씩 순간적으로 욱 할 때가 있다.

이제는 그럴 때마다 가슴이 꽉 막히는 것 같다. 이런 경험이 몇 번 있었다. 아주 조심해야 한다. 화가 날 만한 상황을 안 만드는 것이 우선이고, 화가 나면 빨리 푸는 방법을 찾아야 한다.

수련이 깊어져 자연스럽게 화가 안 나는 것이 아니라, 화를 내면 내가 괴롭기에 자연스럽게 화가 안 나도록 조심한다. 이랬던 저랬던 화만 안 나면 된다. 화가 날 때 그냥 무시한다. 주의를 다른 곳으로 돌린다. 절대로 그 화가 안으로 뛰어들면 안 된다. 가슴이 답답해 터질 수도 있다. 몸으로 느낀 고통은 쉽게 각인된다.

그냥 방하착이다. 그냥 던져 놓고 신경을 안 쓴다. 애써 무관심한 듯 무시한다. 이 방법이 효과가 있다.

2017년 7월 2일 일요일 흐림, 아침에 비 조금

6시 기상. 비가 올 것 같은 날씨이다. 세수를 하고 바로 운동을 나간다. 1시간 30분 정도 걸은 것 같다. 이런저런 생각에 잠겨서 걸었다. 확실히 운동이 부족함을 느낀다. 돌아오는 길에 비가 조금씩 내린다.

이번 주도 등산을 못 가게 되었다. 3주째다. 샤워를 하고 자리에 앉았지만 집중이 안되고, 잠이 쏟아진다. 거실로 나와서 소파에서 잠을 더 잤다. 눈은 불편함이 조금 줄었다. 부유

물이 조금 엷어진 것 같기도 하다. 아직 신경은 쓰이지만, 뇌에서 곧 적응을 하겠지.

딸아이와 같이 커피 가게에 왔다. 시원한 커피 한잔을 하면서 글도 정리하고, 도전과 『선도체험기』를 읽고 있다. 간간히 창밖에 비가 내린다. 음악 소리가 너무 시끄럽다.

최근 들어 하단전에 눈에 보이는 진전은 없다. 이럴수록 꾸준히 밀고 나가야 한다. 축기에 더 신경 써야 한다.

오후에 아이들은 밖에서 놀고, 아내는 쉬는 날인데도 병원에 일을 하러 갔다. 혼자서 소파에 앉아서 축기도 하고, 좌선도 한다. 날씨가 많이 무덥다.

저녁에 8시가 넘어서 약간 깜깜할 때쯤 아이들 간식 때문에 마트에 갔다. 가면서 오면서 빙의령이 천도가 된다. 그것도 서너 번...

그냥 약간의 느낌이 있어 빙의령에 집중만 했는데 등줄기부터 백회쪽으로 빠져 나가는 것이 느껴진다. 이제 빙의령에 대해서도 아주 조금은 두려움을 떨친 것 같다.

두려움의 가장 큰 원인은 몰라서 생기는 부분이 큰 것 같다. 이제 조금 알아가고 있으니 곧 두려움도 극복이 될 것이라 본다.

선생님 궁금한 점이 있어 문의드립니다.

제가 근무하는 곳이 병원입니다. 업무 특성상 병원 안에서 거의 근무를 하고 있습니다. (지하에는 장례식장이 있습니다.)

질문 1) 이런 환경이 특별히 빙의령에 더 많은 영향을 받게 되는지요?

질문 2) 빙의령을 잠깐 인지만 했는데도 백회로 빠져나가는 것이 느껴집니다. 그런 경우 몇 번씩이나 빠져 나가는 것이 느껴지는 경우가 있습니까? 매번 그런 건 아닙니다.

질문 3) 화장실에서 거울을 통해 눈을 보는 순간 빠져 나가는 것이 느껴진 적도 있습니다.

질문 2, 3) 인 경우 정상적인 현상인지 궁금합니다.

당분간 2주에 한번씩은 삼공재를 방문하려고 합니다. 7월 8일 토요일 오후 3시에 찾아뵙겠습니다. 부족한 글 끝까지 읽어 주셔서 감사합니다.

2017년 7월 6일

강승걸 올림

【필자의 회답】

수련일지 잘 읽었습니다. 간결하고 소박한 문장에 호감이 갑니다. 그러나 한 문장 속에 똑 같은 단어가 두세 번씩 반복되는 경우는 피해야 할 것입니다. 그리고 수련과 관계없는 일상생활 얘기는 대폭 생략해야 합니다. 지면을 아껴야 다른 도우들에게도 발표할 혜택이 돌아가니까요.

게다가 강승걸 씨는 수련의 선후 완급을 무시하고 있습니다. 강승걸 씨는 지금 신장이 178cm에 체중이 94kg입니다. 보통 수련생의 체중 68kg보다 26kg가 더 나갑니다. 고도 비만입니다.

따라서 무엇보다도 먼저 해야 할 일은 체중을 지금의 94kg에서 68kg로 26kg를 줄이는 일입니다. 그런데 수련일지에는 그러한 노력을 한 흔적이 전연 보이지 않습니다. 우선 체중계를 구입하여 체중 감량에 전력을 기울이기 바랍니다.

질문 1, 2, 3은 장례식장에서 흔히 있는 일입니다.

[강승길 씨의 회답]

우선 한달씩 목표 체중을 정하고, 매일 아침마다 체중을 확인하겠습니다.

다시금 각오를 다져 체중감량에 온 힘을 쏟겠습니다.

상세한 설명과 친절한 가르침 감사드립니다. ^^

-강승걸 올림-

오성국 수련일지

김태영 선생님 안녕하세요?

오늘 수련 점검 및 생식처방을 받기 위해 방문 예정인 천안의 오성국입니다.

금일 수련 점검에 참고하시라는 뜻으로 미천한 제 수련체험기를 송부하오니, 책망하지 마시고 읽어 주셨으면 합니다.

그럼 오늘 오후 3시에 뵙겠습니다. 안녕히 계십시요.

2017년 6월 24일 토요일

7시 30분 봉서산을 향하여 출발 (『천부경』, 『삼일신고』, 『대각경』, 태을주 암송)

오늘은 몸 상태가 보통은 되는 것 같다. 오르막에서 걷는데 숨이 자연스럽고 하체에 힘이 들어가면서 힘이 달리지 않아 평지능선에서 조깅을 시작하고 오르막에서 걷는 형태가 지속되었다. (반환점에서 간단하게 스트레칭과 접시돌리기 운동,

맨손 캐틀벨운동을 함)

특이사항 - 엉덩이와 회음부가 시원하고 하산시 계단에서 잠깐동안 발가락이 시원함을 느낌.

아침 생식 후 신문 보고 좌선수련 10분 정도 하다. 아무 반응 없고 잠만 쏟아져 잠을 잔 후 『선도체험기』 49권 제31부 어보를 읽다.

오매불망 축기, 축기를 강화.

오후 9시 50분쯤 빙의령이 나간 듯(하단전과 중단전 기운이 느껴짐)

2017년 6월 26일 월요일

오전 4시 30분 화장실 가기 위해서 일어났는데, 관음법문 경쾌한 풀벌레소리가 심하게 들려 20분 정도 뒤척이다 잠을 잔 듯하다. (이런 땐 좌선 수련을 해야 하나?)

그러고 나서 7시에 봉서산 가려고 알람을 맞춰놨는데 잠에 취해 못 일어나고 늦잠만 퍼질러 잤다. 수련을 잘하려면 컨디션을 조절을 잘해야 하는데? 마트 가서 시장보고 시보건소 가서 보건증 만들려고 간단한 신체검사하고 귀가.

오후 2시 35분부터 3시 35분, 1시간가량 좌선수련. 오늘은 자세와 단전의 열기가 『천부경』 10회 암송과 동시에 중단전에 열감이 대단하다. 그 후 하단전으로 열감이 내려가면서 축기를 의식하고 호흡하니 상단전의 인당 부분이 쪼여오고 관음이 들린다.

특이사항: 왼쪽 옆구리부터 왼쪽 옆과 뒤 가슴이 뭉쳐있는 듯 답답하다. 빙의인 듯 집중적인 관을 하였으나 등쪽으로 오르는 듯하지만 천도는 아직 먼 듯하다.

또한 인당으로 옅은 검은 색, 하얀 은색, 옅은 노란색이 서로 엉켜 돌고 있음.

6시 55분 기존 빙의령인지 아님 새로운 빙의령인지 모르나 오른쪽 가슴이 뜨끔하다. - 집중 관

2017년 6월 27일 화요일

어제 지인 개업식 가서 축하해주고 술 몇 잔만 먹으려고 작정하고 줄이고 줄였건만 아침에 몸이 말을 듣지 않아 늦잠. 앞으로 콜라 음료로 대체해야겠다.

삼공 선생님의 메일을 받고 한편으로 기쁨과 항심을 키워야겠다는 마음을 먹고 아들 방 책상 외 정리를 도와주는데 배고픔과 중단전이 뜨끔하게 불화살을 맞은 듯한 것이 강한 빙의

령님께서 등장한 듯하다. - 집중적인 관 - (동시에 급 배고픔과 더움이 함께 몰려와 냉커피 먹으니 좀 나은 듯하다.)

『선도체험기』 50권 『법구경』에 대한 것으로 20쪽 읽고 있는 중 회음 부분이 침을 놓은 듯 찌릿한 후 계속 가렵다.

자시 후 엉덩이의 방광경을 타고 허리쪽으로 찌리리하고 기운이 올라간다.

현재 읽는 내용 중 가슴에 와 닿는 내용은 식색을 적절히 조절을 잘해야 마귀에게 마음을 사로잡히지 않는다는 내용이다. 즉 촉감인 성색취미음저를 잘 컨트롤해야 한다는 내용.

12시 30분~1시 30분 좌선수련 관음법문 숲 속의 바람소리 요동과 하단전열기와 중단전열기가 형성되면 양팔 몸통전체가 물파스 바른 후 시원한 느낌이 있었으며 허리가 가끔 앞뒤로 꺾여서 삐끗삐끗 할 때가 있다.

2017년 6월 28일 수요일

7시 40분 봉서산을 향하여 출발.

집에서 쌍용공원까지 걸어서 13분 동안 『천부경』, 『삼일신고』, 『대각경』을 암송하고 산 입구부터 태을주 암송하며 산행 (걷다 뛰다 반복하여 평균 1시간 35분정도 걸린다) 동헬스장에서 간단한 바디 운동하고 집에 와서 샤워.

특이사항: 산 입구부터 호흡과 운기가 잘되었고 헬스 끝날 무렵 양쪽 발 용천에서 찌릿한 감을 느낌.

2017년 6월 29일 목요일

어제 피곤할 이유가 없는데 오늘 아침에 못 일어났다. 이 게으름이 오늘 수련을 망쳤다. 나 자신에 짜증, 근면은 가보라 했는데!

하루는 생각대로, 하루는 행이 안되고 이거 뭐하는 건지 죽도 밥도 아니다. 반성하고 또 반성하여 근면을 내것으로 만들자.

아침 겸 점심 생식으로 요크루트 없이 생으로 조금씩 입에 넣어 씹어 먹었다. 오히려 생수로 먹는 것보다 낫다. 고소한 맛이 나는 게 내 생리에는 맞다.

12시 20~1시 29분까지 좌선수련 『천부경』 10회, 『삼일신고』, 『대각경』 10회, 태을주 암송과 함께 호흡. 처음 호흡이 힘들어 들이쉴 때 갑갑한 가슴을 단전의 용광로에 넣고, 내쉴 때 단전 관하는 걸 10회 정도 하니 갑갑함이 서서히 풀리면서 등줄기에 기운이 뭉친 게 왼목 덜미까지 올라가서 꼼짝도 안 한다.

수련 후반 시간 때에 양팔과 상체 일부분이 시원한 바람이 불어서인지 시원했다. (수련 내내 강화된 관음법문 쐐엑~ 소리가 나며 지금 글을 쓰고 있는 상태에서도 난다.)

한 생각: 몸은 인과응보의 결과물로 지혜롭고 자유로운 자성이 몸의 희로애락탐염과 성색취미음저에 휘둘려 또 다른 인과를 만들지 않게 식색을 관리제어하면 자성을 보고 대자유를 얻을 것 같은데? 이 개 망난이 같은 마음을 지속적으로 관해보자. 일체유심소현이라!

2017년 6월 30일 금요일

어제 2시 이후에 늦게 잤다지만 너무 늦잠을 잤다. 7시 30분에 못 일어나 제때에 운동 못 가 기분이 엉망이고 몸은 무겁다.

간신히 추스려 동헬스장에 가서 1시간 동안 런닝머신에서 걷고 뛰고 반복하는 동안 40분 정도 운동시 엉덩이가 얼얼하다가 장강 부분에서 열감난 후 양쪽 발바닥 용천에서 화기를 느낌. 캐틀벨운동과 접시돌리기운동을 하고 집에서 허리강화운동 코어운동 마무리 샤워함.

기분은 다소 나아짐과 동시에 확실히 운동을 하므로 운기가 활발해지는 것을 느낀다.

오전 1시 좌선수련(1시간 수련) 『천부경』 10회, 『삼일신고』, 『대각경』, 시천주주 10회, 태을주 암송하며 단전에 의식하고 호흡 30분 이후인 듯 대맥 열감이 돌기 시작하면서 성냥불로 단전에 불을 붙인 것처럼 단전의 화로가 기존 화로보다 더 세게 타오르면서 중단전까지 활활 탄다. (기존 단전은 조그만한 숯불이라면 지금의 단전은 중모닥불처럼 더 세게 타고 있는 듯하다) 그러면서 호흡이 확실히 편안하다.

내일도 지속될지 궁금?

2017년 7월 1일 토요일

7시 40분 기상 7시 50분에 봉서산을 향해 출발. 단전을 관하면서 『천부경』, 『삼일신고』, 『대각경』, 시천주주, 태을주 암송하며 걷기. 쌍용공원에서 하단전이 달아오르는 듯한데 미지근하다. 어제 자시수련 시의 그 열기의 100분의 1도 안 되는 듯하다. 일상적인 느낌으로 봉서산 걷고 뛰고 반복하며 반환점에서 접시돌리기 운동, 간단한 맨손 스트레칭, 맨손 캐틀벨 운동을 하고, 무사히 집에 도착하여 허리강화 코어운동 3회하고 샤워함.

글을 쓰고 있는 지금 오른쪽 귀속이 시원한 듯하면서 거슬리게 가렵다.

오늘은 그저 그렇게 하루를 보낸다.

그런데 아들 2녀석과 아내 3이서 얘기한 걸 나중에 아내한테 들은 말인데 이번 주 금요일 날 아빠 서울 왜 간다고 하는데 엄마? 아내 왈 아빠 단전호흡 수련 도움 주시는 선생님께 생식 주문과 수련을 하고 오려고 했더니....

아들들 왈 성격이나 고치라고 하세요. 했다니.

반성은 하는데 아빠로서 아들들한테 이런 얘기 들으니 참으로 심정이 답답하다.

성격이 급해 말투가 거칠게 나가 내 마음의 뜻을 제대로 전달되지 않아 상대방이 오해 살 만하다는 걸 알면서 못 고치니,

아직도 멀었어~

허허~ 웃었으나 마음엔 비수가 꽂혀있다.

인과응보, 인과응보~인 걸 어쩌나 인과응보만 암송한다.

2017년 7월 2일 일요일

어제 좀 바쁘고 하여 늦게 잠을 자서 그런지 오늘은 늦게

일어났다. 매 저녁에 잘 때 용천에서 시원한 기운이 들어오는 걸 느끼는데 오늘 아침에는 왼쪽 발이 딛는 데 불편할 정도로 아픔을 느낀다.

오늘 행공시 단전이 달아오르지 않고 기운이 들어오지 않았으나, 오후 7시 45분 좌선 수련시 단전과 함께 중단전까지 달아오르면서 호흡이 잘되는 듯하나 졸음이 쏟아진다. 빙의 때문인 것 같다.

25분 만에 행공수련으로 바꿨다. 오후 9시 13분 현재 백회로 시원한 기운과 하단전 중단전이 달아오르는 것이 천도된 듯하다. 인과응보 업장소멸 해원상생 조화주 무심을 염송하다.

9시 30분쯤 빙의령이 들어온 듯 가슴이 뜨끔하고 백회 기운이 끊기며 단전의 화기가 약해지는 듯하다.

2017년 7월 3일 월요일

오늘은 비가 와 산책을 못하고 동헬스장 런닝머신에서 1시간동안 걷고 뛰기를 반복하고(『천부경』, 『삼일신고』, 『대각경』, 시천주주, 태을주 암송), 체스트머신과 캐틀벨운동 3회씩 1세트, 코어운동 1세트하고 집에 와서 샤워.

특이 사항, 런닝머신에서 하단전과 대맥, 그리고 대맥 밑으로 양쪽 다리가 따뜻하며 상체는 에어컨 때문인지는 모르겠으나 시원하여 운동하는 데 컨디션 최고다.

오후 2시~2시 37분까지 좌선수련 특이사항 없음.

다친 적이 없는 것으로 기억하는데 3일전부터 왼쪽 발이 아프다. 누군가 용천을 중심으로 양 발을 힘으로 오무렸다 놓으면 펴지면서 아프다. 계속 관을 하나 아픈 것이 가시지 않는다. (용천에 기운은 계속 들어온다.)

2017년 7월 4일 화요일

오전 8시 알람에 깜짝 놀라 깨어보니 비가 온다. 좀 자다가 일어나 헬스장에서 운동하고 와야겠다고 누웠는데 11시에 아내가 시끄럽게 전화 통화하는 바람에 일어났으나, 너무 늦게 일어난 것도 있지만 통화 내용이 막내 처남이 이혼한다고 난리라는 것을 들으니 하루의 시작이 매끄럽지 못하고, 마음이 무겁고 찝찝하여 싱숭생숭하다.

왜 아침 8시에 못 일어나는지?

어제는 좀 바빴지만 그렇다고 피곤하지도 않아서 평소와 같이 선도책 읽고 와공하다가 오전 2시 30분 전후에 잠이 들었는데?

삼공선생님께 메일을 보내는데 한겨울 난로가의 화기 같은 게 온몸으로 들어온다. 지난번 삼공재 방문 허락을 받기 위해 메일을 보내고 수락메일을 얻을 때도 느꼈던 그 기운이다.

오후 1시 30분~2시 20분 (50분간) 좌공수련 하단전 중단전이 열기로 가득하다. 온몸이 불덩이나 상단전에서 기운이 안 들어온다.

오후 6시 50분 강한 손님이 오신 듯하다. 가슴 중단을 중심으로 양쪽이 찡한 게 느껴진다. 양쪽 용천을 중심으로 심하게 아프면서 열감과 함께 기운이 들어오는 게 명현현상?

어릴 때 한참 축구를 좋아하여 뒤꿈치를 뒤집지 못할 정도로 축구한 적이 있는데 그것 때문에? 글쎄 그건 아닌 거 같다.

2017년 7월 5일 수요일

가게 끝나고 시원하게 막걸리 한잔만 먹자고 한 것이 맥주1캔을 더 먹었다. 오전 3시 30분까지 작은 아들과 직업 선택에 대해서 얘기하다 늦게 자면서 술과 색을 절제하지 해야 하는데 그걸 지키지 못하네. 거기다 그동안 되던 접이불루가 오늘따라 안되네.

오전 10시쯤 눈이 떠졌는데 일어나기 싫어 와공하는 중 소나기 소리가 나서 의식을 바깥으로 향했더니 비오는 게 아니라, 관음법문과 동시에 비몽사몽간에 처마 밑에 서서 비가 오는 것을 시원하게 보는 장면이 보이다가, 안을 기준 오른쪽으로 원을 그리며 회전하는(- 점으로 구성된) 빨강색이 나타났다 사라지고 파랑색이 나타났다 사라지고 흰색은 희미하게 나타났다 사라졌다.(잠깐 동안)

아침 겸 점심으로 생식을 먹고 안과에 가서 시력과 인공 눈물을 처방받는 동안 행공 『천부경』, 『삼일신고』, 『대각경』, 시천주주, 태을주 암송하고 태을주 암송하며 하단전 관하니 곧바로 열감이 증폭된다. 안과에서 가슴 뜨끔한 것이 손님의 방문이 있는 듯하다.

안경점에서 렌즈 교환하는 동안 - 관. 집에 도착 오후 2시~3시까지 좌선 30분 경과시 인당에서 양쪽 눈 사이만한 원형의 흰색이 작아지면서 검은 색으로 점으로 사라지는 것이 반복됨.

45분 경과시 얼굴모형의 흰색의 그림자가(제2의 나로 느껴짐) 나타나서 수련 끝날 때까지 없어지지 않았다.

그런데 중단전이 답답한 게 가시지 않는 것이 손님이 나가실 때가 멀었나 보다.

오전 1시~25분까지 좌선수련 숨이 차서 제대로 호흡이 안되어 와공수련으로 바꿔 수련 후 잠들다.

관음법문만 요동친다.

2017년 7월 6일 목요일

오전 8시에 자명종이 울린다. 일어나야지 하면서 잠깐 누워있다가 깜짝 놀라 일어났다. 몸과 발걸음이 무거운데 오늘 또 빼먹으면 일주일째 빼먹는거다 생각하고 8시 10분 봉서산 산책 『천부경』, 『삼일신고』 3회(『삼일신고』 암송하는데 입은 경구 머리는 답 생각으로 오늘은 3회) 『대각경』, 시천주주, 태을주를 암송하며 걷고 뛰고했다.

9시 50분~10시 20분 헬스장에서 캐틀벨운동, 코어운동, 덤벨로 가슴운동 각 3회씩 1세트하고 집에서 샤워 후 며칠 전처럼 왼쪽 옆구리에서 불덩어리가 성냥불처럼 살아나서 단전으로 옮겨가려는 거 같다. 빨리 아침 겸 점심 생식 먹고 11시 5분 좌선수련하였으나 화기가 며칠 전처럼 타오르지 않는다. 시장도 가야하고 해서 11시 35분에 일어났다.

오후 6시에 화식 후 6시 30분부터 백회가 간질하더니 시원한 기운이 들어오다 안 들어오다 반복적으로 일어난다. 오전

(12시 20분까지 반복)

12시 40분부터 오전 1시 5분까지 좌선수련 호흡이 집중되지 않는다. 와공수련으로 자세 바꾸고 수련하다 잠들다.

미천한 수련기 읽어주셔서 감사합니다.

2017년 7월 7일

오성국 올림

【필자의 회답】

아무래도 오성국 씨는 전생부터 선도 수련을 해 온 구도자로 보입니다. 지난 10년 동안 땡땡이를 쳤으면서도 다시 구도자가 되려고 수련일지를 써 갖고 나를 찾아온 것이 그것을 증명합니다. 비 온 뒤에 땅 굳어지듯 심기일전(心機一轉)하여 더욱더 열심히 수련에 박차를 가하기 바랍니다.

오성국 수련일지 계속

어제 삼공재 방문하여 생식처방 받고 수련한 천안의 오성국 입니다.

비가 오려고 후덥지근한 날씨에 폐를 많이 끼친 저희들을 위하여 에어컨까지 켜주셔서 다시 한번 감사드립니다.

어제 좋게 보아 주신 메일을 받아보고, 향후 항심을 갖고 꾸준히 노력하는 수련자가 되겠다는 마음을 되새기며 미천한 수련일지를 송부하오니 참조 바랍니다.

그럼 다음에 뵐 때까지 안녕히 계십시오.

천안에서 오성국 올림

2017년 7월 7일 금요일

삼공재 수련일

10시에 기상 오전 중에 큰아들 연금과 청약저축을 든다고 증권회사에 들러 각종 설명을 들으며 가입하는데 시간이 생각보다 많이 걸려 은행에서의 청약은 아내와 아들이 알아서 하라 하고 나는 집에서 서울 갈 준비하여 서둘러 나왔다. 간신히 오후 1시 5분 서울행 고속버스를 타고 간다.

오래간만의 서울행이다. 삼공 선생님을 뵌 지가 20년 만이니 감회가 새롭다. 처음 『선도체험기』를 접하고 책만 보고 혼자 수련하다 도움을 받고자 삼공재에 갔었는데, 여러 우여곡절로 결국은 경제력이지만 중도에 흐지부지하던 것이 작은 아들 군대(2013년 3월) 가면서 다시 운동과 생식을 시작함과 함께 수련을 시작하였고, 선생님 뵙는 걸 생각지도 못했으나 카페지기님의 조언과 멤버들의 힘을 얻고 용기 내어 다시 선생님께 도움을 청하여 허락받아 가니 꼭 집 나갔다가 고향에 부모님 뵈러 가는 듯 설레임과 걱정이 앞선다.

고속버스 타고 가면서 단전호흡하고 가는데 몸과 마음 상태는 일상적이다. 단전의 열감과 가슴 답답함은 없고 상단전은 약한 관음법문과 약한 기운만이 들어오는 듯 아닌 듯 했다. 그런지 기운이 딱 끊겼다는 말을 실감한다.

마트에서 수박 1통 사가지고 삼공재에 들어가 선생님께 3배하고 앉으려하니 선생님께서 부르시며 묻는 말씀, 선생님께서 기운 느끼냐? 물으시길래 지금 상태인 줄 알고 지금은 못 느낀다 했더니, 좀 있다가 지금은 어떠냐? 다시 물으신다 지금은 몸이 시원하다 말씀드리고 체질검사 하시려고 내 몸 가까이 오시는데 온화하면서 포근한 기운이 느껴진다. (난로 옆에 간 느낌이 맞다.)

그동안 10년 넘게 땡땡이쳤군! 하시는데 쥐구멍으로 들어가고 싶은 심정이었다.

좌선수련 한 20분 된 것 같은데 답답한 가슴이 서서히 풀리는 듯 호흡이 단전으로 모이고 오른쪽 머리 위로 온화하고 따뜻한 햇볕이 내리쪼며, 왼쪽 팔목의 시원함 시작되며 온몸이 화기의 열감으로 감싼다. (상체 전체가 파르르 떠는 듯한 느낌과 함께).

하단전과 중단전이 동시에 불이 붙고 상단전은 관음법문의 숲속의 바람소리와 인당과 백회를 쪼이는 느낌 들며, 왼쪽 용천혈이 찌릿한 느낌이 3~4번 있었음. 지금 이 글을 쓰는데 상단전이 시원하고 하단전의 열감은 부드럽다고 표현해야 할 정도로 편안하다.

이 순간 선생님의 이메일과 기운이 도착 단전에 불을 다시 지핀다.

"아무래도 오성국 씨는 전생부터 선도 수련을 해 온 구도자로 보입니다. 지난 10년 동안 땡땡이를 쳤으면서도 다시 구도자가 되려고 수련일지를 써 갖고 나를 찾아온 것이 그것을 증명합니다. 비 온 뒤에 땅 굳어지듯 심기일전(心機一轉)하여 더욱더 열심히 수련에 박차를 가하기 바랍니다."

다시 한번 선생님께 일배드리며, 카페의 도반들과 선배님들께서 수련에 정진할 수 있도록 용기를 북돋아 줘서 감사 인사드립니다.

축기에 전념하고 있습니다

유영숙

스승님! 스승님께 수련받고 있는 유영숙입니다.

얼마 전에 스승님께서 점검하시면서, 축기가 시작되었으니 "행주좌와 어묵동정 염염불망 의수단전" 할 것을 말씀하시고, 메일까지 보내주시면서 축기를 강조하신 것을 잊지 않고 항상 단전을 의식하고 오직 축기에만 전념하고 있습니다.

이제는 단전이 단단해지고 강한 열감을 느끼면서, 명상할 때 대맥 부위가 사라지면서 시원해지는 느낌도 있습니다. 요즘에는 집중만 하면 온몸의 탁기를 배출하기 위한 스트레칭이 저절로 이루어지면서 밤을 새우기도 합니다.

선생님께서 알즈너를 추천하시면서 키가 클 수도 있다고 하셨는데, 이렇게 강하고 깊은 스트레칭을 계속 한다면 진짜 키가 클 수도 있겠다는 생각도 듭니다.

그동안 얼마나 많은 오욕칠정들이 몸속에 탁한 기운으로 있다가 이렇게 쏟아지는지 스스로 많은 반성을 하는 나날입니다.

초심을 찾자는 생각에서 지난 6월부터 『선도체험기』를 다시 1권부터 정독하여 현재 6권째 보고 있습니다. 축기가 되면서 보니, 전에 볼 때와는 또 다른 느낌이 들고 처음 보는 것 같은 내용도 상당히 있더군요.

저는 1996년 여름 단학선원에서 처음 단전호흡을 접했는데 거의 첫날부터 기를 느끼고 진동이 너무 강하게 와서 저 스스로 감당할 수 없는 상황들은 지금 생각해도 마음이 아픕니다.

특히 당시 등록할 때 나누어준 책 중에서 "신선이 되는 길"이라는 책을 보고는 마치 고압선에 감전된 듯한 충격을 받았는데, 그 책은 『선도체험기』에서 삼공 선생님과 문화영 선생 두 분의 노력의 결실임을 보고 감회가 새로웠습니다.

저는 30살의 늦은 나이에 성균관 대학교 회계학과에 입학했고 공인회계사가 되기로 마음먹고 공부했는데, 2차 시험에서 간발의 차이로 연속 4번 떨어지는 최악의 상황에서 단학에 대한 아무런 예비지식 없이 96년 단학선원에 다니면서 혼돈 그 자체 속에서 지냈고, 그 후 제가 겪은 여러 상황들이 너무 궁금하여 관련된 책들을 보기 시작했고 그 연장선상에서 『선도체험기』는 2000년대 초에 구입했지만 공감하기 어려워 보지 않다가 2014년 말 우연히 다시 보게 되었습니다.

유림출판사에 책을 주문하여 정말 몰입하여 50권 정도의 책을 보고 선생님께 전화하여, 2015년 여름부터 감사하게도 수련지도를 받게 되었지만 처음에 저의 개인사정으로 집중하지 못하다가, 최근 1년 정도 수련에 집중하면서 많은 긍정적인 변화를 겪고 있고, 얼마 전에 네이버의 현묘지도 카페에 가입하여 수련선배들과 소통하면서 수련에 많은 도움을 받고 있습니다.

이번에는 수련을 열심히 하여 꼭 제가 세상에 온 이유를 알아내도록 노력 하겠습니다.

연로하신데도 수련지도 해주셔서 정말 감사드립니다.

2017년 7월 7일

유영숙 올림

【필자의 회답】

다음 월요일에 점검을 해 본 후 그 결과에 따라 다음 조치를 취하도록 합시다.

(그 후 유영숙 씨는 2017년 8월 14일 삼공재에서 대주천 수련을 통과하여 지금은 현묘지도 과정을 준비 중이다.)

성민혁 수련기

안녕하세요 성민혁입니다. 메일 보낸 지가 너무 오래되어서 지난달 수련 진행 상황 메일로 보내 드립니다. ^^;

카페 가입후 수련 일지를 작성하려고 생각해보니 정말 오랜만에 일지 작성을 한다는 생각이 든다.

삼공재 방문 1년 정도 후에 대주천 인가를 받은 후 현묘지도 수련을 시작하게 됐는데 그 당시 생활 패턴이나 섭생은 수련에 가급적이면 맞추는 방향으로 진행을 했었기 때문에 기적이나 마음 부분에 대해서 진행이 잘됐던 거 같다.

그래서 1차 화두 당시만 해도 영안은 열려 있지 않지만 내 수련의 진척도에 따라 몸으로 유입되는 기운의 변화가 느껴지는 게 너무나도 신기했었고 짧지도 길지도 않은 4개월이란 시간 이후 2차 화두를 받게 되었다.

하지만 이때부터는 수련보다는 다음 연도에 있을 미스터 서울을 목표로 해서 체중을 불리는 쪽으로 섭생을 진행했는데 처음에는 별로 티가 안 나는 거 같은데 나중에 시간이 지날수록 수련 자체에 있어 집중이 안 된다는 느낌이 점차적으로 생기기 시작함.

수련일지를 봐도 뭔가 나아지는 느낌보다는 계속 같은 부분에서 맴도는 느낌이 강했고 나중에는 수련일지를 안 적게 되었다.

그나마 끈을 잡고 있던 수련도 다이어트 시즌기가 되면서 주말마다 포징 연습 및 운동 방향을 위해 방문하는 센터가 삼공재 수련 시간과 겹쳐서 약 2개월 정도는 수련에 대해서 거의 놓고 지냈던 것 같다.

이렇게 준비한 대회에서는 1등 입상이라는 만족할 만한 결과는 나왔지만 막상 끝나고 나니 몸의 전반적인 컨디션과 특히 섭생적인 부분에서 완전이 망가져 버려서 한동안은 체중이 89까지 올라갈 정도로 주체가 안됐던 것 같다.

항상 피곤하고 수련을 하려고 해도 집중 자체가 잘 안되고 있던 시기였는데, 사장님이 센터를 내놨는데 팔리게 됐다는 소식을 듣게 됐다. 그런데 미리 언질을 준 것도 아니고 팔리고 난 뒤에 며칠 뒤 얘기를 해준 것도 그렇고 5년간 같이 일한 사람한테 이래도 되는 건가 하면서 그 당시에 마음에는 사장에 대한 불만만 가지고 하루하루를 보냈던 것 같다.

그런데 생각해보면 올해 초 대회 나가는 부분에 있어 의견이 안 맞아 부딪쳤던 부분이 있고 이런 부분 때문에 다른 지점 직원들에게 안 좋게 얘기를 한걸 들었었고, 나도 그 때문에 그 사장에 대해서 안 좋게 얘기를 했던 부분이 많았던 것 같다.

어떻게 보면 이렇게 된 부분이 내가 처신을 잘못했기 때문이라는 생각이 들면서도, 저 사람이 내 욕을 했다고 나도 똑같이 대응했다는 점에서 마음공부는 오히려 이전보다도 못해졌구나 하는 생각이 들었다.

그러면서 내 자신에 대해서 관하면서 인생의 방향에 대해서 생각을 해 보게 되었다. 원래 이 직업을 했던 건 수련을 하는데 있어 시간적 금전적으로 안정적이라 여겨졌기 때문이었는데, 지금은 수련을 통한 영적 향상보다는 현재에 보여지는 부분에 대해서 집착을 많이 했던 것 같다.

원래대로라면 3개월 뒤 있을 미스터 코리아까지 준비하려고 했지만 상황이 이렇게 되고 나서 보니, 나가서 1등을 한다 해도 수련 방향에 대해선 도움이 안 될 거라는 생각이 들어 대회 준비는 접고 다시 생식 시작과 더불어 수련을 시작했다.

2017년 6월 6일 화요일

6월 6일 마니산 등반.

우리나라에서 생기가 가장 강한 산이라는 얘기를 들어서 몇 년 전부터 가려고 했지만 시간적 여유 때문에 못 가다가 드디어 가게 됐는데 확실히 다른 산이나 장소에 비해서 기운이 강하다는 느낌이 든다. 특히 참성단 쪽으로 갔을 때는 기감이 많이 무뎌졌음에도 불구하고 백회로 기운이 관통하면서 노궁과 명문 쪽이 묵직해질 정도로 기운이 강한 게 느껴졌다. 사람들만 붐비지 않으면 좀 더 있고 싶었지만 잦은 소나기와 등산인들로 인해 10분 정도만 정좌하다가 하산.

2017년 6월 8일 목요일

아침에 일어났을 때는 개운한 거 같은데 뭔가 점심시간이 지나고 나서부터는 몸이 점차 무거워지는 느낌. 개인 수업이 몇 개 남아서 저녁 전에 갔는데 안색이 많이 피곤해 보인다는 얘기를 들었다. 확실히 컨디션이나 체력적으로 뭔가 계속 떨어지는 느낌이 들고 급기야 저녁 이후 운동 시에는 파트너가 있어서 짜내는 식으로 운동 진행을 하긴 했는데 끝날 때 쯤에는 두통과 몸살기가 느껴져서 급 마무리 후 귀가.

2017년 6월 9일 금요일

하룻밤 자고 나면 좀 괜찮아질거라 생각했는데 하룻밤 지나고 나니 증상이 더 심해졌다. 미리 해 놓은 약속만 아니면 하루종일 집에 있고 싶을 정도로 머리가 지끈거리고 대회 준비하면서 자잘하게 다쳤던 부위들이 전체적으로 욱씬거린다.

약속시간보다 조금 먼저 가서 기다리고 있었는데 나중에는 앉아 있는 자체도 너무 힘들어져서 약속 파기 후 귀가.

휴식을 취하려고 누우면 두통과 더불어 왼쪽 눈까지 아프면서 승모근 라인이 전체적으로 뻣뻣한 느낌이 너무 심해 눕지도 못하고 엎드렸다 앉았다 누웠다 반복하다 다음날 아침이 되고 나서야 잠이 들었다.

2017년 6월 10일 토요일

몸의 상태가 단순 몸살이 아니고 마니산 이후 기갈이 및 빙의에 의한 통증인데 그동안 빙의를 겪다 보면 감정 변화나 피로감은 많이 겪어 봤어도 이렇게 밤새 잠을 못 잘 정도로 쎄게 온 적은 없었는데, 이렇게 느껴보니 정말 수련하기가 만만치 않다는 생각이 들었다. 이런 과정을 먼저 겪으시고 뒤 따라 오는 구도자들의 빙의령들을 알게 모르게 천도시켜 주시면서 수련까지 도와주는 삼공 선생님이 존경스럽다.

몸은 안 좋아도 마냥 누워 있을 수도 없기에 삼공재 방문. 확실히 방문 이후 머릿속에서 조여지던 느낌은 많이 사라졌고 눈쪽 압박은 거의 사라짐.

이날 저녁에는 편히 잘 수 있을 것 같았는데 간부터 시작해서 심장 위장과 전체적으로 오장육부가 두근거리고 빵빵하게 부푼듯한 느낌이 강하게 오면서 어제와 마찬가지로 취침 불가. 수련이라도 하려고 주어진 화두 암송을 해봤지만 할 때는 좀 나아지는 거 같은데 워낙 컨디션이 안 좋다 보니 집중 자체가 잘 안 되서 결국 전날 밤과 마찬가지로 왔다 갔다 하다가 아침 이후 취침.

2017년 6월 11일 일요일

컨디션이 완전하진 않지만 하루 하루 갈수록 나아지고 있다는 게 느껴지고 그와 더불어 기운의 유입도 조금씩 더 들어오는 게 느껴진다. 어느 정도 큰 고비는 넘기긴 했지만 앞으로 수련을 하면서 이보다 더한 부분도 많을 텐데 이때를 대비해서 집중력과 생식과 조깅을 통한 외적인 근육보다는 정신력과 지구력 강화의 필요성을 절실하게 느끼는 한 주였다. 오늘 오랜만에 일지를 적으면서 2차 화두를 언제 받았는지 날짜를 보니 벌써 9개월이 다 되어간다. 화두를 중간중간 외긴 했지만 깊이 없는 수련으로 인해 제자리 걸음도 안 되는 후퇴만 반복했던 것 같다. 이제는 내 삶의 방향을 다시 수련에 초점에 맞추고 용맹 정진해야 될 것 같다.

2017년 6월 12일 월요일

어제 이후로 컨디션이 많이 회복이 됐는데 마침 이번 주까진 휴가라 오늘도 삼공재를 방문하게 되었다. 지하철에서 화두 암송을 하는데 처음에는 집중이 좀 되는가 싶더니만 막판에는 은근슬쩍 잠이 와버린다.

화두를 처음 받았을 때는 외워도 외워도 지루하지 않고 쌩쌩했던 거 같은데 기간이 오래되긴 한 것 같다. 더 이상 매너리즘에 빠지지 않도록 치고 나가야 될 것 같은 느낌.

삼공재에 도착하니 천지인님과 여성도반 2분, 남자 도반 1

분이서 먼저 수련을 하고 있다.

이전에는 수련을 하다 보면 나 혼자만 있을 때도 종종 있었는데 이제는 전박적으로 수련받으시는 도반님들이 많이 늘어난 느낌이다.

지난 토요일은 수련에 집중을 하기보단 거의 앉아만 있는 느낌이었는데 오늘은 그래도 나름 집중도 잘되고 기감도 나쁘진 않은 것 같다.

원래 수련하면서 진동이 한번 일어나기 시작하면 팔 목 어깨로 시작해서 격하게 진행되고 사그라들고를 2~3번쯤 반복하는데 오늘은 뭔가 진동이 올 듯하다가 말고 결국은 가볍게 하다 끝이 났는데 앞으로 변화가 어떤 식으로 갈지 지켜봐야겠다.

기감적인 부분에서 오늘 큰 변화가 하나 일어났는데 기감을 보통 많이 느끼는 부위가 백회 명문 단전 노궁 그리고 그 외에 부분은 기가 흘러간다는 느낌은 느껴도 그 부위로 기가 유입되는 느낌은 인위적으로 집중하지 않는 이상은 없었던 것 같다.

수련 1시간 정도 지났을까 트림이 한번 나오면서 그와 동시에 전중이 탁 트이는 느낌이 나는데 그 부분으로 기운이 확 들어오면서 가슴이 뻐근해졌다. 동시에 백회 쪽에 몰려 있던 기운이 쏙 빠지면서 천도되는 것이 감지가 되었다.

몇 번의 천도되는 과정을 느껴보긴 했는데 오늘처럼 깔끔하게 나간 적은 없었던 것 같다. 그동안 많이 뒤쳐졌으니 더 열심히 하라고 삼공 선생님과 선계 스승님이 기운을 실어 주시나 보다.

수련 이후 나오고 나니 이전에 수련 진행이 잘될 때처럼 백회로 관이 항상 박혀 있는 것 같고 단전이 항상 빵빵한 느낌이 지속.

무엇을 하든 간에 간절함과 절실함이 있어야 그 결과물이 나오는 것 같다. 이제는 엄한데 기운 쓰지 말고 용맹정진해서 도움을 받는 입장에서 도움을 줄 수 있는 입장으로 올라설 수 있도록 나아가야겠다.

2017년 6월 13일 화요일

어제에 이어서 오늘도 삼공재 방문.

원래 보름에 1번이나 1주에 1번 정도는 갔어도 이번처럼 연속적으로 가기는 이번이 첨인 것 같다. 확실히 연속적으로 나가니 수련 시작할 때 집중도나 자세 취하는 부분에 있어서는 한결 편해진 것 같다.

어제 전반적인 진동이 약해진 것 같아서 오늘도 그 부분에 유의해서 수련을 진행을 해보는데 시간이 지나니 발동이 좀 걸리는가 싶더니만 역시 어제와 비슷하다.

오늘은 특별히 빙의된 느낌도 없고 컨디션도 나쁘지 않은데 생각보다 들어오는 기운이 약한 것 같아서 태을주로 넘어가 보니 기운이 확 들어오는 게 느껴진다.

혹시나 해서 신성주와 천부경도 돌아가면서 외워보는데 각기 다른 쪽으로 기운이 들어오는데 화두로 들어가니 잘 들어오는 기운이 딱 끊긴다. 1차 때도 이 상태로 1주 정도 가져가다가 도저히 기운이 안 들어와서 다음 화두로 넘어갔었는데 이번에도 똑같다.

선생님에게 2차 화두 끝난 거 같아서 다음 화두를 달라고 말씀드리니 누가 화두 수련하라고 했느냐고 물으신다. 내가 화두를 받고 나서 메일도 별로 안 보내고 수련도 잘 안 나오고 하다 보니 내가 화두 수련 중인 걸 잊으셨나 보다. ㅠ

상황 설명해 드리고 나니 2차 화두 물어보시고 3차 화두를 알려주셨다. 3차 화두를 주시면서 항상 수련 변화에 대해서 기록을 하라고 당부하신다. 그걸 통해서 나중에 종합적으로 평가가 이뤄진다고.

내가 글쓰기가 잘 안되는 것도 문제지만 수련을 하면서 화면이 보이거나 소리가 들리는 것도 아닌 단순히 기운의 변화로만 수련 진행이 된다. 1차는 그나마 마음과 기적인 변화 체크에 대해서 기록이 그나마 됐던 것 같은데 2차 화두에서는 뭔가 제대로 적힌 게 없다.

그나마 다행인 건 이 카페를 통해서 앞으로 진행되는 수련 변화에 대해서 많이 적을 수 있기 때문에 빼먹을 일은 거의 없을 것 같단 생각이다.

3차 화두를 진행하니 등쪽이 뻐근해지면서 기운이 점차 위로 치고 올라가는 느낌이다. 어느 정도 기운 유통이 되고 나서는 하단전을 중심으로 복부 전체적인 부분이 꽉 조여지는 느낌이 굉장히 강하다. 그와 동시에 진동이 일어나는데 이전에 일어나던 진동 패턴과는 전혀 다른 움직임이 나오기 시작했다.

나는 기운의 세기와 그 내용에 따라서 몸이 반응하고 움직이는 것 같다. 2차 때는 뭔가 부드러우면서 묵직한 느낌으로 독맥 쪽에 기운이 강하게 느껴졌는데 3차 화두부터는 들어오는 기운은 별로 없는 것 같다. 하단전을 기점으로 임맥 쪽에 기운이 유통되는 게 강하게 느껴지는 차이점이 있다.

기운이 바뀌고 나니 시간이 좀 지났을 때 살짝 몸살기가 나오는 듯하다가 가라앉았는데 내일이 되어봐야 알 듯하다.

수련 진행을 하다 보면 너무 기운적인 부분에 대해서만 기술하는 것 같은데 아직 마음공부나 메시지가 오는 건 잘 모르다 보니 크게 적을 내용이 없다. 아무래도 그런 부분들이 둔하니 선계 스승님들이 지난번 같은 상황을 만들어서 마음공부를 시키시지 않나 하는 생각도 든다.

6월달이 이래저래 변화가 많았던 시기라 그때 적어놨던 일지를 우선적으로 보내봤습니다. 항상 알게 모르게 수련 도와주셔서 감사합니다.~!! 오늘도 좋은 하루 되세요.

【필자의 회답】

미스터 코리아가 되기 위한 근육 만들기와 현묘지도 수련이라는 이질적인 요인들이 한꺼번에 뒤섞여 다소 혼란을 야기하고 있습니다. 이런 때는 주인공이 선후와 경중을 분명히 가려서 순서를 정해야 합니다. 그리하여 그 순서대로 일을 진행시켜야 할 것입니다.

이자정회(離者定會)

삼공 선생님 전상서

그동안 안녕히 계셨는지요? 오랜만에 인사를 드립니다.

혼자 가기로 하였습니다라고 메일을 드리고 나서는 처음 올리는 글입니다만, 회자정리(會者定離)니 이자정회라고 하는 것들은 하나의 형상일 뿐 아무런 의미가 없는 것이지요. 왜냐하면 저는 그 후부터도 삼공선생님과 늘 같이 했으니까요.

그리고 얼마 전에 숙제로 해 왔던 천계와 속세 간의 큰 격차 그리고 그것 때문에 고심해 왔었는데 해답이 풀렸기에 선생님께 다시 메일을 드리게 되었습니다.

즉 천계(사후)와 현상계(현 삶)는 내용이 똑같다는 것입니다. 즉 죽으면 모든 것이 끝난다고들 하는 그것이 사후에도 생전과 같은 일(직업)에 얽매어 있다는 것입니다. 예를 들면 생전 유기농을 하다 살아생전의 과오로 송사에 휘말리고 그것 때문에 스스로 이승을 떠난 자가 있다면, 지금도 열심히 농사 지으며 반성하고 있다는 것입니다.

따라서 우리가 왜? 어떻게? 살아야할지가 명확해졌다는 것입니다. 즉 삶이라고 하는 것은 본인이 인지하고 있든 없든간에 인간완성(수련)의 과정이요 삶의 목적은 완성의 단계를 높여 가는 것이 되는 것이지요. 물론 여기서 수련이란 이를 실행함으로 해서 이것이 진리라는 존재를 알아가는 수단인 것이고요.

그러므로 혼자 가는 것이 아니라 지금 주어진 삶(일상생활) 속에서 철저하게 봉사하고 덕 쌓으며 자신의 영(진아)을 업그레이드 시켜야 한다는 것입니다. 왜냐하면 사후에도 똑같은 일을 해야 하기 때문이지요.

아무튼 갑자기 메일을 드려 매우 송구스럽습니다만, 우선 간단히 인사만 드립니다.

그럼 늘 건강하시고 안녕히 계십시오.

2017년 7월 17일

삿포로에서 차주영 올림

【필자의 회답】

오래간 만에 반갑습니다. 생각나면 또 메일 보내시기 바랍니다. 나는 그때나 지금이나 변함이 없습니다. 다음 메일 기다리겠습니다.

여행을 다녀오다

삼공 선생님 전상서

우선 반갑게 맞아주시니 고마울 따름입니다.

돌이켜보니 마음이 편치 않아 선생님과 인연이 되고 가르침을 받아 오늘에 이르기까지, 15년가량의 시간이 흘렀건만, 여행을 잠시 훌쩍 다녀온 것 같다는 점입니다.

즉 15년 전의 상태로 원위치 되었으나 달라진 것이 있다면 단지 마음이 편하고 은은한 즐거움이 느껴지고, 주위에 걸리적거리던 것들과 세간에 대한 관심사가 사라졌다는 것입니다.

따라서 이제부터는 15년 전에 그랬던 것처럼 본업에 몰두하면서 하루하루 일에 최선을 다하는 나날을 가지게 될 것 같습니다. 그러면서 앞으로 서너 달 지켜보고 현재의 상태에 안착되는지가 열쇠가 될 것 같습니다.

그리고 대단히 송구스럽습니다만 전에 놓고 갔던 "도육"을 선생님께서 허락하신다면 다시 원위치 시키는 것이 맞는 것 같습니다.

그럼 늘 건강하시고 안녕히 계십시요.

2017년 7월 19일

삿포로에서 차주영 올림

【필자의 회답】

도육은 원위치로 해도 좋습니다.

수련상황을 보고드립니다

서광렬

6월 말에 메일로 인사드리고 나서 근 2달이 다 되어 다시 컴퓨터 앞에 앉았습니다. 스승님께서 더운 여름날들을 견디면서 잘 지내고 계신지 궁금합니다.

요즘 저는 수련하면서 구도자의 길이 참 쉽지 않다는 것을 느낍니다. 몸공부, 기공부, 마음공부를 하루도 쉬지 않고 하는 것은 말로 하기는 쉽지만, 행동으로 옮기기는 왠만한 끈기와 인내를 가지고는 힘든 것 같습니다. 몸공부는 선생님이 제시하신 1시간 동안 걷거나 달리기, 도인체조, 생식을 매일 하고 있고 주말마다 도봉산이나 북한산에 올라 4~5시간 바위를 타면서 등산을 하고 있습니다. 몸공부에 있어 미흡한 점이 있다면 1시간 동안 계속 달리기를 하는 게 좋다는 것은 알고 있으나 체력이 달려 걷기를 병행하고 있는 점이 하나입니다. 생식을 하루 3끼를 다 해야 하나 직장 동료나 상사에게 눈치가 보이기도 하고 저도 3끼 전부를 다 생식으로 하기에는 아직 맛의 세계에서 떠나지 못하여 아침과 저녁 2끼만을 하고 있는 점이 둘입이다. 그리고 등산을 5~6시간 정도를 하여야 하나 주말에 가족들에게도 시간을 할애해야 하는 점도 있어 등산시간을 늘리지 못하고 있는 점이 셋입니다. 1시간 걷기 또는 달리기는 달리는 시간을 점차 늘려가고 있으며, 생식을 하루 3끼 전부 하는 문제는 상사나 동료와 필히 점심을 같이 먹으러 가는 경우에 미리 생식을 먹고 가려고 합니다. 그리고 등산시간이 부족한 부분은 새벽에 1시간 정도 더 일찍 일어나서 등산을 시작함으로써 시간을 채우려 합니다.

기공부에 있어서는 제가 제 자신을 판단하건대 아직 단전호흡이 일상화되지는 않았구요, 단전을 의식하고 호흡을 하면 단전이 따뜻해지는 것을 느끼며, 요즘은 업무를 하거나 운전시에도 단전을 굳이 의식하지 않아도 간혹 단전에 따스함이 전해지는 경우도 있습니다. 단전호흡은 하루에 1시간 정도를 할애하여 『천부경』, 『삼일신고』, 『대각경』을 암송하고 참전계경 10개 조를 읽고 '한~'을 마음속으로 생각하며 단전호흡을 하고 있습니다. 8월에 접어들어서는 축기가 조금씩 진행되는 듯싶더니 엊그제부터는 머리가 띵하고 눈이 따끔거리고 어깨가 결리면서 등줄기를 누가 타고 누르는 듯한 느낌이 들기 시작하는 거예요. 이런 것이 빙의현상이구나 하는 생각이 들었습니다. 전에도 그런 증상은 있었지만 원래 거북목에다가 평소 어깨를 움츠리고 다니는 등 자세가 좋지 않아 어깨결림 등이 있어 별로 대수롭지 않게 생각했었습니다. 그리고 그런 현상이 잘못된 자세로 인한 것인지 아니면 빙의 때문인지 분간하기도 어려웠고요. 그러나, 이번에는 빙의로 인한 것이라는 느낌이 확연히 들었습니다. 왜냐하면, 지금까지는 몸공부를 꾸준히 해 와서 그런지 좀처럼 두통이 유발되는 경우가 없었는데 별다른 이유도 없이 머리가 아파왔으니까요. 더군다나 이번주에는 사무실에서 퇴근후 집에 와서 생식을 먹었는데도 자꾸 다른 음식이 당기는 겁니다. 그래서 아내가 아이들을 위해해 놓은 김치볶음밥, 김치찌개 등을 먹고 거기다가 과일, 과자, 떠먹는 요구르트 등 군것질을 하고 나면 그때서야 너무 많이 먹었다는 생각이 드는 거예요. 후회막급이지만 시간을 되돌릴 수도 없고 하여 망연자실해집니다. 관이 제대로 잡혀 있다면 식욕이 파도처럼 밀려올 때 참아낼 수 있어야 하는데 말입니다. 과다한 식욕 자체도 빙의령의 장난인 듯싶습니다. 사실 영안이 열리지 않은 저 같은 초보 구도자에게는 빙의현상만큼 관심이 많이 가는 과제도 없을 겁니다. 구도생활에 하나의 커다란 도전장을 받은 셈이니까요. 집요하게 빙의령을 관찰하려고 하는데 쉽지만은 않은 것 같습니다. 두통이나 어깨결림 등의 현상도 호전되었다가 재발하였다가를 반복하니 긴가민가 하는 생각이 들기도 합니다. 그러나, 몸공부를 꾸준히 하는데도 이런 현상이 일어나는 것은 십중팔구 빙의 때문이라고 생각하고 집중하려고 노력하고 있습니다.

마음공부 측면에서는 『선도체험기』를 꾸준히 읽어나가고 있습니다. 지금은 30권을 읽고 있으며 두 번째로 읽는 것임에도 생소한 부분도 많이 눈에 띄는 것 같습니다. 처음 『선도체험기』를 읽은 시기가 벌써 10여년 전이라서 기억에서 지워진 부분도 있고 같은 내용이라도 새롭게 다가오는 경우도 있어서요. 읽다가 감동을 받은 부분이나 중요하다고 생각되거나 이것은 까먹으면 안되겠다고 생각하는 부분은 색연필로 표시해가면서 읽고 있습니다. 올해 상반기에는 다른 장르의 책인 경제, 자기계발 쪽의 도서에 관심이 있어 『선도체험기』를 많이 읽지를 못했는데 최근에 다시 속도를 내서 읽고 있습니다. 워낙 흡인력이 있는 책이라 한번 읽기 시작하면 지쳐 쓰러져 잠들 때까지 손에서 놓기가 어려운 것 같습니다. 역지사지 방하착은 직장생활과 가정생활에서 실천하려고 노력하고 있습니다.

이번 메일은 선생님이 가르치신 삼공공부에 대해 제 자신의 수련상황을 점검해보는 계기가 되었습니다. 기공부 측면에서 올 상반기까지는 축기를 완성한다는 목표를 세웠었는데 기한 내에 달성하지 못해 아쉽습니다. 기공부 10단계 중 겨우 기감을 느끼는 1단계에 머물러 있다니 제가 생각해도 수련 진행상황이 좀 더디다는 생각이 듭니다. 하지만, 제 자신이 삼공공부를 할 수 있는 여러가지 환경이 갖춰져 있고 수련하다 궁금한 점이 있으면 가르침을 구할 수 있는 스승님이 계시다는 것만으로도 나는 충분히 행복하다고 제 자신을 다독여 봅니다. 수련을 최우선순위에 두고 하루하루 열과 성을 다한다면, 어느새 축기과정을 넘어서는 날이 오지 않을까 생각합니다. 하루 일과를 마치고 해질녘의 황금빛 노을을 보며 퇴근하는 발걸음처럼 마음이 가볍습니다. 『선도체험기』 30권에 나오는 '지목행족(知目行足)'을 마음에 되새기며 일상생활에서 다가오는 모든 것을 수련의 용광로 속에 용해시키도록 노력하겠습니다. 스승님! 선각의 지혜에 감사드립니다! 그리고 생식대금을 계좌로 송금하였습니다. 발송 부탁드립니다.

단기 4350년 8월 19일

파주에서 제자 서광렬 올림

【필자의 회답】

수련이 그전보다 조직화되어 있습니다. 이런 자세로 꾸준히 밀고 나가면 미구에 반드시 성취가 있을 것입니다. 우선 하단전에 이물감(異物感)이 느껴지게 되면 확실한 성과입니다. 다음 소식 기다리겠습니다.

【부록】

금언과 격언들

명아주를 먹고 비름(들에서 나는 나물 이름)으로 창자를 채우는 자는 그 뜻이 얼음과 같이 맑고 옥과 같이 고결하지만, 비단옷 입고 쌀밥 먹는 자는 어떠한 아첨도 서슴지 않는다. 무릇 지조는 담박함에서 밝아지고 절개는 달콤한 맛에서 상실되기 때문이다. - 채근담 -

그릇에 물이 가득 차면 넘치고, 사람이 교만하면 품위를 잃게 된다. - 명심보감 -

고민하는 사람들 속에 살면서도
탐욕에서 벗어나 즐겁게 살아보자.
탐욕한 사람들 속에 숨쉬더라도

탐욕에서 떠난 채 평안히 살아보자. - 법구경 -

사람은 살아있는 동안에는 자기 마음을 활짝 열어 누구에게나 불평과 원한을 사는 일이 없어야 하고, 죽은 뒤에는 그가 생전에 끼친 혜택이 오래도록 사람들의 마음속에 살아있게 하는데 결코 부족함이 없어야 한다. - 채근담 -

* 살아있는 동안 힘닿는 데까지 이타행을 했으면 그것으로 만족함을 알고 끝내고 말아야지 죽은 뒤의 일까지 구태여 생각할 필요가 있을까. 그것 자체가 명예에 집착하는 것이 아닐까.

남에게 딱한 사정을 말하기보다 차라리 산속에 들어가 범을 잡는 것이 낫겠다. - 명심보감 -

승리는 원한을 낳고
패자는 괴로워 누워있다.
마음의 고요를 얻은 사람은

승패를 벗어나 즐겁게 살더라. - 법구경 -

좁은 길에서 행인을 만나면 걸음을 멈추어 상대가 먼저 지나가게 하고, 맛있는 음식이 있으면 삼분의 일을 덜어 남에게 양보하라. 이것이 사람 살아가는 안락한 방법이다. - 채근담 -

멀리 떨어져 있는 물은 가까운 데서 일어난 불을 끄지 못하고, 먼 곳에 사는 친척은 가까운 이웃만 못하다. - 명실보감 -

육체의 욕망보다 더한 불길은 없고,
도박에서 졌다 해도 증오와 같은
불길은 일어나지 않는다.
한 때의 인연으로 이루어진
이 몸 같은 괴로움 다시 없고,
마음의 고요보다 더한 평화 없더라. - 법구경 -

사람으로 이 세상에 태어나 고상하고 원대한 일은 못 할지언정, 명리 추구에만 급급한 속물근성에서만 벗어날 수 있어도 명사의 반열에는 들 수 있을 것이다.

또 학문의 길에 들어서 남에게 도움을 주는 업적은 쌓지 못한다 해도 물욕으로 인하여 마음이 현혹당하지 않을 수만 있다면 미구에 성인의 경지에 오를 수 있을 것이다. - 채근담 -

해와 달이 밝으나 엎어놓은 물동이 밑은 비추지 못하고, 아무리 칼날이 잘 들어도 죄 없는 사람은 베지 못하며, 아무리 뜻밖의 재난이라도 경계가 엄중한 집 문은 뚫고 들어갈 수 없다. - 명심보감 -

욕심은 가장 큰 병이고
이 몸은 가장 큰 괴로움이다.
이 병고의 이치를
있는 그대로 알 수 있다면
그곳에 대자유의 평화가 있으리라. - 법구경 -

벗과 사귀는 데에는 어느 정도의 의협심(義俠心)이 있어야 하고, 사람다운 사람이 되려면 조금도 때 묻지 않는 순수함이 있어야 한다. - 채근담 -

(『선도체험기』 116권에 계속됨)

저자 약력

경기도 개풍 출생
1963년 포병 중위로 예편
1966년 경희대학교 영어영문학과 졸업
코리아 헤럴드 및 코리아 타임즈 기자생활 23년
1974년 단편 『산놀이』로 《한국문학》 제1회 신인상 당선
1982년 장편 『훈풍』으로 삼성문예상 당선
1985년 장편 『중립지대』로 MBC 6.25문학상 수상

저서로는 단편집 『살려놓고 봐야죠』(1978년), 대일출판사, 민족미래소설 『다물』(1985년), 정신세계사, 장편 『소설 환단고기』(1987년), 도서출판 유림, 『인민군』 3부작(1989년), 도서출판 유림, 『소설 단군』 5권(1996년), 도서출판 유림, 소설선집 『산놀이』 ①(2004년), 『가면 벗기기』 ②(2006년), 『하계수련』 ③(2006년), 지상사, 『선도체험기』 시리즈 등이 있다.

선도체험기 115권

2017년 10월 20일 초판 인쇄
2017년 10월 25일 초판 발행

지은이 김 태 영
펴낸이 한 신 규
편 집 안 혜 숙
펴낸곳 글앤북
주 소 05827 서울특별시 송파구 동남로 11길 19(가락동)
전 화 070 - 7613 - 9110 Fax. 02 - 443 - 0212
등 록 2013년 4월 12일(제25100 - 2013 - 000041호)
E-mail geul2013@naver.com

ISBN 979 - 11 - 88353 - 02 - 6 03810 정가 15,000원